Le Chemin Kénogami

Le Chemin Kénogami

Cécile Gagnon

roman

ÉDITIONS QUÉBEC/AMÉRIQUE

425, RUE SAINT-JEAN-BAPTISTE, MONTRÉAL (QUÉBEC) H2Y 2Z7 (514) 393-1450

Données de catalogage avant publication (Canada)

Gagnon, Cécile, 1945-
  Le Chemin Kénogami
  (Collection Deux Continents.)

  ISBN 2-89037-727-X
  I. Titre.   II. Collection.
PS8563.A36C43 1994   C843'.54   C94-940513-2
PS9563.A36C43 1994
PQ3919.2.G33C43 1994

*Les Éditions Québec/Amérique bénéficient du programme de subvention globale du
Conseil des Arts du Canada.*

Dépôt légal: 2e trimestre 1994
Bibliothèque nationale du Québec
Bibliothèque nationale du Canada

Montage : Andréa Joseph

Table des matières

À Michel, mon bleuet si malcommode

À Emmanuelle et à Nicolas Bergeron
pour qu'ils n'oublient jamais
où sont leurs racines

Première

---

partie

Un paese vuol dire non essere soli, sapere che nella gente, nelle piante, nella terra c'è qualcosa di tuo, che anche quando non ci sei resta ad aspettarti.

Un pays, ça veut dire ne pas être seul et savoir que chez les gens, dans les arbres, dans la terre, il y a quelque chose de vous, qui, même quand on n'est pas là, vous attend patiemment.

Cesare Pavese

Quand on arrive dans un pays, combien de temps faut-il pour l'habiter ? Peut-être faut-il des millénaires.

Michel Serres

Nous habitons une terre aux mille portes ouvertes
Félix-Antoine Savard

L'orthographe des noms de lieux
respecte l'usage de l'époque.

CHAPITRE 1

Des arbres et du ciel

Je savais qu'à l'occasion d'une noce, il était de mise de sortir des armoires tout ce qu'on a de plus beau. C'est un peu comme Noël ou bien un jour de funérailles. Les nappes, les assiettes, les cruches, les chandeliers. On voyait bien que même si les Hudon avaient sorti toutes leurs affaires, ce n'étaient pas des gens qui avaient plus de bien que nous, les Bonenfant du rang de l'Éventail. Sur la grande table ce n'était pas une vraie nappe qu'on avait étalée : c'était un drap. Parce que dans les familles qui cultivent la terre autour d'ici, c'est rare les nappes de lin et les grosses richesses. On est tous pareils.

Je n'ai pas eu besoin de voir l'intérieur de la maison pour savoir ça, parce que de toute façon on a mangé dehors.

En sortant de l'église, après la messe de mariage, on est partis en charrette jusque chez Hudon à Saint-Pacôme. Quand on est arrivés, les garçons ont mis des planches sur des tréteaux sous les arbres. Il fallait bien, pour faire asseoir tout le monde. Les femmes ne se sont pas gênées pour le dire : elles avaient envie de faire le repas de noces dehors. Ma grand-mère Marie-Rose et ma mère, Félicité, étaient d'accord aussi, elles se sont arrangées pour convaincre les hommes.

Je suis allée avec Ermeline cueillir les premières fleurs sauvages pour décorer la table. On n'a trouvé que des sanguinaires et déjà nos mains étaient toutes tachées de rouge. La veille, à la maison, ça avait discuté :

— Manger dehors, c'est un vrai luxe ! avait dit Victor.

— À condition qu'il fasse beau ; sinon, qu'est-ce qu'on va faire ? avait répliqué Étienne, mon père.

Ma grand-mère n'était pas trop d'accord non plus. Félicité, ma mère, était intervenue :

— Bien sûr qu'il va faire beau demain ! Arrêtez donc de vous inquiéter, avait-elle dit en faisant un clin d'œil à ma tante Marie-Éléonore, celle qui allait se marier.

Bien sûr qu'il a fait beau. Tout le monde a embrassé les mariés, ma tante Marie-Éléonore et son nouveau mari : Marcellin Hudon. Il y avait beaucoup de monde que je ne connaissais pas : c'étaient des membres de la famille de Marcellin, des gens de Saint-Pacôme que je n'avais jamais vus. Ils étaient habillés comme nous, comme tous les cultivateurs qui travaillent la terre. Et j'ai vu que les sœurs du marié ont souri quand ils ont constaté qu'on savait pour le drap. Ce n'étaient pas des sourires méchants, au contraire. Des sourires de connivence qu'on échange entre gens qui se respectent.

Un seul invité se distinguait des autres. Je l'ai bien regardé. Un monsieur qui parlait fort. Et qui disait plein de mots en anglais. Il était habillé comme quelqu'un qui a beaucoup de bien : un habit noir et un chapeau mou. Quand il a retiré sa veste, tout le monde a pu voir, traversant son ventre d'une poche à l'autre de son gilet, sa chaîne de montre en or. Je n'en avais jamais vu. Il passait son temps à la sortir pour épater la compagnie. Il paraît que ça s'appelle une « Walk Time ». Ça, ça veut dire : le temps qui marche.

Il y a eu des présentations ; nous, les enfants, on s'est mis à jouer et à courir autour des bâtiments. Et puis, on a fini par apporter les plats fumants. Des montagnes de patates, du bouilli, des pâtés et du ragoût. Tout le monde a mangé et bu et puis ç'a été au tour des mouches de venir tournoyer autour des restes. Avec mes cousins et mes cousines, on se bousculait autour des tables jusqu'à ce qu'on nous renvoie jouer plus loin. J'ai fait la connaissance des autres de Saint-Pacôme, les Hudon. Il y en avait beaucoup, ils nous ressemblaient.

Les adultes autour de la table ont allumé leurs pipes. Le curé à la place d'honneur faisait semblant de ne pas s'endormir. Malgré les conversations bruyantes, il a fini par franchement somnoler, son double menton s'aplatissant sur la rangée de petits boutons ronds de sa soutane. On avait beaucoup bu à la santé des mariés. On avait hâte que les violoneux s'y mettent ; mais il était trop tôt. Tandis que les femmes débarrassaient les tables et que les hommes continuaient de discuter, ma tante

Marie-Éléonore aidait son nouveau mari à préparer ses affaires. Parce qu'ils partaient le lendemain sur la goélette. Pour toujours. Ma tante Marie-Éléonore était ma préférée. On l'appelle Mélore. Je n'avais pas trop envie de la voir partir loin de nous. Elle s'était assise dans l'herbe avec Marcellin pour se reposer un peu. J'ai demandé :

— Tante Marie-Éléonore, pourquoi tu t'en vas ?

Ma tante avait les joues rouges d'excitation. Elle a tourné la tête vers moi et a répondu doucement :

— On va aller ouvrir un nouveau pays, Georgina. Comprends-tu ce que ça veut dire ? Une place où il n'y a rien. Pas de route, pas de village, pas de maison. Juste des arbres et du ciel. On va faire tout en neuf, avec nos seuls bras.

Marie-Éléonore avait les yeux qui brillaient. Marcellin s'est penché vers moi. Son nouveau mari, je l'aimais bien aussi. Grand, brun et fort, et il était toujours gentil avec moi. Quand il me rencontrait en venant veiller, il commençait par se pencher pour me regarder. Après il me parlait comme à une vraie personne. Il n'y avait personne d'autre que lui qui me parlait de cette façon. Les autres, ils restaient debout et je ne voyais d'eux que les poils qui poussaient dans leurs narines et leurs grosses mains qui gesticulaient. Lui, il se mettait à ma hauteur et il disait toujours des choses drôles. Peut-être pensait-il aux enfants qu'il aurait plus tard ? C'est pour cette raison que je l'aimais bien. Ses cheveux étaient toujours en broussaille, même le jour de son mariage. Il m'a dit sérieusement, comme à une adulte :

— On s'en va sur une terre neuve où l'orge et l'avoine vont pousser haut comme ça, juste à les regarder !

Je n'étais pas satisfaite de leurs réponses. J'avais de la misère à saisir leur besoin de traverser le fleuve et de se perdre dans les épinettes noires qu'on voyait distinctement le soir, de l'autre côté, quand le ciel était clair.

— Ici ça pousse aussi, l'avoine et l'orge, dis-je soudain.

— Ici on ne peut cultiver que les cailloux, m'a répondu Marcellin. Des terres de roches. Là-bas, c'est pas pareil, c'est de la terre neuve.

Dans les yeux de ma tante et de Marcellin, en plus du plaisir, je voyais enfouie une petite part de tristesse, un rien que je ne savais pas identifier à cette époque mais que je sentais là quand même et qui me rendait soucieuse. Il est vrai que ce jour-là, le jour de leur mariage, tous les deux ne pensaient qu'à leur bonheur. Pourtant, moi, je songeais que je ne verrais plus ma tante Mélore, on ne pourrait plus s'amuser ensemble à tondre la laine des moutons comme on faisait avant. Tous les deux, les amoureux, ils allaient abandonner leurs familles, les trajets familiers sur les mauvais chemins de Rivière-Ouelle arpentés mille fois en charrette et les villages et les rangs des alentours où ils comptaient des parents, des amis qui trimaient dur sur la terre morcelée. Est-ce qu'ils retrouveraient, là-bas, les collines douces et les chemins bien tracés entre les terres par leurs aïeux depuis des générations ? Oublieraient-ils les maisons modestes alignées le long des chemins et, en bas, le fleuve, « la mer » qu'on disait, et ces montagnes noires de la Côte-Nord qui avaient été leur horizon depuis la naissance ?

Marie-Éléonore, en parlant, avait posé sa main dans celle de Marcellin Hudon, son mari. Ils s'étaient regardés dans les yeux, un court instant. Sa confiance était entière. Avec lui, elle consentait à partir vers l'inconnu, dans l'espoir de se faire une vie meilleure. Elle savait bien que c'était possible. Ici, sur la Côte-du-Sud, les paroisses étaient surpeuplées. Il n'y avait plus de terres pour eux. Ses frères, Étienne, Victor qui riait toujours, Florian, même le petit Siméon, prêtaient leurs bras à droite, à gauche pour creuser des fossés, pour transporter le lait à la beurrerie au bout du rang, pour faire les foins des plus gros, des besognes qui n'en finissaient jamais pour essayer de ramasser quelques sous pour payer les taxes. La terre s'épuisait. On n'arrivait pas. Toujours endettés, toujours à recommencer. Dans toutes les paroisses environnantes, c'était partout le même refrain. Quant à vivre du cabotage sur les goélettes, comme le faisaient les Michaud, cousins de Mélore, non. Marcellin n'avait pas envie de cette vie-là. Il voulait une terre à lui. Une terre où il ferait pousser le blé et l'orge comme on était habitué de le faire depuis des générations de cultivateurs.

Tant de fois, Marie-Éléonore m'avait confié ses espoirs de partir d'ici. Partir, loin. Comme le monsieur avec la chaîne de montre en or qui racontait des villes illuminées et des machines qui menaient un bruit d'enfer ? Les États, c'était donc le

paradis ? J'avais du mal à comprendre ces désirs de partir. Et
où est-ce qu'ils allaient tous ?

Mais non. Marie-Éléonore et Marcellin n'allaient pas changer de pays. Ils resteraient dans le Bas-Canada, français et
catholique. Au fond d'eux-mêmes sommeillait une crainte
diffuse : pouvait-on éviter de perdre son âme si on s'éloignait
des bienfaits intemporels de l'Église, si on changeait de langue
et si on se laissait abrutir par une vie trop facilement gagnée ?
Il n'était pas question de déménager vers le sud. Le sud, c'était
le dernier recours, l'aliénation. Devenir américains anglos et
protestants ? Il fallait tout essayer avant de s'y résoudre.

Mais on aurait dit que c'était comme une maladie. On ne
parlait que de ça dans les rangs tout autour. Même dans nos
jeux, il était question de départ... rarement de retour. Même en
cette journée de réjouissances, chaque fois qu'en se rapprochant
de la table, en jouant, on attrapait un bout de conversation, on
comprenait qu'il était question de départ et de déménagement.
Ce mot-là remuait toutes sortes d'images dans ma tête. Des
images féeriques de forêts sauvages, mais ça me serrait un peu
le cœur d'y penser. Malgré leur joie bruyante, tous et chacun
ressentaient aussi ce petit pincement. C'est pour ça que la noce
de ma tante avait un petit côté triste. Caché derrière la joie de
la fête et le bonheur des mariés, il traînait dans l'atmosphère
un petit quelque chose de peu réjouissant, une inquiétude. La
semaine avant, alors que les femmes s'activaient autour du
coffre de Marie-Éléonore, j'avais vu souvent ma grand-mère
essuyer une larme sur ses joues. Elle soupirait et laissait
s'échapper des mots de temps en temps. Des mots qui revenaient souvent :

— On ne peut pas faire autrement, pas autrement...

C'est vrai que je ne me rendais pas tout à fait compte que
Marie-Éléonore s'en allait de chez nous pour toujours. J'avais
assez couru, joué et mangé. Le soleil de mai tapait déjà et
j'avais chaud ; à cause de ma tante, je me suis assise dans
l'herbe et je me suis mise à écouter ce que les hommes disaient.

— Quand il y en a un qui s'en va, c'est drôle à dire, c'est
presque un soulagement, disait Élie Hudon, le père de Marcellin. Parce que la terre, on peut plus l'étirer. Par chez nous,
elle est déjà divisée entre les trois fils.

— Seize arpents, c'est pas gros, soupirait l'un des noceurs.

— Les terres d'en arrière sont pires que les nôtres. J'ai pensé défricher dans ma concession de bois. Si tu voyais ça : les épinettes poussent sur la roche ! On pourrait jamais passer une charrue là-dedans.

— Pour les jeunes, il n'y a pas trente-six solutions. S'en aller.

Le curé, qui avait fini par se remettre tout droit sur sa chaise, dit d'une voix sonore :

— En tout cas, les mariés, ils sont mieux comme ça que de s'expatrier aux États !

— Comment ça ? s'écria le monsieur avec la montre. C'est pas si pire que ça, les États !

Mais le curé lui lança un regard qui en disait long.

— Pas si pire, tu dis : mais en anglais, et pas dans ta religion ! L'argent, c'est bien beau...

Les hommes s'étaient tus. L'un d'eux chassa les mouches qui tournoyaient au-dessus des taches de gras sur le drap blanc.

Mon père gardait le silence, mais il avait sa face des jours maigres, sa face de carême, comme disait maman. Tout à coup, il a lancé :

— Vous, monsieur le curé, vous avez tout ce qu'il vous faut. Vous pouvez pas savoir... Les États, même si on change de pays, au moins on gagne de quoi. Moi, si ça continue, je vais me mettre à y penser à partir aux États. On n'a même pas de quoi se payer des semences et de l'engrais.

Sa voix s'est amplifiée. Ses joues devenaient de plus en plus rouges. J'ai cherché ma mère du regard. Assise sur une chaise droite, ses mains posées sur ses genoux, elle ne disait rien. Elle baissait les yeux.

La voix de mon père s'est faite plus forte :

— Comment ça se fait qu'on n'arrive jamais dans ce pays de misère ? On trime du matin au soir et on n'arrive pas. Pis, parlez-moi pas de gagner notre ciel ! C'est des sornettes, ça. On est enchaînés à notre sol de cailloux et le gouvernement ne fait rien pour nous aider.

Tout à coup, ma grand-mère est sortie de la maison avec le gâteau. Ma tante Angèle apportait le café. Tout le monde s'est mis à crier après les mariés pour qu'ils viennent couper leur gâteau. La conversation s'est arrêtée là. Mon père est resté avec sa colère en dedans, ses lèvres serrées sur les dents. Ma mère n'osait pas lever les yeux de ses mains.

Des bravos et des hourras ont retenti. C'est ma grand-mère qui a offert la santé aux mariés pour remplacer grand-père Edmond qui est mort. Sa voix tremblait un peu. Et pas juste parce qu'elle est vieille. L'émotion de voir marier sa première fille sans la présence de son mari Edmond. Peut-être qu'elle pensait aussi au départ du lendemain.

— Ma fille, on va boire à ta santé et puis à la santé de ton mari, Marcellin....

Après ça, le père Hudon a aussi fait boire la compagnie à la santé de son fils et de sa nouvelle femme. Lui, il ne semblait pas affecté du fait que Marcellin quitte la terre paternelle. Il lui restait trois autres fils. Angélina Hudon, le menton sur la poitrine, laissait couler sans retenue des larmes le long de ses joues. Même si c'était seulement la deuxième fois que j'assistais à des noces, je me disais que c'était toujours comme ça : on rit, on se chicane et on pleure. Mais à un moment donné, j'ai eu peur que tout le monde se mette à pleurer ; heureusement, mon oncle Victor, qui fait toujours des farces, s'est empressé de lancer :

— Hé! Mélore, tu vas pas partir sans nous faire une p'tite danse ?

Et tout le monde s'est mis à crier :

— Mélore va danser ! Mélore va danser !

▼

Celui qu'on appelle Piton du Chemin-de-l'Anse était parmi les invités de la noce. C'est un violoneux. Quand le monde a commencé à le réclamer, il s'est installé sans se faire prier sur la galerie et il a commencé à jouer. Les danseurs s'activaient dehors et dedans : ça menait grand train. Nous, les jeunes, on a fait la ronde en criant tout autour de la maison. On a tourné, tourné.

Mais j'en ai perdu des bouts. Longtemps, comme dans des vagues, j'ai entendu la musique et le bruit des talons sur le plancher de bois. Je me souviens que, la nuit venue, mon père, dont l'haleine sentait fort, m'a prise dans ses bras pour me déposer dans la charrette. Mon petit frère Ferdinand dormait déjà.

De Saint-Pacôme à Rivière-Ouelle, ce n'est pas loin. Mais la nuit on dirait que les routes rallongent. Longtemps, je me suis laissé bercer par les cahots du chemin. Et tout à coup, j'ai ouvert les yeux. Devant, je voyais la silhouette de ma grand-mère. Ma mère était là aussi. Personne ne parlait. Et mon oncle Victor, pourquoi ne rentrait-il pas ?

J'ai renversé ma tête, sans dire un mot, et j'ai regardé le ciel. Il y avait des nuages et, dans les trous, des milliers d'étoiles qui scintillaient. Mais en bas, sur la terre, tout était nuit noire. Des odeurs d'herbe nouvelle se glissaient jusqu'à mes narines. Soudain, le vent a poussé un nuage et la lune est apparue, doucement, comme si on avait ouvert un rideau pour la laisser sortir. Et sans prévenir, le décor devant moi est devenu tout brillant, mille petites lumières s'agitaient. J'ai eu presque peur, un moment. Et puis, j'ai souri : la lune se reflé-tait dans le fleuve, mon fleuve.

Malgré ma fatigue, j'ai gardé les yeux ouverts pour voir. D'un seul coup, la nuit a revêtu des formes familières. Bien sûr, la charrette s'était engagée dans le chemin du rang de l'Éventail, notre rang. Je le savais, je le sentais. Je reconnais-sais les formes, les ombres, à droite à gauche. Même sans la lune, je pense que j'aurais pu reconnaître les tas de pierres dans les champs, les clôtures mal ajustées et tout près, là, la sil-houette du vieil érable qui commençait à argenter ses feuilles. Ici, c'était chez nous. Je connaissais toutes les pierres de la route. Mais il n'y a pas qu'un chemin qui compte. Il y a tout le reste...

Puis, pour finir le petit bout de chemin qui menait à la mai-son, je me suis relevée pour m'asseoir et j'ai regardé avec attention. Je voulais prendre note, pour m'en souvenir, de la brillance du fleuve. Lui aussi, faisait partie de ma vie de tous les jours. Il était encore plus beau la nuit parce qu'il scintillait ; et en faisant un petit effort, j'arrivais à distinguer l'odeur du varech qui grimpait jusqu'à nous. Derrière le reflet de la lune se découpaient les montagnes noires de la rive nord. Pleines d'arbres. La lune traçait comme un chemin sur le fleuve, un chemin de lumière. Est-ce ce chemin qu'allait emprunter Marie-Éléonore demain pour rejoindre son pays tout neuf?

CHAPITRE 2

Une poupée dans un coffre

Ma mère me secouait :

— Georgina, lève-toi. On s'en va reconduire Marie-Éléonore et Marcellin.

Je me suis éveillée d'un coup et je me suis souvenue que la noce allait s'achever par le départ de ma tante. Le cœur me battait fort dans la poitrine. J'ai enfilé ma robe du dimanche même si elle était froissée et salie. J'ai dégringolé l'escalier vers la cuisine d'où venaient déjà des bruits de pas et des odeurs de fricot. Du coin de l'œil, j'ai vu que l'horloge avait été déplacée. Ah ! la fameuse horloge de grand-mère ! On peut dire qu'elle y tenait, c'était son seul bien, l'unique article de son trousseau de mariée qui avait de la valeur. Je l'avais toujours vue là, l'horloge, sur la tablette dans le coin, qui sonnait les heures et puis, parfois, par caprice, qui s'arrêtait. Qu'est-ce qu'elle faisait sur la table, ce matin ?

J'entendais les voix dehors et un va-et-vient autour de la maison. J'ai attrapé un morceau de pain et je suis sortie sur la galerie où Mélore achevait de remplir son coffre. Avec ma mère, elle pliait soigneusement les deux draps qu'elle avait tissés pendant l'hiver. Ma grand-mère enveloppait des objets dans du linge : le panier à couture, des assiettes en fer blanc, des ustensiles de cuisine, des hardes. En dernier venait la courtepointe, trésor de patience, que ma tante maniait avec respect et admiration. Toutes les trois, elles riaient parce que remplir un coffre de mariée, ça, oui, on avait l'habitude, mais préparer un voyage, un voyage pour toujours, c'était tellement excitant. Les éclats de rire camouflent souvent les émotions trop fortes qui vous tordent le cœur comme on tord un torchon mouillé.

Des voisins étaient venus, dissimulant dans leurs mains maladroites d'humbles cadeaux pour les partants.

— Pour le voyage! a dit Fabienne, l'amie de maman qui habitait trois maisons plus loin sur le rang, en tendant un paquet de linge informe.

Chacun apportait quelque chose : un pain de sucre d'érable, une livre de beurre, un pot de confitures de l'année, des galettes à la mélasse enveloppées dans un linge, une pièce d'étoffe pour le trousseau de Marie-Éléonore. Et la nouvelle mariée, les joues en feu, essayait tant bien que mal de trouver une place pour chaque chose dans son coffre déjà plein à craquer. Mais il n'était pas question de refuser les présents. Plus l'heure du départ approchait, plus elle se cramponnait malgré elle à ces humbles témoignages qui allaient lui servir de mémoire. Mémoire des lieux, mémoire des amitiés, mémoire des voix, des bruits et des odeurs du rang de l'Éventail où elle avait vécu ses dix-huit années et qu'elle allait, pour la première fois de sa vie, quitter pour toujours.

Marcellin, lui, achevait de rassembler les outils indispensables : la hache, l'égoïne, les faucilles, la gouge.

— Ouais! Tu vas en avoir besoin de ta hache, lançaient les plus vieux.

— T'as heureusement des bons bras, parce que bûcher du pin pis de l'épinette... ça va pas te manquer!

— Ta faucille a le temps de rouiller d'ici que tu t'en serves! ajoutait en fanfaronnant le cultivateur qui possédait les plus grandes prairies de foin à couper.

— Tu serais mieux d'apporter deux haches! raillait le grand Denis.

— J'ai besoin de tout ça, dit Marcellin en riant. Oubliez pas qu'il faut que je construise ma maison, et les meubles avec...

— As-tu pris des clous? Est-ce qu'il y a une forge, là-bas?

— Quand je serai rendu là, on verra bien. Un forgeron, on en fera venir un d'ici! En attendant, on va camper, poursuivit Marcellin.

Défricher à la hache des terres en bois debout, tous les hommes présents savaient à quoi ça rime. Jour après jour, on entendait les récits détaillés des expériences des colons partis de la Côte-du-Sud. Tous les cultivateurs de la Rivière-Ouelle et des environs suivaient les nouvelles qui circulaient au sujet de l'Association. Le curé du village, Charles Bégin, était le premier d'ailleurs à en parler. Parce que l'Association de l'Islet et de Kamouraska n'était pas quelque chose qui venait de Québec. C'était une entreprise née ici même à Sainte-Anne, une société coopérative bien structurée, et toutes les paroisses de la Côte-du-Sud étaient participantes. Depuis six ans, beaucoup d'habitants avaient été tentés de lâcher leurs terres de roches et de quitter le pays. Partir. Et pas n'importe où. On le savait où s'en allaient les colons membres et actionnaires qui obtenaient leurs terres de la «Société», comme on disait, appuyés par leurs curés et leurs notables. Au Lac-Saint-Jean. De l'autre côté du fleuve, au bout du Saguenay; dans une région où toutes les terres étaient fertiles. Ou, plutôt, là où le sol était fertile; parce que les terres, elles n'existaient pas encore. Une fois la forêt arrachée, elles allaient surgir, bien sûr. Mais, pour le moment, elles étaient pleines d'arbres.

Damase Michaud, qui était allé au Lac-Saint-Jean défricher pour le compte du curé Hébert de Saint-Paschal, deux étés auparavant, lança :

— En tout cas, Marcellin, fais attention aux mouches noires ! Tu vas voir, là-bas, elles sont d'une race à part. De véritables ogresses.

— T'en fais pas, Damase ; elles ne me font pas peur. Il paraît qu'avec de la graisse d'ours on arrive à s'en protéger.

— Ah ! tu verras que c'est pas si simple. Les brûlots de là-bas sont les plus voraces de la terre !

Les anciens se tenaient là, en retrait sans prendre part aux derniers préparatifs, mais eux aussi sentaient dans l'air l'espèce de fièvre que transmettent les départs. J'ai couru vers papa qui entassait des caisses sur la charrette avec mon nouvel oncle, Marcellin. Ferdinand s'amusait avec un cercle de tonneau. Mais quand il m'a vu, il est venu vers moi. Il a chuchoté :

— Grand-mère veut pas que Marie-Éléonore emporte l'horloge. Ils se sont chicanés avec papa tout à l'heure, pendant que tu dormais.

— Qu'est-ce que tu racontes ? L'horloge ?

Je n'avais pas le temps d'écouter. Une idée me trottait dans la tête. Papa, qui revenait vers la maison, m'a fait une petite caresse et m'a tiré une couette :

— Hé, la petite, on se lève tard, hein ?

J'observais Marie-Éléonore, qui avait fini d'empiler ses affaires. Je me suis précipitée dans la maison et j'ai grimpé les marches deux à la fois. Moi aussi, je voulais donner un cadeau à ma tante. Mais quoi ? Je ne voulais pas qu'elle m'oublie, là-bas. J'ai rapidement fait le tour de mes affaires éparpillées dans ma chambre : à part quelques cahiers d'école, un porte-plume, un encrier et des billes que papa m'avait rapportées du marché à Québec, je ne voyais rien qui eût pu faire plaisir à une jeune mariée. Tout à coup, j'ai vu ma vieille poupée de chiffon, toute décolorée, qui penchait la tête sur la chaise. Je l'ai empoignée et j'ai couru en bas. J'ai filé vers Marie-Éléonore et j'ai tiré sur sa robe :

— Tante Marie-Éléonore, j'ai un cadeau que je veux que tu emportes.

Elle s'est retournée en souriant vers moi et je lui ai tendu Colombe. Ma poupée s'appelait Colombe. Ma tante a rigolé et a demandé :

— Ta Colombe chérie ? Ah ! Georgina... faut pas !

Je me suis empressée de dire :

— Tu sais, je suis trop grande maintenant. Et toi, quand tu auras des bébés, tu n'auras rien pour les amuser. Alors, je te la donne...

Marie-Éléonore s'est accroupie sur ses talons pour être à ma hauteur. Puis, elle a tenu mon visage dans ses deux mains et elle m'a dit en me regardant dans les yeux :

— Ça, Georgina, c'est mon plus beau cadeau. Je vais toujours penser à toi.

Elle a pris ma Colombe, elle lui a donné un baiser et elle l'a rangée juste sous la courtepointe avant de refermer le couvercle de son coffre.

— C'est le temps de descendre ! a crié papa. La marée va monter et la goélette ne va pas vous attendre ! On est mieux de se grouiller.

Aussitôt, on s'est mis en branle. Les charrettes chargées ont pris le chemin. Ceux qui ne descendaient pas au fleuve restaient piqués devant la maison à saluer. Grand-Maman saluait faiblement et pleurait. Ferdinand et moi, assis avec les caisses, les jambes ballottant dans le vide, on se laissait secouer par les cahots du chemin avec la joie de tous les enfants qui prennent part à un événement qui compte.

Il y avait foule dans l'anse. On chargeait la *Marie-Chanceuse* tandis que la marée était basse. Il fallait se dépêcher parce que, lorsque la marée allait monter, eh bien, il faudrait s'en aller. Il y a toujours du monde autour des goélettes qui arrivent et qui partent. Mais cette fois, c'était spécial. C'est quand même pas tous les jours que des gens partaient pour vrai avec des tas de provisions, des caisses et des animaux, pour aller non seulement de l'autre côté du fleuve au bord des montagnes noires mais plus loin, plus loin, en naviguant sur une grande rivière.

C'était tout un branle-bas que de charger les goélettes immobiles sur le sable. Je me disais que ce serait bien différent une fois qu'on aurait fini de construire le quai ; mais c'est long construire un quai, et papa m'avait dit qu'il faudrait encore une ou deux années. Il y avait trois goélettes qui allaient appareiller et leurs quilles penchaient sur le sable mouillé tandis que les charrettes, pleines de boîtes, d'outils et même d'animaux, faisaient un va-et-vient étourdissant sur la batture. Parce qu'en plus les colons devaient emporter aussi de l'équipement et des provisions pour ceux qui étaient déjà établis là-bas. Non seulement on allait emplir la cale de marchandises, mais il faudrait empiler le surplus sur le pont. Deux représentants du comité de paroisse tentaient de vérifier si toutes les marchandises y étaient. Une famille qui partait avait amené un veau et il fallait lui trouver une place à l'avant de la goélette. Une autre avait une cage avec des poules ; en plus des chiens qui couraillaient sur la batture et jappaient tant qu'ils pouvaient, ça faisait un drôle de tintamarre. C'est pour ça que je me suis faufilée vers les rochers, plus loin, en attendant que les choses se calment.

J'aimais bien me promener sur la batture à marée basse. J'aimais marcher sur les varechs qui pètent et chercher des écrevisses dans les trous des rochers remplis d'eau salée. Ça sentait fort le fleuve salé : ça sentait la mer. Je me souviens que quand on lève les yeux et qu'on regarde l'eau devant soi, ça fait tout drôle. Je ne sais pas comment expliquer ça, mais regarder le fleuve m'a toujours apporté une sensation bizarre, comme si ça faisait des vagues en dedans de moi. Aujourd'hui, quand j'y repense, je me dis que cette vision large, les reflets du ciel sur l'eau sont rentrés en moi par les yeux et ils y sont encore. Même loin de la Côte, je garde au fond de moi l'image imprécise mais réelle de l'immensité du ciel au-dessus du fleuve, quels que soient sa couleur ou l'état des saisons.

Je pouvais voir le gros rocher sur la pointe avec ses traces géantes. Combien de fois ma grand-mère nous avait-elle raconté cette histoire de spectres blancs qui erraient sur la grève pendant les grosses marées d'automne ? On parlait à voix basse des Indiens qui les avaient emportés au loin laissant la marque de leurs raquettes sur la pierre ; je n'y croyais pas vraiment mais leur vue me faisait quand même frissonner de peur.

Je suis restée longtemps à rêvasser puis, tout d'un coup, j'ai réalisé que la marée avait beaucoup monté. J'ai tourné la tête vers la *Marie-Chanceuse* à l'ancre. Hé ! Elle était à flots. On voyait des gens et des marchandises sur le pont, mais les chevaux et les charrettes qui transportaient les affaires étaient au sec sur la grève. Heureusement, on n'avait pas encore hissé les voiles. Je me suis mise à courir à toute vitesse en espérant arriver à temps. Les derniers passagers allaient rejoindre la goélette à bord d'une chaloupe. J'ai pu embrasser Marie-Éléonore et Marcellin et ils sont partis. Des exclamations fusaient :

— Bon voyage !

— Adieu !

— Prépare tes claques à moustiques !

Une famille avec deux petits enfants a embarqué dans la chaloupe. Je les regardais, étonnée. Puis, j'ai demandé :

— Ils s'en vont au Lac-Saint-Jean, eux aussi ?

— Bien oui, a dit maman, avec leurs parents...

— Ah ! je pensais que c'étaient juste les grands qui faisaient le voyage.

Soudain, le petit garçon s'est mis à crier et à se débattre. Il hurlait :

— Miraut ! Miraut !

Un chien jaune, court sur pattes, aboyait. Il s'est lancé à l'eau finalement, rejoignant la chaloupe, tandis que le petit garçon criait encore. Son père a dit :

— On n'emmène pas Miraut, c'est impossible, Antoine. Tu le sais, on peut pas. Grand-papa va le garder.

Mais Antoine pleurait à fendre l'âme en tendant ses petits bras vers le chien.

Enfin, on a hissé la grand-voile puis les autres. Le vent les a fait gonfler et, accompagnée des saluts et des souhaits de ceux qui restaient, la goélette s'est éloignée doucement du rivage. Les passagers, se pressant sur les bordages, regardaient s'estomper les dernières images de leur village. Je distinguais les visages émus de Marie-Éléonore et des autres colons entre les quarts de mélasse et les sacs de semences ; entre deux haubans, j'ai repéré le petit Antoine, serré contre ses parents qui envoyaient la main ; on ne voyait que son visage buté, son corps remué de sanglots. Il ne criait plus après son chien ; sur son épaule, la main de son père devait serrer. Pourquoi donc faut-il que les départs soient grisants pour les uns et pleins de chagrin pour les autres ?

Quand je suis rentrée, mon premier coup d'œil a été pour l'horloge. Elle avait repris sa place dans le coin de la grande pièce, sur sa tablette surélevée. On entendait son tic-tac continu que j'avais toujours entendu.

Bon, l'horloge restait, elle. Je pense que j'aimais mieux ça comme ça. J'en avais assez de sentir mon cœur tout chaviré par les départs.

CHAPITRE 3

La mère des pierres

Quand j'étais assise sur mon banc, à l'école, on aurait dit que je changeais de peau. L'école, c'était un autre monde. J'y allais avec respect. Avant de partir, je me lavais les mains comme il faut. Je tirais mes bas et j'essayais de cacher l'usure de ma vieille jupe de coton.

À peine avais-je posé mes fesses sur le banc à côté de Justine Gauvin, touché à mon cahier, à ma boîte de plumes que tout à coup, la terre, les poules, le fumier, le sarclage du jardin, toutes les tâches quotidiennes s'envolaient. À l'école, c'était comme si tout était possible. Sûrement que c'était la faute des livres, des cartes géographiques et des tables de multiplication qui me transportaient dans un monde différent, loin, loin du rang de l'Éventail. Je ne sais pas si c'est pareil pour tous les écoliers, encore aujourd'hui, mais pour moi, c'était ainsi.

Quand la maîtresse agitait la clochette, je refermais mon cahier et j'avais l'impression de sortir d'un rêve. Justine me poussait du coude et chuchotait :

— Hé ! Georgina. La classe est finie. Tu reviens sur terre ?

Je me souviens d'une journée de printemps, en particulier, où j'avais abandonné les rêves pour la terre de notre champ. Je n'étais pas allée à l'école ce jour-là : j'avais passé toute la journée dehors, au travail, avec Ferdinand et maman. Il est vrai qu'en cette saison tout le monde donnait un coup de main. L'école, ça passait après les semailles. La neige venait à peine de fondre et les branches étaient toujours nues. Les voisins des deux côtés étaient dans leurs champs comme nous. On était partis de bonne heure et en arrivant je n'en avais pas cru mes yeux. La besogne ne manquait pas. Pendant que Victor et papa labouraient, nous, on entassait les roches. Siméon et Angèle faisaient le champ d'en bas. Grand-maman disait que les pierres poussent l'hiver. Ah ! il y en avait tellement ! J'ai entendu papa qui bougonnait :

— D'où est-ce qu'elles viennent, toutes ces pierres ? Des roches, des roches, rien que des maudites roches par ici !

Et maman qui lui disait :

— Étienne, ça ne sert à rien de te fâcher après des pierres.

C'était toujours pareil. Papa qui se fâchait, maman qui essayait de l'encourager, les deux qui soupiraient.

Je restais debout à réfléchir, mes vieux souliers enfoncés dans la terre craquelée par le gel. C'est vrai qu'à regarder bêtement, comme ça, on aurait dit qu'il y avait plus de pierres en surface que de terre. Maman avait crié :

— Hé ! Georgina. C'est pas en rêvant que tu vas épierrer ton bout. Viens par ici qu'on commence. Toi, Ferdinand, fais un tas dans ce coin-là ; on le transportera à la brouette.

Ferdinand était content de faire un vrai travail, un travail d'homme comme il disait. Pourtant, les filles n'y échappaient pas : maman, moi et Angèle, on était de corvée. Quand elle n'avait pas trop mal aux reins, grand-maman venait ramasser avec nous. Mais elle se fatiguait vite. Ramasser des pierres, ce n'était pas aussi important que labourer, bien sûr, mais tous les bras se valent bien. Et puis, si on voulait semer...

On avait beau être au mois de mai, il ne faisait pas chaud. Mais je n'avais pas mis de temps à me réchauffer. Pendant ce qui m'a semblé des heures j'ai soulevé des roches, les ai transportées et jetées sur le tas qui devenait énorme. Il y en avait des grosses que je sortais de terre avec l'aide de la fourche, des rondes et des pointues que je tentais de rouler. Il y en avait une si grosse qu'on s'est mis à trois pour la pousser avec Ferdinand et maman. Mais même en poussant de toutes nos forces, on n'est pas arrivés à la bouger. Alors j'ai dit :

— C'est la mère des pierres. On ne peut pas l'ôter. Il faut la laisser là.

— Qu'est-ce que tu inventes là ? a demandé ma mère d'une voix irritée. C'est ça que tu apprends à l'école ? Des belles niaiseries.

La mère des pierres. C'était une belle idée qui m'était venue toute seule. Pourquoi avoir dit ça ? Peut-être parce que la grosse pierre était ancrée dans le sol, comme ma grand-mère qui se fâche quand on parle de partir. Oui, enfoncée dans sa terre comme une grosse pierre, c'est bien comme ça qu'elle était, ma grand-mère. Était-ce pour cette raison qu'elle n'avait pas voulu que sa fille aînée, Marie-Éléonore, emporte l'horloge au Lac-Saint-Jean ? Grand-mère était comme la grosse roche, soudée à sa terre et à son bien, et elle refusait de s'en aller. Et elle ne voulait pas que les autres s'en aillent non plus. Mais une roche, elle, ne pensait pas à tout ça.

— Elle est juste là pour nous embêter et pour empêcher la herse de labourer et les sillons de se faire tout droits, dit Ferdinand.

— Peut-être pas, ai-je répliqué.

J'essayais d'imaginer le discours secret de tout ce qui nous entoure : les arbres, les clôtures, les ruisseaux, et pourquoi pas les pierres ?

Ferdinand a grimpé sur la grosse roche. Il a tapé dessus et il a crié :

— Eh ! ben, reste là d'abord, grosse mémère !

On a fini par rire tous ensemble, même maman. Et puis, on s'est mis à avoir faim. Rien qu'à entendre les grognements dans mon ventre et à regarder le soleil, je savais bien qu'il était presque midi. Alors on a fait des grands signes à papa et à Victor et on a crié à Siméon et à Angèle de rentrer manger. Maman a soupiré en enjambant les mottes de terre et en regardant le tout petit bout qu'on avait réussi à clairer.

— Est-ce qu'on viendra jamais à bout d'érocher cette terre-là ?

Grand-mère avait préparé la soupe et elle nous attendait. Elle se tenait droite au bout de la table avec la louche en main. Elle ne souriait pas. Elle me faisait un peu peur, ma grand-mère Bonenfant. Elle ne riait pas souvent. C'était elle, le chef de la famille. Je me disais que quand on est un chef, même si on est une femme, il faut être sérieux et éviter de rire. Quand papa est entré en penchant la tête, elle lui a lancé un regard en lui demandant :

— Ça avance bien ?

Papa a grogné pour toute réponse.

— On serait mieux de semer de la roche.

35

On a mangé en silence autour de la table ; on y était tous, sauf Marie-Éléonore, bien entendu.

Ferdinand a lancé à mémé :

— Tu sais, grand-maman, eh bien ! nous autres, on a rencontré la mère des pierres ! Une grosse, énorme...

— Qu'est-ce que tu racontes là ? a demandé grand-mère, qui avait un faible pour son petit-fils.

— Ben oui ; c'est Georgina qui l'a appelée comme ça. Elle est tellement grosse qu'on peut pas la grouiller !

— Georgina, tu as beaucoup d'imagination pour donner des noms ! m'a lancé la grand-mère.

Pour me justifier, j'ai dit :

— Ça doit être une très vieille pierre. Peut-être qu'elle est là depuis des millions d'années.

Papa m'a regardée avec ses yeux souriants et il s'est mis à rire. Il a répété : *la mère des pierres* et il a ri encore. Chacun autour de la table s'est arrêté de manger. L'atmosphère s'est détendue. J'étais contente, parce qu'il me semblait que c'était à cause de moi qu'on avait pensé à autre chose qu'à la besogne. Et je retrouvais papa comme il était d'habitude, joyeux et drôle.

Ça faisait longtemps que mon père ruminait sa mauvaise humeur. Je m'en étais aperçue. Je m'en rendais compte plus que les autres parce que d'ordinaire, moi et mon père, on s'entendait bien. Grâce à une espèce d'accord naturel qui faisait qu'on se comprenait sans avoir besoin de parler : on aurait dit qu'on ressentait les mêmes choses. Je savais bien que les parents avaient des soucis que les enfants ne saisissaient pas toujours, mais je flairais tout de suite, sans que personne le dise, quand mon père avait quelque chose sur le cœur. Son irritation, sa tension se communiquaient jusqu'à moi, le soir, quand je l'entendais discuter avec ma mère ; sans même reconnaître les mots à travers la mince cloison, je sentais monter en moi une inquiétude ; quand sa voix s'amplifiait et que la discussion durait, je me disais qu'il était question de notre vie à tous.

Quand on était ensemble, aussi loin que je me souvienne, papa redevenait un petit garçon, je veux dire qu'il me semblait aussi entreprenant que mon cousin Sabin, qui a le don d'inventer les tours les plus farfelus. Les autres voulaient toujours que je sois sérieuse, appliquée, que j'aide, que j'arrête de perdre mon temps et de rêvasser. Papa, lui, consentait toujours à faire des blagues insensées avec moi, à jouer à des insignifiances et même à dire des mots sans queue ni tête, pour rire. C'est presque en cachette que papa m'enseignait des chansons drôles comme celle-ci :

Allant à l'école
J'eus grand peur des loups
Hou ! hou ! hou !
La jeunesse est folle
Et les vieux sont fous !

Il fallait faire attention que grand-mère ne nous entende pas quand on chantait ça, parce qu'elle se fâchait. Papa savait tout plein de chansons, et quand passait un quêteux qui était aussi violoneux, il les chantait avec lui.

Parfois on s'assoyait tous les deux, le dos à la clôture de perches, et papa proposait de compter les brins d'herbe et puis de prononcer des vire-langue. Ah ! il était bon avec les vire-langue ! Dire «un chasseur sachant chasser sait chasser sans son chien» sans se tromper, ce n'était pas facile, mais papa y arrivait toujours et moi, je bafouillais en riant. On débitait des formulettes comme «Tontétatilôtétatou ?» et on se sentait bien ensemble.

Ma mère qualifiait ces occupations de « jeux d'imbéciles», mais moi, je m'amusais beaucoup et je suis sûre que je ne perdais pas mon temps. Est-ce que papa perdait le sien ? Je n'en sais rien. Mais il est certain que depuis un bout de temps on ne le voyait pas souvent sourire ni chanter, mon père. Alors, en le voyant détendu comme ça, j'étais contente. J'étais toute chaude en dedans. Parce que je me disais que c'est bien quand un homme ressemble à autre chose qu'un cheval qui s'éreinte sans rien dire du matin au soir.

On finissait la soupe quand on a entendu grincer les roues d'une charrette. Puis, la porte s'est ouverte. Le voisin, Firmin Ouellet, est entré dans la cuisine et il a lancé :

— J'arrive du comité de paroisse au village. J'ai pensé que ça intéresserait Étienne de savoir que l'Association va tirer des lots au sort et les donner gratuitement. Au lieu de vendre les terres, cette fois ils vont les donner. Ils ont besoin d'autres colons par là-bas.

Un silence s'est installé. Autour de la table, on savait tous, même Ferdinand, à quelle association Firmin faisait référence.

Firmin a continué :

— Moi, je pense que c'est le bon moment pour avoir une terre. Gratis, à part ça. Ça fait tellement longtemps que j'y pense : maintenant, il faut juste trouver un actionnaire qui va vouloir me la céder. Parce que s'il faut la payer, je ne serai pas plus avancé...

— Des terres défrichées ? a demandé Étienne.

— Bien non, je ne crois pas. Des lots non améliorés. Mais, quand c'est pour rien... En tout cas, penses-y bien, Étienne. C'est une véritable occasion. Y sont mal pris : faut croire que les gros riches qui ont acheté des lots les occupent même pas. Alors, ça ralentit toute l'affaire, les dettes s'accumulent. Les chemins se font pas, les arbres sont pas coupés. Moi, je me dis qu'on peut pas laisser passer ça : cent acres gratuits, c'est pas souvent que tu trouves ça sur ton chemin. J'ai pensé que tu pourrais peut-être demander au père de Marcellin. Lui, il a bien acheté un lot pour son fils. S'il en tirait un autre... tu pourrais t'arranger avec lui.

— Puis toi, qui c'est qui va t'arranger ça ?

— Dans la parenté de Léonie, ma femme, on va trouver. Bien, bon appétit, là !

Et la porte a claqué. Puis, papa a commencé à tourner son bout de pain sur la table sans lever les yeux.

D'un seul coup, j'ai senti mon cœur battre dans ma poitrine. Un tirage au sort. Ça veut dire qu'on pouvait gagner ! Et si on gagnait un lot, on pourrait partir nous aussi, comme la famille du petit Antoine ! Ah ! Partir, de l'autre côté du fleuve vers les montagnes noires, rejoindre Marie-Éléonore. Ah ! je n'en croyais pas mes oreilles...

Mais papa continuait à jouer avec son pain sans lever les yeux. Il a juste regardé maman en face de lui. Sa bonne humeur était loin ! Ma mère s'est levée pour aller chercher des galettes à la mélasse. Ferdinand s'est écrié :

— Hé, papa, est-ce qu'on va y aller, nous aussi, au Lac-Saint-Jean ?

C'est ma grand-mère qui a répondu d'une voix ferme :

— Pour gagner un lot, même gratuit, il faut d'abord payer sa part pour être membre de l'Association. La terre d'ici, c'est à nous autres. Ton père l'a payée à force de bras. Moi, je vais finir mon règne ici, sur la terre des Bonenfant. C'est notre sort à nous, de rester sur le lieu où le bon Dieu nous a placés. Et puis, c'est toi, Étienne, qui remplaces ton père ici. Comment veux-tu qu'on vive si on n'a personne pour faire la besogne ?

Mon père a arrêté de jouer avec la boule de pain. Il a pris une grande respiration.

Mon oncle Victor a dit :

— Moi, je suis là aussi. Ça fait deux.

— Toi, t'as juste dix-huit ans, a dit la grand-mère. Mais qu'est-ce que vous avez, donc, à vouloir tous partir ?

— La terre est trop petite. Et pis, il n'y a que de la roche !

— C'est pas une raison. Si Georges-Edmond vivait, il dirait comme moi... restez dans votre paroisse au lieu de penser à courir les chemins... C'est ça notre destinée.

— C'est pas si sûr qu'il dirait comme toi, a répliqué Étienne en rompant son silence. On peut pas rester tous les trois fils sur la même terre avec nos familles. Victor est à la veille de se marier. Tu le sais bien que c'est pas possible. Popa l'avait déjà partagée avec ses frères à lui, notre terre. Il ne me restera pas plus que cinq arpents si ça continue ! Il n'y a pas de place pour nous tous. On gagne rien. On arrive juste à se nourrir. Il faut gagner le reste à creuser des fossés et à trimer chez d'autres cultivateurs. Tu le vois bien qu'on n'arrive pas ! Firmin peut bien songer à aller ouvrir sa terre, lui. Son père est encore vaillant...

Angèle a dit :

— Mélore est bien allée, elle, au Lac-Saint-Jean. Alors pourquoi pas nous ?

— Il y en a pas gros, par ici, qui ont eu les moyens de se payer une part dans l'Association. Mais puisqu'ils manquent de monde, il doit bien y avoir une façon d'obtenir une terre là-bas, a repris papa. Je vais aller voir le comité de paroisse. Je sais qu'on peut la payer en travaillant.

Ma grand-mère, qui était assise au bout de la table, s'est levée d'un bond. Elle était rouge de colère :

— Alors, si je vous comprends bien, vous voulez tous vous en aller ? Ça vous dit rien, vous autres, la terre, la maison familiale, le lieu où vous êtes nés ? L'entourage, la parenté, tout ça, ça veut rien dire ? Eh ! ben, moi, quand je suis arrivée ici, à dix-sept ans, il y avait une cabane en planches. On a tout fait ici avec votre père. On n'a jamais arrêté de besogner. La terre, les cailloux, on les a retournés mille fois. Les arbres, on les a vus pousser, la maison, on l'a faite avec nos bras. Maintenant que je suis arrivée à cinquante ans, je reste chez moi. Ici, à Rivière-Ouelle. J'y tiens, à mon coin de pays, et puis je suis trop vieille pour partir.

La voix de ma grand-mère commençait à flancher. Je savais qu'elle allait se mettre à pleurer et, dans ces cas-là, je me sentais toujours très mal à l'aise.

— On dit pas qu'on va partir tout le monde, maman, a répondu Étienne en adoucissant sa voix. Mais Victime ! On n'arrive pas, tu le vois bien !

Et de nouveau la voix de mon père s'est enflée. Ses mains tremblaient et ses mots se sont mis à sortir à toute vitesse de sa bouche comme un ruisseau en débâcle.

— Nous aussi, on l'aime ben notre paroisse, mais on est tannés de jamais voir le bout de rembourser le gouvernement, on a des dettes partout et puis on n'arrive jamais. Il faut bien qu'on vive. Pas juste trimer à longueur de journée. Être pauvres toute sa vie, c'est pas un état. Je crois pas que c'est notre destinée. Faut se secouer, arrêter de toujours refaire le même chemin. On n'est pas nés pour rester toujours le nez dans notre petit bout de terre pleine de roches. Toi, si tu as envie de rien d'autre, moi, c'est pas mon cas. La vie, ça avance. T'as vu dans la gazette les nouvelles machines à faucher. On va en avoir besoin bientôt. On peut pas arrêter ça. Toi, on dirait que tu veux arrêter le temps et rester sur place. Si un de nous trois part pas au Lac-Saint-Jean, ça va être les États !

— Doux Jésus ! Les États ! s'est écriée grand-maman.

— Ben, oui. Trimer dans les *factries,* c'est pas comme travailler en plein air mais, au moins, on revient avec les poches pleines.

— Tu parles pas anglais.

Mon père s'est fâché.

— Ça fait rien. Quand il faut gagner, il faut ! C'est pas en gardant ton horloge serrée sur ton cœur que ça va changer quelque chose ! On n'a plus assez grand, ici. Vas-tu te rentrer ça dans la tête ?

Tiens, l'horloge qui revenait dans la conversation. Autour de la table, il n'y avait que papa et grand-maman qui parlaient. Les autres écoutaient avec attention, sachant bien qu'il se disait là des mots qui décideraient de notre avenir. Des mots lourds de conséquences et on avait besoin de ne rien perdre. Même Ferdinand n'osait pas bouger.

— Mon horloge, c'est mon patrimoine. C'est tout ce que j'ai de précieux et j'y tiens.

Je ne sais pas si la référence à la scène du départ de Marie-Éléonore a remué en lui des sentiments de tristesse ou de jalousie, mais cette fois mon père a littéralement explosé :

— Eh ! ben garde-la ta maudite horloge. Garde-le ton patrimoine. Moi, je vais sacrer mon camp !

Papa s'est levé et est sorti en claquant la porte avec fureur.

Ma grand-mère tremblait d'indignation et nous, nous n'osions plus remuer le petit doigt.

Quand on est ressortis de la maison pour reprendre la corvée, on était tous secoués, ébranlés par les mots de la grand-mère. On cheminait en silence. On entendait la jument, Fringante, qui peinait avec papa au loin dans le champ. Victor a couru le rejoindre. Le ciel était plein de nuages.

— J'espère qu'il ne va pas pleuvoir, a dit maman.

Au-dessus des champs et du bois, le ciel était clair, mais au fond de l'horizon, sur le fleuve, on voyait s'élever une ribambelle de nuages. Ils avançaient vers nous.

— Allez, dépêche, Georgina ! m'a lancé ma mère.

J'ai suivi les autres. Mais tout en travaillant, je continuais d'observer le ciel. Tout doucement, comme sur le bout des pieds, les nuages glissaient au-dessus de nos têtes. Je me suis mise à penser à Marie-Éléonore. Je me suis juchée sur une pierre pour regarder les montagnes au loin. Celles de l'autre côte, en face. Les nuages en passant dessus les rendaient encore plus noires. Tout en continuant d'empiler les pierres, j'ai crié :

— Maman ! penses-tu que... au Lac-Saint-Jean, c'est les même nuages qu'ils voient dans le ciel ?

— Veux-tu bien me dire ce que tu as à te poser des questions comme ça ? Les pierres, les nuages.... T'es sûre que t'es pas en train de nous claquer une maladie ?

— J'ai bien le droit de penser, moi aussi !

— Pourquoi tu demandes ça ?

— Pour savoir si Marie-Éléonore et Marcellin, là-bas, ils voient les mêmes nuages que nous.

— Je pense bien qu'ils doivent avoir d'autres choses à faire que de regarder en l'air ! a répondu ma mère.

On a trimé dur tout l'après-midi et vers le soir, tout à coup, on a entendu une grosse rumeur. Des cris comme étouffés dans le ciel au-dessus de nos têtes. Ferdinand a crié en premier :

— Les outardes !

Elles étaient de retour ! Elles volaient si bas que je parvenais à distinguer leur joue blanche au milieu de leur tête noire. Groupées dans d'immenses voiliers en V, elles fendaient l'air du soir en criant : Oncor ! Oncor !

Encore. Leurs cris répétés ressemblaient à ce mot : encore ! Encore, traverser les continents, franchir les forêts, les lacs ; encore, aussi, dire la joie de partir chaque fois, deux fois l'an ; encore, accomplir un trajet interminable qui les menait au bout du monde. Encore et encore ! Battre des ailes, s'envoler, voyager... Ah ! comme je les enviais, les outardes et les oies blanches qui nous invitaient au voyage.

Longtemps, ce soir-là, j'ai écouté leur cri qui traversait aisément les murs de bois de la maison. Et au moment où j'allais trouver le sommeil, deux mots continuaient à résonner dans ma tête : *partir* et *encore*.

C H A P I T R E 4

Une maison en rêve

— Voyons donc, Étienne, où veux-tu que ta mère aille vivre ? Chez ta tante Agathe, dans le rang de l'Anse ? Puis, je la comprends d'être attachée à son bien. Je comprends qu'elle veuille pas lâcher ce qu'elle a eu tant de mal à gagner. Je pense qu'au fond elle voudrait que tu en sois fier, comme elle.

Étienne, mon père, était assis sur le bord du lit, les mains entre les genoux. Sans lever la tête, il chuchotait :

— C'est pas une raison pour nous empêcher de partir et de se faire un avenir. On peut pas arriver. T'as vu ce que le champ d'en bas a donné avec le manque de pluie ? Quasiment rien. On n'a même pas de foin à vendre ! C'est pire que l'an dernier.

— Mais tu sais bien qu'elle ne peut pas faire marcher la terre sans toi et Victor, même en prenant un engagé, répondit ma mère. Pis, elle le paierait avec quoi ? C'est toi l'aîné, ça veut un peu dire que faut que tu t'en occupes. Déjà qu'elle se plaint de douleurs au dos, elle peut plus aider aux semailles et aux moissons.

— Mais si on reste, on sera toujours pauvres, comme mes parents l'ont été. Tu y penses ? Trente ans à cultiver ce lot de roches et qu'est-ce qu'il nous reste ? Même pas de quoi acheter des semences. On n'est pas à la veille de pouvoir penser aux nouvelles machines.

Dans le silence de la maison, Étienne et Félicité chuchotaient. Quand ils arrêtaient de parler, la respiration paisible de Ferdinand indiquait qu'il dormait. Mais moi, je retenais mon souffle et j'écoutais.

— Ta mère dit qu'elle veut mourir ici, dans sa paroisse, entourée des arbres qu'elle a vus pousser, reprit Félicité. Elle pense : mes enfants autour de moi, sûrement, et elle ne le dit pas, mais je suis certaine que c'est ça qu'elle pense. Ma mère est pareille. Mais chez nous aussi, il va falloir qu'ils se résignent. Parce que diviser la terre entre mes huit frères...

— Toi, Félicité, tu partirais au Lac-Saint-Jean ? a demandé Étienne en saisissant la main de sa femme.

Félicité a hésité à répondre. Elle s'est assise sur le lit et a retiré le fichu qui couvrait ses cheveux.

— Pour dire que ça me ferait rien, j'peux pas. Ça me ferait quelque chose de quitter Rivière-Ouelle, la parenté, les gens qu'on connaît, le village, les chemins, dit-elle enfin comme en repassant une liste à l'intérieur de sa tête. Mais d'un autre côté... une femme, c'est pas elle qui décide. Je dis pas que j'aimerais pas ça...

— Comment ça, c'est pas elle qui décide ? Je ne partirais pas sans toi. Mais as-tu déjà songé que cette parenté, ce patrimoine, comme dit ma mère, ça nous enchaîne et on n'aboutit nulle part.

— Pourtant, quand on s'est mariés, on parlait pas de s'en aller...

— Dans le temps, le père vivait. Je ne pensais pas que je me retrouverais si vite dans ses bottes. Tu sais bien que j'avais l'œil sur la terre à Damase Bérubé et que je voulais qu'on se fasse une vie neuve sur une terre à nous. Mais comme c'est là, on ramasse de la roche à la journée pis on s'entasse à huit dans une maison qui est à la veille d'éclater !

— T'as pas le choix..., a commencé Félicité.

Étienne l'a interrompue et a haussé le ton :

— Oui, je peux décider autrement pour moi que le fait la « destinée » à ma place, comme ils disent tous. Siméon et Angèle sont grands à c't'heure. Victor est un homme déjà. Ça sera pas long qu'il va se marier. Il tourne autour de la fille à Bilodeau, au rang du Petit-Village. Où est-ce qu'il va aller gagner de quoi vivre ?

— Chut..., a fait maman.

— On pourrait bien avoir le droit de faire notre vie ailleurs qu'ici, nous aussi, a continué Étienne. J'étouffe, ici, moi... J'ai juste vingt-huit ans, sinon... il va être trop tard, trop tard. Je vais toujours regretter de pas avoir essayé.

44

— Défricher une nouvelle terre... parce qu'il l'a bien dit, Firmin, qu'il s'agissait de lots non améliorés, c'est pas du travail simple. Au fond, on en a eu de la chance de prendre la terre déjà labourée, les bâtiments et la maison déjà construits..., a poursuivi ma mère en baissant la voix.

— Justement, parlons-en de la maison ! s'est écrié Étienne presque à haute voix. Elle n'est pas à moi, cette maison-là. C'est la maison du père...

— Chut ! Arrête de parler si fort. Tu vas réveiller tout le monde.

— Eh ! ben tant pis, ils se réveilleront. T'en voudrais pas une maison à toi, une comme celle que j'ai toujours voulu te construire ? Avec une galerie blanche tout le tour et le toit bien penché pour que la neige glisse en bas l'hiver ? Pour ça, il faudrait une terre qui rapporte, pas avec un surplus mais au moins assez pour nourrir le troupeau qu'on a. Et si on pouvait élever plus de moutons, on vendrait la laine à Québec.

— Pour dire que j'en voudrais pas une maison comme tu dis, ça serait mentir...

— On piétine, on tourne en rond ; on est immobiles. Figés dans le temps. Tout le monde nous décourage : faut pas aller aux États parce qu'on va devenir américains et protestants, dit le curé ; faut pas ci, faut pas ça. Et puis, j'en ai assez. J'ai besoin d'un petit peu de liberté, d'un peu d'air... De la place, s'il n'y en a pas ici, il y en a ailleurs...

— C'est pas pour dire que j'aimerais pas ça, fit Félicité, rêveuse. Quand Marie-Éléonore est partie sur la goélette, ça m'a serré le cœur. Je l'enviais de s'en aller comme ça, avec son homme, à l'aventure. Mais nous, on a les enfants. On n'est pas juste deux, on est quatre. Est-ce qu'il y aura un avenir pour eux, là-bas ? Je ne sais pas, Étienne... on commence si jeune à trimer par ici, à se lever tous les matins pour tirer les vaches, nourrir les poules, sarcler, laver, cuire, torcher. On s'habitue à sa destinée, faut croire. Puis, je me dis que ta mère, comme la mienne, elle a peur de quitter son rang, elle a peur du neuf, de l'inconnu. C'est ça qui les dérange, les vieux. On est né ici, on meurt ici : c'est bien plus facile à dire de même.

Soudain, la voix de Félicité s'est faite plus douce. Assise sur le lit, son regard dans le vague, elle ne voyait plus la petite chambre aux murs en lattes de bois mal joints, ni la vieille courtepointe, ni même cet homme encore jeune, aux épaules robustes et aux mains larges : Étienne, son mari. Elle était ailleurs ; pendant un instant, une foule d'images glanées au fil des conversations, puisées dans des lettres ou des illustrés qui lui passaient dans les mains défilaient dans sa tête. Elle murmura :

— On enfouit ses rêves sous des apparences de bien-être. On se fait accroire...

Étienne resta silencieux un instant, emporté par l'air à la fois rêveur et résigné de sa femme. Mais il refusait de renoncer à ses espoirs. L'idée d'une vie meilleure le tenaillait depuis si longtemps. Il toussa et dit :

— Et on rêve tout le temps d'être ailleurs.

— Ton cousin Will, reprit Félicité en posant une main sur l'épaule de son mari, ton beau Will qui vit aux États, est-il plus heureux que nous ? Il essayait de nous épater aux noces avec sa grosse montre. Mais, au fond de ses yeux, on voyait bien qu'il s'ennuyait de son coin là-bas. Il avait beau fanfaronner, j'y croyais pas.

— Moi, les *factries*, c'est pas pour moi. S'il faut que je devienne ouvrier et puis en anglais en plus, juste pour ramasser des sous, j'aime mieux aller défricher une terre au Lac-Saint-Jean. Au moins, à la fin, on a du bien qui nous appartient. Pas juste une poignée de piastres pour faire le faraud. Moi, ça me fait pas peur, le nouveau ; et toi ?

— Ça me fait-y peur ? Je pense que oui, un peu, avoua Félicité. Je vais avoir vingt-cinq ans cet hiver. Je me demande si la paroisse ne m'a pas déjà attrapée. Peut-être que moi aussi j'ai l'appartenance à ma paroisse soudée au corps. Pas par un acte de volonté, mais à force de l'avoir foulée, sentie, touchée, creusée notre terre pleine de roches avec son grand ciel par-dessus nos têtes. J'ai l'impression que l'appartenance, ça te rentre par les yeux, le nez, les mains, les pieds puis ça te colle au cœur, gravé pour toujours. C'est de ça que j'ai peur. Te vois-tu, Étienne, ne plus pouvoir te promener sur la batture à l'automne, ni chasser les outardes, ni aller aider pour la pêche aux marsouins, au printemps ? C'est sûr que le fleuve non plus ne sera plus là.

— Il y a le lac. Il paraît qu'il est grand comme la mer. On ne voit même pas de l'autre bord.

— Peut-être qu'à la longue on oublie, dit Félicité doucement. D'autres images viennent remplacer celles qu'on a gravées dans le cœur...

— Comme ça, tu serais prête à abandonner la mère des pierres à son champ?

— C'est moi que tu traites de mère des pierres? dit Félicité en envoyant un coup de poing dans la poitrine de son mari. Je vais t'en faire, moi, la mère des pierres!

Et tous les deux tombèrent à la renverse sur le lit en se bataillant. Étienne riait et Félicité le bourrait de coups et le chatouillait. Si bien que Ferdinand s'éveilla et dit avec stupeur :

— Papa, maman, qu'est-ce que vous faites?

— On joue à la mère des pierres, répondit Étienne, qui achevait de se dévêtir.

Félicité alla vers Ferdinand et le borda affectueusement.

— Rendors-toi, mon petit. C'est rien que pour rire, dit Félicité. Réveille pas ta sœur.

Moi, j'ai gardé mes yeux fermés et fait semblant de dormir. Mais j'avais tout entendu. J'ai glissé un œil de sous la courtepointe et je les ai regardés. J'essayais surtout d'imaginer les pensées de ma mère.

En s'enfonçant sous l'édredon, Félicité devait continuer de ressasser des idées dans sa tête. Penser, ç'a toujours été son défaut à elle. Jongler, retourner les idées comme des crêpes dans la poêle pour voir... de quel côté elles sont plus belles. Quand on allait en visite le dimanche, son père lui disait en observant son visage soucieux :

— Quelles grosses idées as-tu brassées encore à matin? Tu penses trop, ma fille.

En s'allongeant, Félicité continuait sans doute de penser à ceux de sa famille : son père, sa mère, ses frères et sœurs, les cousins. Plusieurs aussi étaient partis chercher ailleurs. Et puis, en se blottissant contre Étienne après avoir soufflé la bougie, elle devait songer tout à coup à quelque chose de différent. Aux sauvages! Une bribe d'histoire entendue sur le perron du magasin : quelqu'un avait vu les sauvages tendre des filets sur la rivière. Les saumons remontaient le courant.

«Chanceux, eux, les sauvages, m'avait confié ma mère quelques jours plus tard. Pas de village. Toujours en train de bouger, emmenant les petits, les chaudrons, les couvertes. Attachés à rien. Prêts à déménager quand bon leur semble. Suivre le gibier. Toute la famille. Ils arrivent, ils repartent. Parfois je me dis qu'on est mal faits : pourquoi que ça nous serre tant le cœur de partir quand ça ne leur fait rien à eux autres?»

J'entendais le bruit qu'elle faisait en étirant ses bras, ses jambes, évacuant doucement la tension de ses muscles. La chaleur du corps d'Étienne tout près la réchauffait progressivement. Elle reprenait ses jongleries :

«Qui décide quand c'est le temps pour eux de changer de campement? Est-ce que les femmes obéissent aux maris? Et si elles n'ont pas envie?»

J'entendais de nouveau leurs voix.

— Tu dors?

— Non, répondit Étienne à voix très basse. Je pense.

— Moi aussi. Je pense aux sauvages.

Étienne se retourna vers elle, entourant sa poitrine de son bras et rapprochant son visage du sien.

— Les sauvages... dis-moi pas?

— Bien non, pas ceux-là.

— Quels, alors?

— Les vrais. Ceux qui passent leur vie à mouver.

— Qu'est-ce qu'ils ont?

— Ben, je les trouve chanceux

— Comment ça, chanceux?

— Ils ont rien qui les retient; ils peuvent partir quand ils veulent.

— Mais ils n'ont rien à eux. Rien qui dira quand ils seront morts : ici c'était la terre à Étienne Bonenfant; maintenant elle est à ses fils. Et puis, c'est lui qui l'a faite.

— Toi qui veux toujours partir, ça ferait peut-être ton affaire d'être libre d'aller vagnoler comme un trappeur indien?

— C'est pas que je veux partir pour partir; ce que j'aime, c'est travailler dans du neuf. En bûcher un coin à ma grandeur, à ma façon...

— Un père de famille, c'est pas trop fait pour courir les chemins; c'est bon pour les jeunesses, ça.

Étienne a soupiré et serré ses bras plus fort autour de maman. Ça faisait du bruit. Il a enfoui son nez dans son cou.

— Tu sens l'herbe, a-t-il dit.

Félicité a ri.

— Tu changeras jamais. À chaque printemps, ça te reprend, l'envie de trotter.

— N'empêche que j'aurais bien envie d'aller voir là-bas. Juste voir. Ton frère Léo m'emmènerait bien un bon matin sur sa goélette jusqu'au Saguenay.

— C'est ça, couroailleux ! Plaque-nous là avec ta mère qui grogne, espèce de... sauvage, a raillé maman d'une voix ricaneuse plutôt qu'irritée.

— M'as t'en faire, moi, me traiter de sauvage ! a chuchoté papa dans son oreille, mi-blagueur, mi-sérieux.

Alternant les rires et les soupirs, mes parents se chamaillaient sans brusquerie. Étienne faisait mine d'étreindre sa femme assez fort pour l'étouffer. Elle a protesté :

— Maudit sauvage !

Puis, il a relâché son étreinte et l'a caressée doucement, de ses mains rudes et maladroites, en lui murmurant des mots qu'eux seuls pouvaient comprendre.

Tandis que la nuit recouvrait de son silence les champs déjà figés par le gel précoce de l'automne et les toits modestes du rang de l'Éventail, dans la chambre d'en haut, l'édredon s'agitait, faisait des bosses et des creux. Enfin, toutes les peines se sont enfoncées dans l'oubli ; le repos a endormi les soucis et les respirations se sont calmées. Toute la maison Bonenfant s'est endormie et moi avec.

CHAPITRE 5

Un verre cassé

C'est long, l'hiver. Même si rien ne pousse, il se passe plein de choses quand même. Avant les grosses neiges, on a reçu une lettre de Mélore. Le postier était monté du village dans l'après-midi ; on a attendu mon retour de l'école pour la lire, ce que j'ai fait pendant le repas du soir.

> Chère maman et toute la famille,
> Je vous écris pour vous dire que tout va bien au Lac-Saint-Jean. Marcellin et des voisins ont fini la maison avant l'hiver. On est contents. Le travail ne manque pas, mais en ce moment, on a moins à faire. Moi, je vas rester tranquille parce que le nouveau va arriver bientôt.
> Il y a pas mal de familles de la côte par ici. On s'ennuie un peu, mais on pense à vous. Si Léo vient au printemps, vous lui direz de venir nous voir. Georgina, je vas avoir besoin de ta Colombe : tu as bien fait de me la donner. J'espère que vous allez bien, maman, et que vous pensez à nous des fois, en regardant les montagnes de l'autre côté du fleuve. On est pas loin derrière.
> Je vous embrasse bien affectueusement,
> Votre fille,
> Marie-Éléonore

Grand-mère Marie-Rose s'est écriée :
— Un p'tit Bonenfant du Lac-Saint-Jean !
— Bien non, c'est un Hudon, maman, a dit Étienne.
— Un Bonenfant quand même, a répliqué ma grand-mère.

J'étais contente pour le bébé de Mélore et de Marcellin. Et surtout je me sentais tout heureuse à cause de la poupée. Comme si, de tous les articles que le ménage avait emportés là-bas, moi, j'avais pensé au plus utile. Même si ce n'était pas vrai, ça me faisait plaisir.

Les fêtes ont passé. On allait à l'école, Ferdinand et moi. C'était loin, on devait marcher longtemps. Ferdinand rechignait parfois quand la poudrerie soufflait et quand il y avait des bancs de neige qui encombraient la route. Il aimait mieux rester à l'étable aider son père à divers travaux qui lui semblaient plus dignes d'un garçon. Je l'encourageais comme je pouvais :

— Quand tu sauras lire, tu verras que tu voudras venir...

Mais je lui disais ça sans trop de conviction : c'était surtout parce que je ne voulais pas faire le chemin toute seule. J'avais peur dans le noir et le froid certains soirs de tempête. En cours de route, on rencontrait Flavie et Rosemarie Ouellet et d'autres enfants du rang.

Quand je retrouvais mes amies, je le laissais se chamailler avec les garçons ; ils lançaient des cailloux avec leur tire-roches sur tout ce qui bougeait dans les branches et au creux des fossés.

À la maison, ma grand-mère ne marchait presque plus. Elle se traînait plutôt. Elle passait ses grandes journées assise dans une chaise près du poêle. Elle semblait bien fatiguée. Elle geignait et se faisait prier pour manger. Le dimanche, elle n'allait même pas à l'église. Quand on partait, ma mère restait avec elle.

C'est à moi que grand-mère avait confié la tâche de remonter l'horloge tous les soirs, parce qu'elle n'avait plus la force de s'étirer jusqu'à la tablette où celle-ci était perchée. Alors moi, je grimpais sur le banc, j'ouvrais la petite porte et je remontais le mécanisme avec la clé. Je faisais attention de tourner doucement. De sa chaise, grand-mère me regardait faire en silence, tendue par l'inquiétude. Et peut-être, déjà, avec un peu de regret de ne pas pouvoir veiller elle-même sur son trésor...

Puis, je redescendais du banc et je rangeais la clé à sa place.

Je trouvais que ma mère aussi avait l'air de se traîner. Qu'est-ce qui se passait donc dans notre maison cet hiver ? À dire vrai, je voyais évoluer la famille, Victor, Siméon, Angèle et les autres, sans trop me poser de questions. On était là, tous ensemble, une grosse famille dans une petite maison, et si certains trouvaient qu'on se pilait sur les pieds tous les neuf entassés, moi, je ne m'en rendais pas compte. J'aidais aux tâches quotidiennes, j'essuyais la vaisselle. Une fois, un verre m'a glissé des mains : il s'est écrasé à mes pieds, par terre.

— T'es bien gauche, Georgina, s'est écriée ma mère.

— C'est juste un verre, a dit Angèle.

— Ramasse, à présent, et va pas te couper avec les éclats, a poursuivi ma mère.

En allant chercher le balai, j'ai entendu ma grand-mère dire :

— Un verre cassé, c'est signe de mortalité dans la maison.

— Voyons donc, grand-mère, vous croyez pas à ces choses-là ?

— Bien sûr que j'y crois. Ça arrive toujours comme annoncé.

Ma mère a haussé les épaules.

J'étais bien occupée par l'école et les choses que je découvrais chaque jour dans notre cahier d'exercices. Le dépaysement qu'apportaient les dictées, les leçons de géographie, alimentait mon besoin de rêver. La vie familiale, l'école de rang, le déroulement des jours d'hiver au coin du poêle ronflant me comblaient. Je faisais mes devoirs, le soir, sur la grande table éclairée par la lampe et j'étais une enfant heureuse.

Victor, lui, tous les dimanches après la messe, s'en allait chez sa blonde et revenait à la nuit tombée. Mes parents le taquinaient sur ses amours avec Mathilde Bilodeau. Depuis des jours, il entretenait mon père, en secret, de ses projets. Je trouvais toujours le moyen d'entendre ses confidences ponctuées d'interjections enthousiastes.

— Victime ! C'est ça l'avenir. Moi, je vas élever des moutons. C'est ça que je veux. Avec le frère de Mathilde, on va élever un troupeau de cent têtes. Ça vaudrait mieux que de charroyer des roches, non ? On va vendre la laine aux filatures.

Mon père hochait la tête.

Un jour, vers la fin de l'hiver, Justine Gauvin a claironné une nouvelle qu'elle prétendait connaître en exclusivité, comme de coutume. Mon Dieu qu'elle me tapait sur les nerfs, cette fille-là ! Elle savait tout, elle portait toujours un tablier propre et ses nattes étaient attachées avec un ruban bien repassé. Son père avait du bien, plus que nous. C'est chez lui qu'on portait le lait : la beurrerie lui appartenait. Siméon faisait la corvée de ramassage, en échange d'un maigre salaire. C'est peut-être pour ça que Justine Gauvin essayait toujours de me *bosser*. Elle se prenait pour une petite patronne. Je la haïssais, des fois. Mais le jour où elle a fait son annonce, j'étais prête à tout oublier pour qu'elle en dise plus.

— Samedi, avant Pâques, sur la place, Chaput va venir.

Chaput ! La voilà qui parlait comme les hommes, à c't'heure, en escamotant les prénoms.

— Chaput ? C'est qui, ça, Chaput ?

— C'est le montreur de marionnettes.

— De marionnettes ?

— Il passe dans toutes les paroisses du Bas-du-fleuve. Il va faire un spectacle pour les enfants. Moi, j'y vas. Ça coûte dix chelins pour le billet.

Ce jour-là, je suis rentrée de l'école en vitesse. Je m'étais préparé toute une manigance pour convaincre papa de me donner la permission et les dix chelins pour y aller. J'espérais qu'il n'allait pas refuser. Même que j'avais prévu un argument de plus : j'avais compté les jours comme il faut et j'allais avoir dix ans juste après Pâques ; ce petit plaisir à déguster sur la place à Rivière-Ouelle, pour voir le montreur de marionnettes, je pensais que mes parents pourraient bien me l'offrir. Ça serait ma surprise de fête.

La dernière lieue, je l'ai faite en courant. J'avais tellement hâte d'arriver à la maison !

Ferdinand trottinait derrière moi, avec l'idée bien arrêtée d'aller, lui aussi, sur la place de l'église voir le spectacle, même s'il ne savait pas très bien de quoi il retournait. Des marionnettes, pensez donc ! Le théâtre qui débarquait chez nous ! Un événement.

Devant la maison, on a trouvé une voiture attelée à un cheval noir qui attendait. On avait de la visite ? Qui de nos connaissances avait une voiture de riches ? C'était le docteur.

En rentrant, tout de suite j'ai su qu'il se passait quelque chose de pas ordinaire.

▼

En fait, la surprise de mes dix ans, ç'a été l'agonie et la mort de ma grand-mère Marie-Rose, qui a eu une attaque un matin pendant que j'étais à l'école. Je n'avais pas le droit d'aller dans la chambre. Toute la vie de la maisonnée s'est mise à graviter autour de la chambre de la malade, mais Ferdinand et moi étions tenus à l'écart. J'avais beau poser des questions, on ne me répondait que par des allusions. On refusait de nous laisser entrer.

— Allez-vous-en, les enfants !

C'est tout ce qu'on entendait. Mais on priait fort, plus que jamais, pour sa guérison. De longs chapelets qu'on égrenait. Et on marchait sur la pointe des pieds tout le temps.

Le docteur est revenu plusieurs fois. Moi, je continuais à remonter l'horloge tous les soirs et j'attendais. Un jour, on a fait un ménage de tous les diables, on a sorti des napperons frais repassés, on a mis un bougeoir sur la table. Monsieur le curé est venu pour les derniers sacrements. Tandis qu'on s'affairait autour de lui au moment de son départ, je me suis faufilée dans la chambre. Je voulais parler à ma grand-mère, je voulais la voir, je voulais... je ne sais pas ce que je voulais, mais je ne supportais pas qu'on me cache son état. Je me doutais bien que la mort rôdait, juste à voir le visage fermé de mes oncles, de mon père, de mes tantes, leurs silences, leurs chuchotements.

Ni ma mère ni mon père ne me disaient rien malgré mon insistance.

— Ta grand-mère est malade.

— Est-ce qu'elle va mourir ?

— On sait pas. Si le bon Dieu pense que c'est son heure, il va venir la chercher.

— C'est quoi « son heure » ?

Je me demandais si ça avait rapport avec sa précieuse horloge. Mais mes questions restaient dans ma gorge. Sans réponse. J'avais peur, je sentais bien qu'il se cachait une vérité toute simple sous les regards et les conversations apeurées des adultes. Pourquoi donc refusaient-ils tous de parler de la mort ?

Quand je me suis approchée du lit, je ne l'ai pas reconnue. Son chignon défait, son visage blanc, ses yeux fermés, ses lèvres entrouvertes : ce n'était pas elle. Puis, sentant une présence sans doute, elle a ouvert les yeux. Et j'ai su que c'était bien elle. L'éclat des prunelles bleu d'acier n'avait pas diminué ; son regard me fixait. Ses yeux étaient comme ceux de mon père. Pareils. Je la reconnaissais bien à cause de ses yeux. Ses mains croisées sur son ventre semblaient inertes. L'une d'elles a bougé et s'est tendue vers moi. Je l'ai prise dans la mienne. J'ai sursauté d'effroi. Elle était glacée. Puis, d'une voix très basse, ma grand-mère a dit :

— Georgina...

Elle a esquissé un sourire.

— ... on se reverra plus. Tu oublieras pas de prendre soin de l'horloge, hein ?

J'ai balbutié :

— Oui...

— Fais-toi une bonne vie, Georgina. Moi, je vas rejoindre Georges-Edmond, ton grand-père.

— Bon voyage, grand-maman.

— Oui, c'est ça, bon voyage. T'es donc fine... m'a-t-elle dit en souriant encore un peu.

Puis elle a refermé les yeux et les autres se sont empressés de me faire sortir en me bousculant un peu.

Il est venu plein de monde dans la maison pour la veillée du corps. On entendait des prières récitées à haute voix toute la journée. Puis le soir, on est restés entre nous à réciter le chapelet, à genoux autour du lit. Ma mère, devant moi, s'appuyait au dos d'une chaise. Mon père l'a forcée à s'asseoir. Elle s'est levée difficilement, puis elle s'est assise. J'ai constaté que son ventre était très gonflé. Et soudain, dans la chambre de la morte, j'ai compris que la famille allait s'agrandir. Ma mère allait mettre un enfant au monde. Un qui mourait, un qui arrivait pour le remplacer. C'était ça, la loi des choses, la destinée. Je ne pouvais pas m'empêcher, tout en récitant machinalement mes « Je vous salue, Marie », de songer que le bon Dieu savait ce qu'il faisait, malgré tout.

L'enterrement a été long et triste, surtout qu'il pleuvait. Après l'église, on a suivi le cortège jusqu'au cimetière. Papa, Victor, des voisins ont mis la boîte dans un caveau. La pluie tapait dessus en faisant un crépitement comme le bruit des insectes qui se frappent à la lampe en été. On ne pouvait pas la mettre en terre à cause du sol gelé et de la neige. Papa m'avait expliqué que plus tard on creuserait un trou dans la terre à côté de mon grand-père et que sur la pierre qui se dressait déjà on ajouterait son nom.

Marie-Rose Gagné
épouse de Georges-Edmond Bonenfant,
décédée à l'âge de 55 ans et 7 mois,
1799-1854.

Je savais que c'était déjà écrit : « Que Dieu leur accorde la paix éternelle ». Mais c'était pas un vrai enterrement, à cause du sol trop dur. Ça faisait drôle de laisser quelqu'un geler comme ça dans une boîte tout l'hiver mais je n'ai rien dit.

Quand on a repris le chemin de la maison, on a croisé une charrette qui sortait du village. Un homme et une femme étaient assis devant, sous la bâche. Tout à coup, en me retournant, j'ai vu un nom écrit en rouge sur le côté. *Chaput, montreur de marionnettes.* J'ai baissé la tête et j'ai commencé à pleurer.

Quand on est revenus à la maison, personne ne parlait. Une odeur de ragoût de pattes flottait dans l'air. Mon père a fermé la porte de la chambre d'en bas et on s'est mis à table. Sur sa tablette, dans la grande salle, l'horloge s'était arrêtée.

▼

Le printemps, par chez nous, n'arrive pas comme on raconte dans les livres ni comme c'est écrit sur les calendriers. Les saisons, on dirait qu'elles ne sont pas faites pour nous. Pâques dépassées, il neigeait encore. Le sol était toujours gelé, les chemins pleins de neige fondante et de boue. Et le soleil ne brillait pas fort, fort.

Puisqu'on était en deuil, on vivait petitement. Pas question de veillées, ni même de jouer aux cartes. Mais ça ne veut pas dire qu'il ne se passait rien. Mon père allait très souvent au village ; il nous rapportait cent nouvelles et ragots que j'adorais entendre. Avec son frère, le soir, il discutait. Victor alignait des chiffres sur des bouts de papier. Il allait souvent à Saint-Paschal chez Mathilde, sa promise. Il s'était fiancé en secret, mais il faudrait attendre la fin du deuil de ma grand-mère pour qu'il puisse se marier. Alors, il faisait de grands projets et laissait passer le temps.

Moi, j'allais et venais, à l'école, sur le chemin du rang et, le dimanche, à l'église. Je pensais à ma grand-mère : elle ne revenait pas, elle était partie pour de bon. Je sentais son absence à l'heure du souper. J'écoutais toquer l'horloge et je me demandais si grand-mère avait hâte de retrouver le trou dans la terre près de mon grand-père au lieu d'être là, à geler dans le caveau. Est-ce que son âme était rendue au ciel ? Et comment c'était d'être enfoui dans la terre, l'été, quand tout germe et pousse tout autour ? Ces idées idiotes, comme aurait dit ma mère, je n'en causais à personne. Je les gardais pour moi.

On ne parlait plus d'elle, comme si on l'avait oubliée. Puis, mon père a été chercher le ber dans le grenier pour le dépous-siérer. Ensuite, mon père et ma mère ont pris la chambre d'en bas avec le grand lit. C'est là qu'est né mon petit frère. S'il avait été une fille, il se serait appelé Marie-Rose, pour ma grand-mère. Mais c'était un garçon ; il a reçu le nom de Louis-Edmond, Edmond pour mon grand-père.

La parenté a bien félicité mon père pour son garçon.

— Eh bien, un tireu de plus, Étienne ! Tu vas pouvoir agrandir ton troupeau.

— À cause, vous dites ça, Grampé Adélard ? Une fille, ça tire pareil.

— P'têtre bien, Georgina ; p'têtre bien. Mais un gars, c'est un gars.

Je n'ai rien dit, mais longtemps après, je me suis souvenue que mon père n'avait pas répondu quand ses beaux-frères l'avaient incité à acheter d'autres vaches.

Durant les premiers jours de mai, même en deuil, on a eu droit à des réjouissances pour le baptême. Mon oncle Léo, ma tante Anna, les cousins, Grampé Adélard et Gramé Michaud sont venus célébrer avec nous l'arrivée de mon petit frère. Le printemps avait fini par se montrer la binette. J'étais heureuse de retrouver la liberté des champs et de descendre au fleuve voir arriver les goélettes. Le nouveau quai était presque fini. Et dans quelques jours, on annoncerait le retour des marsouins. Une bonne partie des habitants des villages avoisinants allaient se ruer sur les battures où les grandes pêches étaient prêtes. On n'attendait que le signal des guetteurs. Je n'allais pas manquer ça.

Un jour, bien avant la brunante, mon père est rentré dans la cuisine d'été sans dételer Fringante ni même attacher les menoires au poteau de la galerie. Je savais qu'il était allé au village. Je berçais le petit, tout rose et joufflu. J'aimais ça le bercer et lui chanter des chansons. Ma mère teignait une pièce d'étoffe dans un grand chaudron sur le poêle. Mon père a enlevé sa casquette et il s'est versé de l'eau du cruchon dans une tasse de fer blanc. Puis, tout rond, comme ça, il a dit :

— J'ai signé avec le comité de paroisse. J'ai eu un lot en échange. Je vais travailler au chemin Kénogami. On s'en va au Lac-Saint-Jean.

Ma mère, les yeux agrandis, a demandé :

— Le chemin quoi ?

— Le chemin KÉ-NO-GAMI.

J'ai bien failli échapper le bébé par terre.

CHAPITRE 6

Vivrons-nous toujours en tristesse ?

Jamais mon cœur n'avait battu si fort. Mon premier vrai voyage en goélette ! Depuis des semaines, je me répétais la même chose dans ma tête pour essayer de me convaincre que c'était pour vrai : « Tu vas traverser le fleuve sur la *Marie-Chanceuse* et après tu vas remonter le Saguenay pour aller sur la terre neuve où on va rester. » J'avais tellement peur que ce soit un rêve ! Traverser le fleuve ! Franchir la distance qui nous séparait des montagnes de Charlevoix que je voyais depuis si longtemps. Mais non pas s'arrêter là, aller plus loin, derrière les montagnes, loin, loin. On allait naviguer sur le Saguenay, une rivière au nom étrange, que j'avais souvent entendu nommer, et puis j'allais retrouver ma tante Mélore et mon oncle Marcellin !

Chez les Michaud, la parenté de ma mère, deux de mes oncles naviguaient sur les goélettes en gagnant leur vie à faire du cabotage le long des côtes. Quand ils parlaient du Saguenay, quelque chose changeait dans leur voix. Les mots qu'ils utilisaient étaient les mêmes mots que d'habitude : les courants, les hauts-fonds, les caps, mais pour une raison que je ne savais pas expliquer, je sentais que ce fleuve-là faisait peur. Leurs voix tremblaient, ils hochaient la tête en racontant des brouillards épais qui duraient des jours et des jours, des falaises aux parois abruptes et trois fois plus hautes que les maisons. Mais je n'étais pas pour laisser leurs tourments de navigateurs gâcher mon plaisir du départ.

Pourtant, je continuais à écouter leurs récits de toutes mes oreilles. J'étais prête à tout, au roulis, aux brouillards, aux embruns, à TOUT !

Ce qui n'était pas pareil, c'est qu'on partait POUR VRAI ! Dans ma tête, le trajet en bateau ne tiendrait qu'une place infime dans le déroulement de l'aventure que j'allais vivre : c'était là-bas, au Lac-Saint-Jean, que la vraie vie allait commencer.

Deux ou trois fois par année, papa et grand-père Georges-Edmond allaient à Québec en goélette. Mais trois ou quatre jours après leur départ, ils revenaient, apportant des nouvelles, des journaux et des bavassages qui faisaient rapidement le tour du rang. Cette fois, on partirait avec tout notre bagage et on ne reviendrait pas ! On allait rester pour de bon dans un lieu que j'essayais de toutes mes forces d'imaginer sans y arriver. « Des arbres et du ciel », comme m'avait dit Marie-Éléonore. Partir pour vrai : c'était ça la grande émotion. Mon cœur pouvait bien battre fort !

À marée basse, le chargement de la goélette a commencé. Ça prenait du temps : il y avait tant de choses à monter à bord. Plusieurs familles partaient en même temps avec leurs coffres, des sacs et quelques bêtes. Nous, on apportait juste un cochon et des poules. Papa avait laissé les vaches et les moutons, et Fringante bien sûr, à Victor. Parce que, en travaillant pour l'Association à la construction du chemin, papa pourrait payer sa part. On n'aurait pas le tracas de semer tout de suite puisqu'on n'aurait pas de bêtes à nourrir. On achèterait le lait et la farine chez d'autres colons déjà établis.

Le ciel était voilé le jour de notre départ. Mais il y avait un bon vent et j'entendais les gens dire que c'était un beau temps pour naviguer.

Avec plaisir, j'ai retrouvé Flavie et Rosemarie Ouellet, qui partaient elles aussi avec leur famille. Du coin de l'œil, j'ai même aperçu Justine Gauvin au milieu de ses frères. Est-ce qu'elle partait elle aussi ? Elle, la raisonnable, allait donc me poursuivre de ses remontrances et de ses vantardises jusqu'au fond du Lac-Saint-Jean ? Je n'ai pas eu le temps d'aller le lui demander parce qu'on a annoncé tout d'un coup :

— Les passagers en partance pour Saint-Alphonse de la Grande Baie ! On embarque !

Et là, ce fut le désordre. Les parents couraient après leurs enfants, les charrettes faisaient leurs derniers voyages et les passagers convergeaient tant bien que mal, en pataugeant dans les flaques d'eau salée, vers le bateau. Le grand moment était enfin arrivé.

▼

J'ai oublié les pleurs et les adieux, mais ce que je me rappelle, c'est que lorsqu'on a pris le large, toutes les voix, tous les appels et les cris se sont évanouis. Le vent a gonflé les voiles et, serrée tout contre ma mère et Ferdinand, je n'entendais plus que les haubans qui vibraient et les écoutes qui claquaient. Pendant les premières minutes, j'entendais le vent et l'eau qui filait et je sentais sous mes pieds le mouvement du bateau qui montait et descendait dans la vague. Mais je ne voyais rien que les voiles et les cordages dans le ciel gris. Où était mon père ? Malgré les recommandations de ma mère de rester près d'elle, de l'aider à surveiller le bébé qui gigotait sans arrêt, je ne pouvais supporter de rester sagement assise sur un coffre.

— Georgina, je te défends de te promener sur le pont. Il faut que tu restes assise. Tu vois bien comme ça brasse. Le petit ne tient pas en place. Aide-moi à le tenir tranquille.

Ferdinand, qui d'habitude était terriblement grouillant, se tenait les mains serrées au bord du coffre sans mot dire. Il était pâle parce qu'il ne supportait pas le roulement du bateau. Cherchant un complice pour pouvoir au moins m'approcher des pavois pour voir quelque chose, j'ai dit à mon frère :

— Ferdinand, veux-tu voir....

Mais Ferdinand m'a interrompue d'une voix faible :

— J'ai mal au cœur...

J'ai pensé : « Mon Dieu, il ne faut pas que ça me prenne ! » Et aussitôt l'envie de retrouver mon père s'est glissée en moi. J'ai regardé autour et j'ai vu des mères et des filles et des enfants, tous collés les uns aux autres. Peut-être était-ce à cause de l'émoi d'avoir quitté leur vieille paroisse qu'ils restaient là, enlacés, la mine plutôt abattue ? Comment était-ce possible de ne pas se sentir excité sans bon sens à l'idée de partir si loin ? Moi, j'y avais tellement rêvé à ce voyage ! J'étais bien loin de la tristesse et j'ai décidé tout d'un coup que je n'aurais pas le mal de mer. J'avais trop de choses à découvrir. On venait de quitter Rivière-Ouelle et je humais le vent qui fouettait de tous côtés. Les garçons, debout avec les hommes à l'arrière, nous tournaient le dos. Ah! j'avais beau être une fille, pas question de traverser le fleuve sans rien voir. Alors, sans plus écouter les mises en garde de ma mère, j'ai bondi vers l'avant de la goélette en cherchant mon père. Lui, il comprendrait mon désir de ne pas manquer un seul instant de cette première grande traversée du fleuve.

Mais tout était si encombré de caisses, de gens et de bêtes attachées que je ne savais plus par où passer. Heureusement, j'ai aperçu les épaules et la casquette de mon père et j'ai joué des coudes pour le rejoindre.

— Georgina, où vas-tu?

L'appel de ma mère a coulé sur moi sans me toucher et j'ai enjambé des ballots et des cordages tant bien que mal pour aller trouver Étienne. À sa hauteur, je l'ai tiré par la manche. Il s'est tourné vers moi, un peu surpris de me voir, et je me suis empressée de dire :

— Papa, je veux voir...

— Ben, r'garde, la p'tite, c'est gratis, a dit Firmin, le père de mes amies, en se poussant pour me faire une petite place.

En ce jour de départ, on aurait dit que toutes les convenances avaient été abolies. Une fille de onze ans osait quitter les femmes et, d'elle-même, se mêler aux groupes de garçons qui, par on ne sait quel privilège, suivaient toujours les hommes et semblaient avoir le monopole des actions hasardeuses! Quelle mouche m'avait donc piquée? J'en étais ébahie mais, en même temps, ça me faisait plutôt plaisir.

Comme j'étais trop petite pour voir par-dessus le plat-bord, papa m'a soulevée. Le vent tirait mes cheveux vers l'arrière et papa me serrait fort. Jamais je n'oublierai cette première vision du fleuve. D'abord la peur. Une peur incontrôlable devant quelque chose de si grand, de si mouvant, de si vivant. Cette eau qui bougeait, se soulevait dans un énorme respir, me lançait au visage des gerbes de gouttelettes salées et m'envahissait de crainte. Traverser le fleuve, c'était la même chose que traverser l'océan, pour moi, et je comprenais enfin ce que ça signifiait. Faire route sur l'eau! Ce n'était plus une route de cailloux, un tracé précis tout gris de poussière entre les champs paisibles qu'il s'agissait de suivre ; ma route maintenant, je le voyais bien, était quelque chose d'imprécis, un trajet qu'il fallait créer à chaque instant sur une matière vivante qui révélait un autre univers, celui du fleuve que je découvrais avec émerveillement. Tant d'eau, tant d'eau à franchir ! Et tant d'eau sous la coque ! Parce que j'avais beau essayer de voir le fond, non, ça devait être très, très profond. Mon cœur battait si fort que papa a dû le sentir, car il m'a pressé encore plus dans ses bras.

— C'est beau, hein ?

Je me cramponnais à lui. Ce fleuve que j'avais toujours vu devant moi sans y penser, pour la première fois de ma vie, maintenant que j'étais dessus, je me rendais compte de son ampleur. Je n'arrivais pas à décider de quelle couleur il était. Pourtant, sur la carte géographique suspendue au mur de l'école, il était bleu. D'un bleu laiteux et pâle. Mais ici, c'était tout autre chose. Non seulement il n'était pas bleu, mais sa couleur changeait à tout instant.

Je n'arrivais pas à détacher mes yeux de l'eau ni des mille éclats mouvants de la lumière sur elle : d'où venait cette puissance lente qui nous portait et nous faisait avancer vers notre destination ? Des vols d'oiseaux franchissaient l'espace en criant ; au loin se découpaient d'autres mâts, d'autres coques plus grandes ou plus petites, mais je ne les regardais pas. C'était l'eau, l'eau, son mouvement, sa vie qui me fascinaient. Puis, j'ai cessé d'observer les changements de l'eau pour concentrer mon regard sur la rive opposée. Les montagnes noires de Charlevoix commençaient à se rapprocher. Peu à peu, je me suis habituée au jeu de la lumière sur l'eau, au balancement du bateau et au clapotis des vagues. Mais mon cœur s'était serré un instant : j'avais le sentiment de m'effacer tandis que, quelque part au centre de mon corps, le point qui constituait la mémoire des choses était en train de se gonfler comme une balle dure que j'allais porter pour toujours en moi.

Rassurée par la chaleur du corps de mon père, je savourais la sensation de filer dans le vent salé. Bientôt, on a commencé à distinguer des formes sombres sur l'eau. Encore une fois, mon cœur s'est mis à sauter dans ma poitrine. Qu'est-ce que c'était ? Qui entravait notre course ?

Papa a murmuré à mon oreille :

— Les îles...

Les îles ! Je revenais aux choses de la terre. J'allais enfin les voir de près, ces îles qu'on disait peuplées d'oiseaux et qui servaient de décor à tant de contes effrayants qui nous enchantaient dans la chaleur de nos maisons, l'hiver venu. Doucement, j'ai vu défiler tout un archipel. J'adorais ce nom que j'avais appris à l'école : *archipel, archipel.* Je m'amusais à le répéter. À mesure de notre progression, les gens lançaient des noms qui me semblaient tous plus fabuleux les uns que les autres : l'île Brûlée, l'île-aux-Corneilles, l'île-aux-Patins, les Pèlerins... Et à notre approche, des nuées d'oiseaux se sont mis à tournoyer dans tous les sens en lançant des cris aigus dans le ciel. Certains trônaient comme des rois imbus de majesté, immobiles sur leurs rochers.

Comme j'étais heureuse ! J'avais oublié toutes mes attaches, je me sentais légère et fébrile, princesse voguant sur l'eau parmi les îles et les oiseaux, comme un personnage de conte de fées qui ne pouvait faire autrement que de se diriger vers une fin pleine d'enchantement. Mon père était joyeux lui aussi. Il plaisantait avec ses compagnons et riait en voyant un cormoran plonger avec un plouf ! et ressortir avec un poisson frétillant dans son bec.

Puis, j'ai vu défiler une autre île plus longue que les autres.

— C'est l'île-aux-Lièvres, a dit un homme.

Quand on a été de l'autre côté, le vent a tourné. Le bateau a fait des manœuvres. Les voiles ont changé de bord, et moi, mes cheveux n'arrêtaient pas de se rabattre sur mon visage. Le bateau balançait fort. Papa m'a posée à terre parce que les vagues du large venaient droit vers nous et nous éclaboussaient. Ceux qui se tenaient debout se sont décollés du bord. J'étais la seule fille au milieu des hommes et des garçons. Je me suis sentie rougir, mais au moins j'avais mes vêtements du dimanche, alors... J'ai écarté mes jambes pour garder l'équilibre. Trois ou quatre garçons à peu près de mon âge, les poings dans leurs poches, me regardaient d'un air de défi. Parmi eux, les trois grands frères de Justine Gauvin. Toute sa famille déménageait donc au Lac-Saint-Jean elle aussi ? Dans mon for intérieur, je me demandais si les gars étaient aussi cinglants que leur pimbêche de sœur.

Et puis, l'un de ceux qui les accompagnaient, un grand efflanqué avec une casquette, a lancé en s'adressant à moi :

— Hé ! Tu te prends-tu pour un gars ? Va donc voir ta mère !

J'ai encaissé l'insulte sans broncher et je m'apprêtais à répliquer sans réfléchir quand, soudain, un coup de vent brusque souleva la casquette de sur sa tête et la projeta par-dessus bord tandis qu'il tentait de la rattraper.

Ce fut un éclat de rire général.

— Eh ben, dit Firmin Ouellet. Ça t'apprendra à lancer des bêtises aux filles !

Les autres s'empressèrent de tenir leurs casquettes à deux mains, de peur qu'il ne leur arrive la même chose. Le grand efflanqué, tête nue, tourna les talons et disparut sur le pont. Le plus jeune des frères de Justine, Élie, me regarda droit dans les yeux et me fit un grand sourire. « Ah ! pensai-je, y a-t-il donc sur terre des gars plus avenants que d'autres ? »

Papa me fit un clin d'œil complice et je ne bougeai pas d'un poil. Je n'avais pas du tout envie d'aller m'asseoir avec les filles qui jacassaient dans un coin abrité.

On était rendus en plein milieu du fleuve. Le ciel était rempli de nuages et le vent forcissait. Ce n'était pas facile de rester debout ni pour les personnes ni pour les bêtes. J'entendais craquer les membrures de la goélette. Les deux vaches se mirent à meugler ; les moutons bêlaient et cherchaient à rompre leurs attaches. Les marins et les passagers avaient toutes les peines du monde à calmer leur affolement.

— Viens, a dit papa, on va aller trouver ta mère.

— Toi aussi ! m'écriai-je. Tu veux pas que je reste avec les garçons ?

— Non, ce n'est pas ça. C'est que je pense que maman aimerait ça voir le fleuve, elle aussi. On n'a pas souvent la chance...

Papa me conduisit là où j'avais laissé le reste de la famille. Ferdinand n'en menait pas large et Louis-Edmond dormait, la tête sur les genoux de maman.

— Viens, Félicité, dit mon père, faut que tu voies Rivière-Ouelle d'ici... c'est pas mal beau... Vite avant qu'on ne voie plus l'autre côté.

Maman leva la tête vers son mari; on lisait une grande tristesse dans son regard. D'un geste, elle montra les enfants soudés à elle, voulant signifier par là qu'elle ne pouvait pas les laisser.

— Georgina va s'en occuper le temps qu'on aille jeter un coup d'œil, hein?

Tout doucement, Félicité glissa la tête du bébé sur les genoux de sa fille, qui prit sa place sur le vieux coffre. Ferdinand, qui avait soulevé la sienne le temps du changement de coussin, reprit sa position en grognant légèrement.

J'avais remplacé ma mère tout simplement, sans hésitation, peut-être parce que c'était une chose qui ne se discutait pas. Maintenant que j'étais assise avec les deux enfants qui se collaient à moi, je me demandais pourquoi on élevait toujours les filles de façon qu'elles trouvent cela tout naturel de se sacrifier. Puis, tout d'un coup, j'ai eu peur que ma mère finisse le voyage en compagnie de papa, à s'emplir les yeux du fleuve, et me laisse là, assise sur un coffre, à me faire ballotter sans autre horizon que les membres potelés de Louis-Edmond et les joues pâles de Ferdinand.

— Hé! Maman, soufflai-je, n'oublie pas de revenir. Je veux aller voir encore...

— N'aie pas peur, Georgina, je reviens, je reviens.

Félicité s'est étirée tout en rectifiant sa position pour rester debout. Puis, elle a marché au côté de son homme en s'agrippant à son bras. Ils sont allés vers le pavois, mais cette fois ils se sont dirigés vers l'autre côté: c'est la Côte-du-Sud qu'ils voulaient voir se profiler dans le lointain.

— Regarde, fit Étienne en pointant le doigt vers un bouquet d'arbres se détachant de l'horizon, c'est notre village...

— Je ne reconnais rien, dit Félicité en plissant les yeux et en retenant ses cheveux bruns qui volaient au vent et fouettaient sa figure.

Près d'elle, d'autres habitants de la Côte-du-Sud tentaient aussi de distinguer leur village, leur rang, leur étable, leur coin de batture. On indiquait des toits, des clochers, des arbres; on reconnaissait des paroisses : Saint-Denis, Kamouraska, Saint-André. Rivière-Ouelle était loin déjà.

Félicité, le regard pétillant, cherchait un repère, un chemin connu,, mais la terre ferme semblait si lointaine et le paysage familier avait tellement rapetissé ! Et puis, comment reconnaître, en le voyant de face, le décor quotidien longtemps vu par en dedans ?

— Là, là, s'est écrié Étienne, c'est lui, le rang de l'Éventail en haut...

— Où ? Montre, montre...

Enfin Félicité a repéré, loin, très loin, le tracé incertain d'un chemin, mince trait gris entre des champs encore pleins de chaume. Toits comme des blocs parsemés dans l'immensité, clochers fragiles, villages qui avaient l'air endormis : Félicité sentit son cœur se serrer. Elle s'écria :

— Que c'est petit ! Tellement petit !

Son village, autour duquel avait gravité toute sa vie jusqu'à ce jour, était soudain réduit à une bande de couleur imprécise qui s'effaçait doucement dans la brume du couchant. Et comme si les passagers de la *Marie-Chanceuse*, ne sachant plus très bien s'il valait mieux regarder vers l'avant ou vers l'arrière, cherchaient à faire diversion, quelqu'un a sorti son violon et, malgré la houle, s'est mis à jouer. Par-dessus le bruit des vagues et les sifflements du vent, la musique a commencé à flotter sur le fleuve. Des voix d'hommes et de femmes, luttant peut-être contre une tristesse subite, ont lancé des complaintes et des chansons simples et tristes. On aurait dit que les mots et les mélodies connues voulaient garder vivant le souvenir des maisons de bois et des mauvais chemins de la côte.

> Ce sont les enfants de Marseille
> sur les eaux s'en vont naviguer
> ont été sept ans en mer
> De terre sans pouvoir approcher
> Vivrons-nous toujours en tristesse ?
> Aurons-nous jamais la liberté ?

La voix continuait d'égrener le refrain quand soudain le bateau a viré de bord et j'ai senti un choc comme si on venait de frapper un mur. Mes petits frères ont remué et se sont réveillés. Louis-Edmond s'est hissé sur mes genoux et a plongé son regard dans le mien en murmurant :

— Maman !

La chanson s'est arrêtée net et un grand silence a envahi le pont. Que se passait-il ? Ah ! que j'avais hâte que mes parents reviennent ! La curiosité me rongeait et la peur aussi, car quelques instants après, levant la tête, j'ai vu défiler une falaise comme je n'en avais jamais vu. Qu'est-ce qui arrivait ? Est-ce qu'on avait frappé un récif ? Allait-on faire naufrage ? Moi aussi, j'avais bien envie de crier « Maman ! » comme Louis-Edmond. Je serrais mes frères sur mon cœur qui battait à tout rompre.

Après quelques instants de silence, tout le monde s'est mis à parler. J'entendais des bribes de discours : marée... courant... Saguenay...

Heureusement, mes parents sont revenus :

— On entre dans le Saguenay, a dit papa. Regarde les caps !

— Est-ce qu'on est rendus ? a demandé Ferdinand.

Je ne savais pas s'il avait hâte que son mal de cœur se dissipe ou si sa question était juste un restant de cette vive animation qu'il avait manifestée au départ.

— Mais qu'est-ce qu'on a frappé ? demandai-je, inquiète.

— On a frappé le courant d'eau douce de la rivière... L'eau douce qui rencontre l'eau salée...

— J'ai eu peur, avouai-je sans honte.

Une fraîcheur s'est tout à coup installée. J'ai levé la tête et j'ai vu deux canards noirs passer en criant. Des falaises immenses se dessinaient devant mes yeux. Il fallait que je voie ça de plus près !

Louis-Edmond avait faim, il avait envie ; il s'est précipité vers maman et j'en ai profité pour me sauver vers le bastingage. J'avais l'habitude, maintenant, et puis je me fichais bien des convenances. Les caps coupaient l'horizon et montraient leur face de rochers dans lesquels s'agrippaient des touffes d'épinettes. L'eau me semblait noire. Je n'avais pas assez de mes deux yeux pour tout voir. Et pourtant, il n'y avait qu'une rivière profonde coulant entre deux falaises grises. Puis, un cri a retenti et j'ai été emportée par le flot des gens autour de moi, car tous changeaient de côté pour se presser au pavois de tribord.

— Les marsouins! Les marsouins!

Les larmes me montaient aux yeux parce que, serrée dans la foule, je ne pouvais rien distinguer. Et soudain, deux bras m'on saisie et m'ont tenue au-dessus des épaules et des têtes agitées.

— Hé, les v'là! lançaient les uns.

— On va donc vous attraper, ça sera pas long! s'écria un hardi chasseur.

— C'est pas dans le lac Saint-Jean que tu vas voir ça, Ernest! répondit un autre.

C'était une mouvée de marsouins, toute une bande qui sautaient joyeusement autour de nous, on aurait dit qu'ils faisaient une ronde pour nous accueillir. Ah! c'était bien différent de les voir nager ainsi, dansant dans les vagues, tous ensemble, comme une grosse famille. Chez nous, quand on allait sur la batture lors de la pêche, ce qu'on voyait, c'étaient d'énormes corps blancs qu'on découpait, avec le sang qui giclait et éclaboussait et des monceaux de carcasses puantes. Ici, ils avaient l'air si gracieux, si enjoués, je n'arrivais pas à croire que c'étaient les mêmes animaux, ces marsouins-là.

Puis, la *Marie-Chanceuse* a poursuivi sa route sur le Saguenay. Papa m'a redescendue de ses épaules. On est retournés tous les deux rejoindre maman, tandis que notre bateau continuait son chemin. Maintenant, on était entourés de chaque côté de caps, de falaises, de forêts denses hérissées de conifères. On rentrait à l'intérieur du pays. Ce n'était pas tout à fait comme je l'avais imaginé. La rivière était plus noire, plus sombre, plus épeurante. Elle ressemblait à un grand coup de couteau dans la montagne.

Toute l'immensité du fleuve que nous avions quittée me restait gravée dans le cœur et je constatais malgré moi, sans pouvoir le dire, mais je l'ai compris plus tard, bien plus tard, que ma vie nouvelle qui commençait changeait totalement d'horizon. Je sentais en moi une angoisse de voir le ciel et l'horizon se rétrécir. Les paroles de Marie-Éléonore me revenaient encore à l'esprit: «Juste des arbres et du ciel.» Je ne sais pas pourquoi, mais j'avais envie de pleurer.

Le voyage n'était pas fini, loin de là. On avait un grand bout à faire sur la rivière avant d'arriver. Avec Flavie et Rosemarie, on s'est assises en rond sur le pont. On avait dans l'idée de jouer, mais on était toutes un peu secouées de vent et d'inquiétude. On a commencé à débiter des formulettes à toute vitesse, pour rire, pour calmer le sentiment d'attente qui nous tenaillait.

— Tontétatilôtétatou ?

— Kabulanolac ? Olaclanabulo !

On riait ensemble parce qu'on savait déchiffrer leur sens. Mais qui sait si on n'allait pas trouver là-bas des filles qui se feraient prendre !

— Hé ! Georgina, dit Flavie. Tu sais que là où on va, y a pas d'école ?

— C'est sûr, hein, que vous allez dans le même canton que nous ? ai-je demandé soudain avec inquiétude.

— Je pense que oui, a répondu Rosemarie, la plus jeune des deux sœurs. C'est un nom à coucher dehors : papa a beau le répéter, je ne m'en souviens jamais...

— Méta... Méta...

— En tout cas, c'est le canton tout près du lac. Papa l'a promis, a poursuivi Flavie. C'est un nom indien...

— Comme Kénogami ? Moi, j'aime ça ce nom-là. Mon père va travailler à la construction du chemin Kénogami, ai-je ajouté.

— Comment ça se fait que c'est des noms indiens, par là ? Pensez-vous qu'on va vivre avec eux ? a demandé Flavie.

— Peut-être bien. As-tu peur, toi ?

— Peur des indiens ? Pourquoi j'aurais peur ?

— Bien, on raconte tellement de choses..., a fait remarquer Flavie.

— Ma mère m'a dit que c'est des Montagnais qui habitent là. Ils chassent.

— Ils ont des drôles de noms... j'ai entendu Péribonka, Couchepagane et puis le fameux Méta... dont je ne me souviens plus.

— Des noms drôles ? Moi, je trouve que c'est pas pire que Kamouraska ou Pacôme, pensez-y !

— Tu as raison.

Un silence s'est installé entre nous trois. Pour ma part, je songeais à ce que pouvait représenter la possibilité de vivre avec des Indiens partageant les mêmes chemins, les mêmes terres, les mêmes rivières. Mais il n'y en avait même pas, des chemins ! J'ai pensé à l'école aussi, à ce qui représentait pour moi l'évasion vers l'ailleurs.

— Mais, Rosemarie, ce que tu disais à propos de l'école... c'est vrai qu'on n'en aura pas ?

— Ben non : il n'y en a pas. Pas maintenant en tout cas.

— Ça va faire drôle... Et alors, Justine la fine, elle va moisir sur sa terre ? ai-je lancé.

On s'est mises à rire de la bonne blague en se balançant d'avant en arrière.

— Mais, a fait Rosemarie, les Gauvin, ils ne vont pas dans le même canton que nous. Leur terre est dans le canton Caron. Ils ont déjà une maison de bâtie.

Juste à ce moment, du coin de l'œil, j'ai aperçu Élie Gauvin, debout, qui nous observait. J'ai détourné les yeux et continué :

— Ah ! ben... t'es sûre ? Alors, s'il n'y a pas d'école, on pourra pas apprendre...

— Je suppose qu'ils vont finir par en construire une.

— Et les Indiens, eux, est-ce qu'ils en ont, des écoles ?

— J'sais pas. Des vrais sauvages, ça va pas à l'école !

La *Marie-Chanceuse* a poursuivi son chemin sur le Saguenay. De temps en temps, les refrains des vieilles chansons traînaient au-dessus de l'eau. C'étaient des chansons qu'on portait en nous depuis toujours dans les paroisses de la côte et dont le souvenir familier allait sans doute persister encore longtemps dans nos têtes enivrées de vent.

> Tortille morfil
> Arrangeur de faucilles
> Tribouille marteau
> Bonsoir lutin !
> Fringue, fringue sur la rivière
> Fringue, fringue sur l'aviron !

CHAPITRE 7

L'odeur des arbres

Toute ma vie, je pense que ce sont les odeurs qui se tiendront en tête de mes souvenirs de nos premiers mois passés au Lac-Saint-Jean dans le canton de Métabetchouan. D'abord l'odeur forte et pénétrante des sapins, des épinettes et des pins. Les millions et les millions d'aiguilles vertes et la gomme suintant sur les troncs fabriquaient pour nous ce parfum qui accompagnait tous nos instants.

L'autre senteur que j'évoque encore, avec moins de plaisir, c'est celle de la fumée. Au début, elle ne venait pas de chez nous, la fumée du bois qui brûle ; âcre et piquante, elle émanait plutôt des voisins qui, arrivés l'année précédente ou même avant, brûlaient leurs abattis. Souvent, grâce au vent, la boucane nous piquait les yeux, imprégnait nos vêtements et nous serrait la gorge. Même par beau temps, le ciel devenait parfois noir à cause d'une fumée qui, bien sûr, signifiait pour un colon la fin des travaux éreintants. Les nôtres ne faisaient que commencer. Il faut dire que la senteur du bois incendié se mêlait à celle des sapins et des autres conifères, si bien que l'une et l'autre sont dorénavant liées dans ma mémoire. Je revois les troncs noirs calcinés, émergeant du sol inégal, j'entends le bruit de haches frappant inlassablement les troncs encore vivants. Mais, même après ces interminables corvées de brûlage, on faisait encore des feux, et l'odeur de la fumée persistait. C'est simple : faire des feux, c'était le seul moyen d'essayer d'éloigner les nuées de moustiques et de brûlots qui nous dévoraient à toute heure du jour.

La forêt. Ah ! la forêt !

Les premiers temps, ces arbres piqués droits et la pénombre qui régnait sous les branches, même en plein jour, m'avaient ravie. J'avais senti que je pénétrais dans un monde nouveau et j'en avais tiré une exaltation, un bonheur sans nom.

Et puis, il y avait aussi le parfum de la terre. C'est vrai que nous étions loin de la terre maigre et jaune du rang de l'Éventail. Celle d'ici, noire, grasse, humide, faisait des mottes énormes et collait aux semelles et aux roues des voitures. Pendant les orages, quand la pluie tombait en martelant le sol avec une violence inouïe, les sentiers étroits ruisselaient, les bœufs et les chevaux glissaient et les charrettes s'embourbaient. Ces jours-là, nous étions si crottés... si couverts de terre... et son odeur nous collait tant au corps qu'on aurait dit qu'elle rentrait en nous, se glissait sous nos ongles, dormait avec nous...

Au début, je croyais entendre le bruit de l'eau, le bruit du fleuve couler au fond des bois qui nous enserraient de tous côtés. Et quand le soleil arrivait à percer à travers les feuillages ou les nuages de fumée, je croyais toujours être en présence des milliers de petits miroirs que j'avais vus s'agitant sur le Saint-Laurent. Mais rien ne servait de rêver. J'étais loin du fleuve et ce grand lac, que mon père nous avait promis, nous n'avions pas le temps de le chercher. Il était par là; c'est tout ce qu'on en savait. Par là, disait-on en indiquant une vague direction vers l'ouest, de l'autre côté des arbres.

— Un jour, on ira, avait affirmé papa.

Mais les tâches étaient si énormes, le printemps avait passé si vite, l'été tirait déjà vers sa fin; il y avait tant à faire que même le dimanche il fallait travailler. Bûcher. Bûcher. Bûcher. Et, au fond, il valait mieux s'occuper, car lorsqu'on s'arrêtait, on réalisait combien on était seuls. Nos plus proches voisins, les Boivin, étaient aussi occupés que nous. Et moi qui avais cru pouvoir rendre visite à ma tante Marie-Éléonore tous les jours ! Elle aussi, avec son mari et son petit bébé, trimait sur leur terre, loin, loin au bout du canton. On n'était allés les voir qu'une fois, à notre arrivée, et les routes étant ce qu'elles étaient, on ne les avait plus revus.

Où donc étaient mes amies, Flavie et Rosemarie, au milieu de cette immense forêt ? J'aurais voulu marcher, marcher pour les retrouver. Mais où marcher ? Il n'y avait pas de chemin; seuls les hommes, suivant une ancienne piste indienne, arrivaient à rejoindre leurs voisins pour descendre le bois au moulin. À l'automne, on élargirait le sentier, on abattrait d'autres arbres, on pourrait passer avec les charrettes. L'automne me semblait si éloigné. J'avais soif de compagnie ; j'aurais parlé même à Justine Gauvin ! Et puis, dans le fond de mon cœur, je m'ennuyais de l'eau, du fleuve et de tout ce que j'avais vu sur la *Marie-Chanceuse*. Et la fraternité des vieilles paroisses me manquait aussi : mes amies, mes oncles, mes tantes, il me semblait qu'ils avaient brusquement cessé d'exister.

Il n'était plus question d'un horizon large s'ouvrant devant moi. Je vivais dans les arbres, épousant leurs parfums et leurs vibrations. Il n'y avait que de maigres espaces à découvert. Sous la voûte des arbres se cachait la vie que je découvrais avec stupeur. Des petits bruits presque imperceptibles nous révélaient la présence d'animaux, oiseaux et bêtes qui faisaient tantôt peur, tantôt plaisir. Tout me surprenait, et la nouveauté me paraissait inépuisable. Malgré les interdictions, je m'enfonçais chaque jour un peu plus dans la forêt, allant de découverte en découverte. C'est vrai que j'avais perdu le vaste horizon de la Côte-du-Sud, mais celui qui le remplaçait était plein de mystères et je m'y noyais avec délices, fuyant les tâches plus pénibles encore que l'épierrement que j'avais espéré quitter pour toujours.

Pourtant, de l'eau, il y en avait. Il y en avait même beaucoup. À tout moment on découvrait des sources, des ruisseaux, des cascades, des étangs et même de petits lacs cachés au milieu des troncs et de la mousse. Notre cabane, construite avec des rondins, servait plutôt à nous mettre à l'abri des bêtes, la nuit. Bâtie en hâte tout près d'un ruisseau, elle était toute noire et humide, son toit plat maintenu en place par de la terre qui s'envolait au vent. À part un poêle, il n'y avait pas de meubles ; juste une planchette dans l'angle d'un mur, une planchette surélevée sur laquelle papa avait placé le seul bien qui avait un peu de valeur : la fameuse horloge de la famille Bonenfant. L'horloge de ma grand-mère.

Le ruisseau chantait sur les pierres. J'étais de corvée d'eau, évidemment, vingt fois par jour. Et le ruisseau, je l'aimais bien : j'avais pris l'habitude de le remonter jusqu'à un tournant où une grosse pierre ronde semblait avoir été roulée là par quelque géant et je m'y assoyais pour rêver. Ça n'arrivait pas souvent, parce qu'on m'appelait pour venir surveiller mon petit frère ou rentrer les poules, quand ce n'était pas pour courir apès notre vache qui fuyait les feux...

Mais quand j'arrivais à me sauver, c'est là que j'allais me réfugier, toute seule, sur la grosse pierre; je regardais couler l'eau claire ou je trempais mes pieds ou mes bras boursouflés par les piqûres de moustiques. J'observais les martins-pêcheurs, dont les vols piqués au-dessus de l'eau me ravissaient.

Et puis, il y a eu ce jour de grande chaleur où l'air bruissait d'insectes en vol. J'ai entendu un bruit dans les fourrés de l'autre côté du ruisseau. Mon cœur a fait un bond. J'ai regardé : je ne voyais rien. J'ai pensé que ça devait être un écureuil ou un porc-épic. Un chat sauvage peut-être ? Il y avait un vieux tronc moussu qui avait culbuté sur la rive et qui faisait gicler l'eau bondissante. À quelques pas de là poussaient des gadelliers sauvages, dont je distinguais nettement les grappes de fruits mûrs. On n'entendait pas le moindre son si ce n'est une rumeur diffuse comme une respiration lente et, de temps en temps, un froissement de feuilles. J'avais beau fouiller le bosquet de plus belle en cherchant au niveau du sol un mouvement, je ne remarquais rien ni à droite, ni à gauche, ni devant. Et soudain, je l'ai vu ! À trente pas de moi, de l'autre côté du ruisseau, un ours brun trois fois haut comme moi se régalait de gadelles ! J'ai figé sur mon rocher. Toutes les histoires entendues me revenaient d'un seul coup en mémoire, histoires de bûcherons dévorés et de chasses maladroites. Même si j'avais voulu crier, je n'aurais pas pu. Ma gorge était serrée comme l'étaient mes doigts sur le bord du rocher. Je ne quittais pas l'animal des yeux et j'espérais que, bientôt, il aurait épuisé les petits fruits du bosquet et qu'il s'en irait. À ce moment, les trois gros galets que j'avais superposés pour m'amuser ont dégringolé dans le ruisseau en faisant des ploufs retentissants dans le silence. Un martin-pêcheur s'est envolé en battant des ailes et l'ours, lentement, a tourné la tête. Ses deux petits yeux tout noirs se sont posés sur moi et, immobile, il m'a regardée pendant ce qui m'a semblé une longue heure.

D'instinct, je mesurais la distance qu'il y avait entre lui et moi. Je savais bien que les ours raffolent de l'eau; alors, le ruisseau n'allait pas l'arrêter. Il allait le franchir en deux enjambées... On aurait dit que j'étais devenue du bois... je n'existais plus : le monde autour de moi s'était effacé; les arbres, les insectes qui bourdonnaient, la chaleur, le ruisseau, la proximité de notre cabane, il ne restait plus que la présence de cet énorme animal brun, de son gros museau noir et de sa gueule qui avalait goulûment les baies rouges.

Tout à coup, comme dans un rêve où tout le monde parle comme dans du coton, une voix m'est parvenue :

— Georgina! Georgina! Viens-t'en, on a besoin de toi!

C'était la voix de mon père. Il le savait, lui, où me trouver : il m'avait même balisé le court sentier avec des piquets peints en rouge. L'ours aussi a entendu et, dans un éclair, il a plongé dans les broussailles et a disparu. J'ai descendu du rocher comme une somnambule et je me suis mise à courir entre les arbres, retrouvant le sentier que, jour après jour, j'avais moi-même à moitié tracé. Je me suis littéralement jetée sur mon père quand je l'ai aperçu sur le maigre terrain qu'il avait réussi à dégager, devant notre cabane en bois rond.

J'ai pleuré, pleuré pendant de longues minutes et puis, quand j'ai réussi à articuler quelques paroles, j'ai raconté, tout bas, ma rencontre. Bien sûr, on avait été prévenus contre ces dangers et mis en garde mille fois plutôt qu'une. Ma grande peur a pu servir d'exemple à Ferdinand, à Louis-Edmond et à mes parents. La grande peur a duré une semaine, dix jours... mais est-ce qu'on peut empêcher un enfant qui grandit d'être curieux? Est-ce qu'on peut enlever à un enfant l'envie de découvrir, de savoir, de toucher, de palper? La forêt m'attirait, je voulais tout connaître d'elle.

Il faut admettre qu'il y avait une autre raison qui nous poussait, mon frère et moi, à nous aventurer dans la forêt. Une chose que je n'avais pas connue avant : la faim. J'avais tout le temps faim. Tant de fois j'avais tendu mon assiette de granit pendant le repas qu'on prenait, le soir, devant la porte ouverte, pour que la lumière du jour déclinant nous éclaire. Et ma mère hochait la tête :

— C'est tout, Georgina.

Au début, ma mère avait réussi à semer, à travers les chicots d'arbres, quelques plants de patates qui n'étaient pas encore prêtes. Les vieilles patates étaient toutes ratatinées. Le quart de lard salé était déjà à moitié vidé et il en fallait pour l'hiver. On avait des œufs et le lait de notre vache achetée à crédit. Un jour, papa avait rapporté d'Hébertville une poche de farine de sarrasin. Du lait caillé, des patates et parfois des crêpes, le dimanche. C'est tout ce qu'on avait. On attendait l'automne et la chasse pour faire provision de gibier, car mon père était un bon chasseur. Mais pour semer, comme autrefois, il fallait d'abord défricher, et les arbres étaient si hauts, si nombreux autour de nous que je me demandais si on arriverait jamais à faire de la terre. Et c'est pour cette raison que, sans le dire, on s'enfonçait parfois dans le bois, les yeux en alerte, pour dénicher les baies sauvages qui croissaient à profusion. Parfois, on partait avec des seaux en compagnie de maman, pour aller à la cueillette. Et c'était une joie de rentrer avec des gadelles, des framboises et des bleuets pour enfin, sinon assouvir notre faim, du moins varier nos maigres repas. Ces escapades mettaient ma mère en joie, et je me réjouissais de la voir sourire, mais elles duraient peu, parce que, loin des feux, les moustiques et les brûlots se déchaînaient sur nous et surtout sur la chair rose des petits bras potelés et des joues rebondies de Louis-Edmond, que maman portait parfois sur son dos, protégé par des châles.

Durant le jour, pas souvent, des colons passaient. Chacun racontait comment les travaux avançaient, on échangeait des conseils, on proposait de l'aide. Un jour, l'un des passants a parlé de pêche.

— Moi, je mange ben manque de poisson ! s'était écrié l'inconnu. La rivière sur ma terre est bien fournie. Tu devrais y aller, Étienne. Ça nourrit. J'en ai même boucané pour l'hiver. Les Indiens m'ont montré comment faire.

— J'ai pas grand temps pour la pêche, avait répondu papa.

Ferdinand a dit, les yeux pétillants :

— Moi, je vas y aller !

Et il s'était fabriqué une canne à pêche avec une perche et un vieux clou comme hameçon. Un jour, il a déclaré à papa et à maman :

— Je m'en vais à la pêche !

Mais ma mère a répliqué :

— Non, Ferdinand, attends ton père. Je te défends de t'en aller tout seul après ce qui est arrivé à Georgina.

Pourtant, quelques jours après, Ferdinand nous a apporté deux truites qu'il venait de pêcher. Personne ne lui a fait de reproches. Et ce soir-là, on s'est régalés. Ferdinand était fier d'être un homme et maman l'a laissé circuler comme il voulait. Même si la peur persistait.

Les jours filaient et les travaux recommençaient tous les matins. J'achalais papa :

— Quand est-ce qu'on va aller au lac ?

Mais mon père disait toujours :

— Plus tard.

Malgré sa fatigue, il était joyeux, et la vie dans le campement enfumé avait aussi ses bons côtés. Il nous arrivait de grandes joies en même temps que de grandes frayeurs.

Dès le moment où papa a décidé de la date pour la corvée, les tâches quotidiennes ont paru moins lourdes. Les arbres qu'il avait abattus étaient empilés soigneusement derrière la maison. Un matin du mois d'août, il a annoncé qu'il allait porter son bois au moulin sur la rivière pour en tirer des planches. Et après, on ferait une corvée pour construire la maison. Une vraie maison, et non plus un abri temporaire comme l'était notre cabane sans fenêtre.

Par je ne sais quel miracle, la nouvelle s'est propagée. On a même reçu une lettre de Marie-Éléonore et de Marcellin, apportée par un messager, pour nous dire qu'ils seraient eux aussi de corvée le jour choisi. Le lointain voisin, dont on n'entendait que les coups de hache, allait venir aussi avec sa famille. Et j'allais découvrir toute une flopée de jeunes comme moi, livrés à la seule compagnie de leur famille au milieu de leur petit morceau de terre déboisée et pleine de moustiques. Ce fut, pour moi, pour nous tous, comme si la plus brillante des fêtes se préparait : le premier de l'An en été !

Je n'osais même plus m'absenter pour aller m'asseoir sur mon rocher de peur de rater l'arrivée de quelque nouvelle ou d'un des travailleurs qui allait nous prêter main-forte.

Pendant de longues heures, mes parents avaient discuté de l'emplacement de la maison à construire. Je me souvenais des mots de papa entendus il y a longtemps : « Une maison toute blanche avec un toit qui penche, une galerie et des fleurs devant. » Mais pour une raison mystérieuse, je me disais que ce n'était pas encore cette maison-là que nous verrions surgir du bois soigneusement empilé. Inconsciemment, je savais bien que l'image que je chérissais ne pouvait correspondre à la réalité.

La veille, nous avions pris le temps de piétiner l'emplacement et de bien balayer avec des branches de sapin le sol sur lequel on poserait le plancher de notre future demeure, un vrai plancher de bois ! Mon père avait réussi à déboiser et à élargir une partie du sentier pour faciliter la venue des « invités ». Il regardait le ciel par-dessus les arbres, mesurait les chances de beau temps à la vue des nuages ronds que le soleil couchant colorait de rose.

— Oui, il va faire beau demain ! Et je vous promets une surprise ! nous avait-il annoncé.

— C'est quoi ? C'est quoi ? demandait Ferdinand.

— Supise ! bafouillait le petit.

— Tu sauras demain ! Ah ! vous allez voir ça, une vraie surprise ! renchérissait papa tandis que maman souriait tout en continuant de piétiner le site de sa maison. Sans doute imaginait-elle, elle aussi, la maison rêvée, blanche avec des fleurs devant... Ce serait pour une autre fois.

Le matin du grand jour, on a vu arriver les Boivin, lui avec ses outils, sa femme et ses enfants avec des provisions à partager : un pain ! Un pain fait de farine blanche, il y avait longtemps qu'on n'en avait pas mangé ! Notre ordinaire se composait de galettes de sarrasin ou de biscuits de matelots durs comme des cailloux. En plus, un chou et un sac de gourganes !

Et puis, enfin, la parenté est arrivée. Brinquebalant sur une charrette neuve, Marie-Éléonore et Marcellin s'approchaient avec le bébé. Mais le bébé ! il était devenu une grande fille qui marchait. Un instant j'ai cru que c'était ça la surprise. Mais non. La surprise, c'est mon oncle Marcellin qui l'a sortie de la charrette. Il a pris dans ses bras un grand carré de bois enroulé dans une couverture. Qu'est-ce que ça pouvait bien être ? Il l'a déballé soigneusement et on a vu : c'était une fenêtre ! Une vraie fenêtre avec quatre carreaux, un cadre et des pentures pour l'ouvrir ! Marie-Éléonore a déposé sur le banc, enveloppées dans des morceaux d'écorce, les vitres qui avaient fait le voyage sans se casser et une boule de mastic. Pensez donc, on allait avoir une vraie fenêtre à notre maison ! La surprise en était une vraie.

Et Firmin Ouellet, lui, qu'on n'avait pas revu depuis notre départ de Rivière-Ouelle, a apporté un mouton qui s'est mis à courir partout et à bêler avec entrain.

Mais la vraie surprise, pour moi, a été tout autre. Notre ancien voisin à Rivière-Ouelle avait emmené avec lui un autre charpentier pour la corvée : un homme aux bras forts et qui savait jouer de la musique à bouche ! Il était précédé d'un chien jaune qui jappait et reniflait partout. Et derrière lui, quelqu'un criait :

— Miraut ! Miraut, attends-moi !

Miraut ! Je savais que j'avais entendu ce nom auparavant, un drôle de nom de chien. J'avais le souvenir vague de ce même cri prononcé par une voix plus enfantine. Mais où ? Quand ? Je n'arrivais pas à me rappeler. Et tout à coup est apparu à l'orée du sentier un garçon blond, vêtu simplement et qui courait après le chien. J'ai compris tout de suite : c'était le petit Antoine qui pleurait sur la goélette au départ vers le Lac-Saint-Jean... Son père, Oscar Jean, allait nous régaler plus tard dans la veillée.

Tout le jour, les hommes ont dressé les madriers pour la charpente ; puis on a élevé les murs de planches, ménagé les ouvertures pour la fenêtre et la porte. L'air retentissait du bruit des scies et des marteaux. Les femmes préparaient à manger dehors et nous, les jeunes, inventions des jeux et des courses folles à l'écart du chantier. Mon Dieu ! que la journée a vite passé ! C'était sûrement à cause du bonheur qu'on ressentait d'être ensemble. Je n'arrêtais pas de parler, de rire, de taquiner mes amies Flavie et Rosemarie Ouellet comme s'il me fallait rattraper le temps perdu à nous ennuyer chacune de notre côté. Et puis, après avoir épuisé le plaisir de ces retrouvailles, j'ai regardé les autres qui étaient venus avec leurs parents. Les trois garçons Boivin nous ont montré des jeux de bon cœur.

Antoine Jean, qui ne lâchait pas son chien d'une semelle, avait bien changé depuis que je l'avais aperçu sur le bateau. Je lui ai raconté le souvenir que j'avais de lui.

J'ai cru déceler dans son regard un petit rien triste, mais il s'est empressé de sourire et de dire :

— Je me demande bien ce qu'il est devenu, le Miraut de là-bas. J'ai tellement achalé mon père qu'il a fini par en trouver un autre à Chicoutimi et il me l'a apporté, un soir. Je l'aime encore plus que celui d'avant.

La construction avançait et, pour une fois, nous, les jeunes, pouvions nous amuser. Échauffés par les poursuites et les cris, on revenait vers la maison boire une tasse d'eau pour se rafraîchir. Même les bébés, Aliette et Louis-Edmond, s'en donnaient à cœur joie en rigolant à qui mieux mieux. Mais ma petite cousine Aliette avait une préférence pour moi. Quand elle était arrivée, j'avais été touchée de voir qu'elle serrait sur son cœur ma vieille poupée, ma Colombe chérie que j'avais offerte à ma tante le jour de leur départ. Dès qu'elle me voyait, Aliette poussait des cris et sa mère avait du mal à la garder près d'elle. À tout moment, Marie-Éléonore criait :

— Georgina ! Attrape Aliette !

Et je voyais surgir, parfois marchant, parfois rampant sur le sol, le petit bout de femme qu'elle était et qui me criait :

— Zina ! Zina !

Après avoir épuisé toute notre énergie à courir et à nous amuser, on a porté attention au travail des charpentiers. Il ne restait plus que quelques perches à clouer pour terminer le toit. La fenêtre était en place et l'un des ouvriers ajustait la porte. Papa était assis à califourchon sur le toit et jouait du marteau. Puis, tout à coup, le dernier clou enfoncé, les cinq hommes du chantier ont lancé des hourras et des bravos ! Papa est redescendu du toit et est allé chercher sa carabine à la vieille cabane. Solennellement, il a tiré trois coups en l'air ! Et Firmin Ouellet a remonté l'échelle pour clouer tout en haut la tête d'un petit sapin décoré d'un bouquet de fleurs que Rosemarie avait cueillies.

— Vive la maison ! Vive la maison !

La maison des Bonenfant était achevée ! Le temps de la corvée prenait fin et, à sa place, venait le temps des réjouis-

sances. Alors, le cœur battant d'impatience, toute prête à
savourer l'enchantement, je me suis plantée devant et je l'ai
regardée. Comment ajuster l'image qui, depuis des mois,
rôdait dans ma tête avec ce que j'avais devant les yeux ? Non
pas une façade de déclins de bois blanchis et une allure
pimpante grâce à un toit bien penché sur son grenier. Rien de
ça. Même la grandeur était à peine la moitié de ce que j'avais
imaginé ; ma maison n'était pas blanche, elle était jaune et
sale, de la couleur de toutes ces planches hâtivement rabotées,
le toit ressemblait à une vieille clôture avec son alignement de
pieux sur lequel on finirait par clouer des éclisses de cèdre.
Mais pour l'instant elle était laide, laide, et au lieu de verdure
autour on ne voyait que débris, écorces, branchailles qui jon-
chaient le sol. Elle sentait toujours la terre, l'épinette et la
sueur. Seule la fenêtre tachée de marques de doigts reflétait le
pâle soleil et lui donnait un petit air coquet, comme si elle
m'avait fait un clin d'œil pour m'encourager. Je me suis forcée pour ne pas pleurer.

Sur une grande table improvisée, on a disposé des mets qui
composaient le plus grand festin qu'on avait jamais vu depuis
notre installation dans le canton. De la soupe, de la viande en
sauce, des patates et des pâtés aux bleuets ! Il y avait même un
os pour Miraut !

Les mouches noires et les maringouins se pensaient invités,
eux aussi, à la fête. Ils nous gâchaient un peu notre plaisir,
mais quand, après le repas, les hommes ont allumé leur pipe,
on a soupiré et on a essayé de ne plus y penser.

Le soir tombant, ceux qui habitaient le plus loin ont parlé
de repartir. Déjà Aliette et Louis-Edmond somnolaient, la tête
sur les genoux de leur mère. Mais la mienne a dit :

— On ne peut pas avoir une veillée sans musique !

Et c'est alors que le père d'Antoine a sorti sa musique à
bouche. Longtemps le son de sa musique montant dans le ciel
au-dessus des arbres nous a rempli le cœur. On sentait flotter
dans l'air le bonheur des grandes célébrations. Réchauffés par
l'amitié et le simple fait d'être réunis, nous nous sentions les
membres disparates d'une grande famille. De temps en temps,
les regards satisfaits se tournaient vers la maison terminée ;
l'odeur du bois coupé venait jusqu'à nous. La musique conti-

nuait de nous bercer et, tandis que le ciel s'obscurcissait, je ne pouvais m'empêcher de me demander ce que nous faisions là, dans ce coin du bout du monde. N'étions-nous pas en train d'inventer un nouveau pays en arrachant à la forêt un lieu pour asseoir notre vie ? N'allions-nous pas nous définir une identité nouvelle ? Je me sentais toute neuve au milieu de ces bois ; tout ça, pêle-mêle, les bruits et les odeurs avec les cris et les coups de marteau, se brouillait dans ma tête, mais je sentais confusément qu'une fine couche d'appartenance venait d'être déposée dans mon cœur. Patrie des ours bruns, des ruisseaux bondissants d'eau vive et des nuées de moustiques, le pays du Lac-Saint-Jean allait devoir compter avec nous, les colons. On était là pour rester !

Le joueur de musique à bouche se faisait dévorer tout cru. Il arrêta de jouer et fit tournoyer ses bras autour de sa tête. Maman apporta le fanal, et Oscar Jean dit :

— Je vais vous conter une histoire !

On a tous crié de joie ! Oscar Jean n'était pas seulement joueur de ruine-babines, il était aussi conteur ! Quelle aubaine !

Miraut s'est couché à ses pieds et lui, bien calé sur son rondin de bois :

— Ça tombe bien, commença-t-il, je m'en vais vous raconter une histoire de brûlots.

Il y a très longtemps, bien avant l'arrivée des hommes blancs, vivait dans nos parages un géant. Ce géant-là était tellement grand que sa tête dépassait les nuages. Un seul de ses pieds remplissait un lac et une seule de ses mains pouvait couvrir une forêt. Son souffle avait la force d'un ouragan ; sa voix ressemblait au tonnerre.

Quand il marchait, chacun de ses pas faisait naître un tremblement de terre. Mais quand il se déplaçait, justement, ses yeux étaient si éloignés de ses pieds qu'il lui arrivait souvent d'écraser des villages sans s'en rendre compte.

Alors, les gens, les Indiens qui vivaient dans le pays, commencèrent à le craindre. Ils se mirent à chercher un moyen pour le chasser ou le détruire. Mais ils se sentaient impuissants, eux si petits, devant le géant grand et fort.

Ils inventaient toutes sortes de manigances depuis des années, mais ils n'arrivaient à rien. Et la peur du géant augmentait.

Un jour, le géant se sentit fatigué, ce qui arrive même chez les géants. Alors, il se coucha dans le fleuve Saint-Laurent. Il s'assit dans l'eau et appuya sa tête sur l'île d'Anticosti. Puis, doucement, allongea ses membres : son bras droit trempait dans le Saguenay et sa main clapotait dans le lac Saint-Jean.

Le conteur fit le geste et un clin d'œil. Puis il reprit son discours :

Avec son bras gauche, il encercla les Appalaches. Son pied droit écrasa une partie de Montréal, sa jambe gauche aplatit une grande quantité d'arbres. Et le géant s'endormit.

Il dormit longtemps, longtemps, car ce que fait un géant dure toujours beaucoup plus longtemps que ce que font les hommes ordinaires. Et ça, les Indiens le savaient. Ils se réunirent donc en grand conseil pour décider comment profiter du sommeil du géant. Le temps était venu de mettre à profit tous les plans et les ruses qu'ils élaboraient depuis tant d'années.

Plusieurs membres de tribus diverses partirent vers l'île d'Anticosti. Là, ils attachèrent les cheveux du géant aux grands arbres qu'ils trouvèrent. D'autres tribus filèrent plus loin pour attacher les cordons des mocassins du géant à tous les rochers qu'ils trouvèrent à proximité. D'autres encore détachèrent son ceinturon et lui firent faire le tour des Appalaches où ils le fixèrent solidement.

Puis, les Indiens coupèrent une grande quantité d'arbres qu'ils empilèrent sur le corps du géant endormi. Petit à petit, le géant se retrouva enseveli sous d'énormes empilages de troncs et de branches d'arbres qui séchaient au soleil. Et le géant dormait toujours. Quand les Indiens jugèrent que le géant ne pourrait plus jamais se relever, ils retournèrent dans leurs bourgades.

Mais un orage s'éleva et un éclair mit le feu à la forêt. Le géant s'éveilla et s'aperçut alors qu'il ne pouvait plus bouger. Il essaya de se défaire de ses attaches et des piles de bois qui l'immobilisaient tandis que l'incendie gagnait du terrain et commençait à atteindre les billots. Sa colère était grande. Il rassembla ses forces et, d'un bond, il cassa liens et fit rouler le bois qui l'entravait. Il se sauva à grandes enjambées et décida de se venger en jetant un sort aux gens qui avaient tenté de le tuer. Il se mit à piétiner les flammes et le bois calciné et aussitôt des millions et des millions de petites pépites noires remplirent le ciel enfumé au-dessus du pays. Et, instantanément, ces millions de petits points noirs se changèrent en brûlots tandis que le géant, de ses pas gigantesques, quittait à tout jamais le pays à moitié dévasté. Mais il avait éteint le feu et le pays survécut et les brûlots aussi !

Quand on a fini par rentrer dormir pour la dernière fois dans la vieille cabane, j'ai entendu Étienne murmurer à l'oreille de Félicité, qui portait Louis-Edmond endormi :

— Tu vas voir que tu vas l'avoir, un jour, ta maison blanche avec des fleurs devant !

Avant de sombrer dans le sommeil, ce soir-là, je me suis demandé si c'était ce géant-là qui avait roulé la grosse pierre au bord de notre ruisseau. Et si c'était la mère des pierres qui nous avait suivis jusqu'ici ?

La journée qui s'achevait avait été une des plus belles de ma vie. J'avais retrouvé des amies de cœur, je m'en étais fait d'autres, demain je dormirais dans une maison toute neuve ; toutes les conditions nécessaires pour me faire aimer ce nouveau pays de toutes mes forces étaient réunies. Des voisins, des parents formaient un nouveau noyau autour de nous ; nous étions une famille qui manquait de tout mais qui avait une vie devant, avec même de la musique et des contes !

Que pouvais-je espérer de plus ?

CHAPITRE 8

Un lac si grand

On ne peut pas dire qu'on avait vraiment un champ pour semer, pas encore ; mais, autour de la maison neuve, le terrain était clair. On ne voyait plus que quelques chicots brûlés.

Toute la journée, avec Ferdinand et même maman qui emmenait Louis-Edmond avec elle, j'empilais des branchages, je faisais des tas qu'on brûlerait plus tard. J'avais les bras et les mains griffés par les éclats de bois et les paumes tout égratignées par l'écorce des branches. C'était bien pire que de transporter des pierres. Heureusement, les mouches noires commençaient à nous laisser un peu plus tranquilles, surtout quand il y avait du vent. Papa bûchait sans répit et traînait les plus gros billots à l'écart à l'aide du cheval. Notre lot, c'était de faire de la place et ce n'était pas simple parce qu'on était entourés d'arbres. On était arrivés comme ça, chez eux, et eux, ils n'avaient pas bougé.

Parfois je m'arrêtais pour regarder la forêt que j'avais tant essayé d'aimer. Un mur de bois dressé autour de nous. Les arbres, qu'il y en avait ! Est-ce qu'il n'y avait donc que des arbres au Bas-Canada ? Ils se dressaient, hauts et fiers, tout à l'entour. Les pins, les merisiers, les ormes, les bouleaux avec leur belle robe blanche, les trembles aussi... Je savais leurs noms ; j'avais appris à les distinguer. Je les haïssais de tout mon cœur ! Oui, je les détestais maintenant ! Si on voulait une terre, il fallait qu'on les abatte, qu'on les brûle, qu'on se batte avec les arbres... je leur criais des noms en travaillant :

— Allez-vous-en ! Sacrez votre camp !

Mais où pouvait donc aller un arbre sinon dans la terre ? Et pourquoi poussaient-ils tous en rangs si serrés sur la nôtre ?

Entre les besognes, je trouvais un peu de temps pour jouer. Un jour, papa a installé à une grosse branche une balancine pour moi et Ferdinand. J'y passais tous mes moments libres. Du matin au soir, l'air résonnait du bruit des haches qui tranchaient le bois. Comme les autres, je participais à cette tâche de détruire les arbres, un à un. Arrêter ces vies qui menaçaient la nôtre. J'étais sensible à l'atmosphère de mort qui régnait, comme si chaque coup de hache taillant le cœur d'un arbre allait peser sur nos consciences pour toujours ! Je n'aimais pas me sentir emportée malgré moi par cette exigence. J'avais peur. Et en même temps, la forêt était si belle... j'étais convaincue qu'elle ne se laisserait jamais anéantir, jamais. Elle poussait partout. À chaque pas, on trouvait un petit arbre qui pointait sa tête fragile. Je touchais aux troncs encore debout avec révérence. Je ramassais avec délices les pommes de pin sous les branches et, du même élan, je maudissais les troncs qui nous enserraient. Des larmes me venaient tellement j'étais mêlée.

Jamais je n'aurais osé parler de ça à mes parents, à ma tante ou à mon oncle, ni même à Flavie ou à Rosemarie. On aurait ri de moi, comme la fois de la mère des pierres. Mais je ne pouvais m'empêcher d'y penser. Et je savais, sans vraiment m'en rendre compte, que les arbres, les branches, les feuilles et les aiguilles, les racines et les écorces avec leurs odeurs allaient petit à petit faire leur chemin jusqu'au plus profond de moi pour ne plus jamais repartir.

J'avais treize ans : la forêt s'installait au cœur de mon être et je n'y pouvais rien.

Parfois, quand il pleuvait, on oubliait un peu la présence des arbres. On s'encabanait et on attendait que le beau temps revienne. C'est dans ces moments-là que je m'ennuyais le plus. Qu'est-ce que je pouvais attendre du dehors puisqu'il n'y avait pas de chemin pratiquement, sauf le sentier élargi pour ceux qui connaissaient bien le bois et qui n'avaient pas peur ?... Je pouvais bien rester tout le jour devant la fenêtre à quatre carreaux, ça ne changeait rien : on ne voyait que des arbres, des arbres, des arbres. Je n'avais rien à lire sauf un vieux journal ; j'avais du temps pour soupirer et pour rêver tant que je voulais.

Puis, un bon matin, mon père nous a annoncé :

— Les enfants ! S'il fait beau demain, on ira voir le lac !

Le lac ! Mon cœur s'est mis à battre de plaisir. Jamais soirée ne m'a paru si longue. On ne peut pas dire qu'il faisait beau le lendemain, un dimanche. Au lever du jour, il pleuvait encore, un petit peu. Mon père continuait de défricher ce jour-là comme les autres. Mais ma mère lui avait fait des reproches :

— Tu ne devrais pas travailler le dimanche... faut s'arrêter. Et puis, à Rivière-Ouelle...

— Ici c'est pas pareil. On n'a pas d'église.

— C'est pas une raison. C'est le jour du Seigneur. Tu le sais bien. C'est pas un jour de travail.

Nous n'avions pas d'église pour aller à la messe le dimanche, donc pas de parenté à rencontrer sur le perron... Il y avait bien une chapelle à Hébertville, mais c'était bien trop loin pour y aller à pied. Celle du poste de Métabetchouan était réservée aux Indiens. Alors, on pouvait partir tout de suite après les prières. À peine levée, j'ai crié :

— Papa, on y va ?

— Tu nous a promis ! a renchéri Ferdinand.

— Vas-tu pouvoir marcher tout ça ? a questionné papa.

— Bien sûr que oui.

— Et maman ? j'ai demandé.

Je me doutais bien qu'avec Louis-Edmond elle ne pourrait pas venir avec nous. Dans notre vieille paroisse, elle aurait confié le petit à une voisine, mais ici... il n'y avait personne. Alors, Félicité s'est résignée à son sort. Sans doute avait-elle espéré passer une journée de repos entourée des siens : au contraire, elle allait se retrouver toute seule avec le petit. Mais est-il vrai qu'une femme, une mère acceptait sa condition sans mot dire ? En revanche, Félicité s'est mise à nous faire de multiples recommandations qu'on écoutait distraitement.

— Restez avec votre père dans le sentier. Ne revenez pas trop tard. Faites attention à ci et à ça...

— Zina ! Zina ! criait Louis-Edmond.

On a quand même fini par partir à pied sur le sentier qui longeait la rivière Couchepaganiche et que seul d'entre nous mon père connaissait, bien sûr, puisque c'était la première fois depuis notre arrivée que j'allais quitter la maison. J'attendais ce moment depuis si longtemps ! Papa nous avait prévenus :

— C'est pas à la porte ! Allez-vous tenir le coup ? On va prendre le grand chemin Kénogami : on en a pour trois bonnes heures de marche !

Moi, j'étais prête à tout pour découvrir cette mer intérieure dont on parlait tant ; et aussi, j'avais terriblement envie de rentrer profondément dans la forêt, loin, loin pour mettre ma peur à l'épreuve.

Papa avait pris son fusil et moi, je portais le sac avec un peu de nourriture. Étienne ouvrait la marche devant, Ferdinand et moi on suivait. Après la pluie, une brume s'était élevée du sol. On avançait comme dans une étendue de coton.

Mon père marchait vite. Souvent, il arrachait des arbustes avec ses mains. Petit à petit, le chemin devenait plus praticable. On voyait des traces de pas et il était clair que quelqu'un avait taillé les broussailles de chaque côté, si bien qu'on avançait sans peine.

— C'est quoi, le grand chemin Kénogami ? a demandé Ferdinand.

— Une ancienne piste indienne qui va nous mener droit au lac.

Bientôt, on a rejoint une clairière, un endroit où, par miracle, les arbres étaient absents. Le sol était spongieux et des fleurs étranges émergeaient de la mousse où nos pas s'enfonçaient. Devant nous se dessinaient des collines, des petites montagnes toutes vertes, couronnées de lambeaux de brume. Je me suis arrêtée pour regarder. C'était beau de voir le sommet des collines émerger de la brume. On aurait dit un paysage suspendu. Mais mon père allait bon train. Il n'était pas question de me laisser distancer. Pour nous encourager à le suivre, il a entonné :

— *Mon père a fait bâtir maison.*

Vite, Ferdinand et moi, on a lancé le refrain ensemble :

— *Va, va, va petit bonnet tout rond.*

— *L'a fait bâtir à trois pignons*, a repris mon père en se retournant vers nous.

—*P'tit bonnet, grand bonnet*, a chanté Ferdinand.

P'tit bonnet tout rond.

Va, va, va p'tit bonnet, grand bonnet,

Va, va, va p'tit bonnet tout rond.

On a marché longtemps encore et puis on a viré sur un chemin un peu plus large : le grand chemin Kénogami. À vrai dire, il avait beau s'appeler « chemin », il n'était pas tellement plus praticable que le sentier que nous venions de quitter. Je savais bien ce que signifiait une piste indienne. Ce qui m'intriguait, c'était de savoir si les Indiens le parcouraient encore. Et si on en rencontrait?

Tout à coup, quelque chose a attiré mon regard vers le ciel. J'ai levé la tête en marchant et j'ai vu une immense volée de petits oiseaux passer au-dessus des arbres. Des milliers et des milliers, ils étaient, formant des vagues qui prenaient corps, se défaisant et se reformant en banderoles silencieuses.

— Hé! regardez!

— Déjà en voyage! s'est écrié mon père.

On s'est arrêtés pour les suivre des yeux. Ferdinand soufflait : il était fatigué. Il se plaignait :

— Quand est-ce qu'on arrive?

Bientôt, derrière les arbres, on a senti un vide. Un espace tout clair qui faisait comme une lumière au loin.

— On y est! a dit mon père.

Depuis des mois et des mois, je n'avais comme horizon qu'un mur d'arbres; et voilà que, tout à coup, ce vide qu'on entrevoyait à travers les troncs se transformait en réalité. La dernière branche rabattue, soudain mon regard a été entièrement capté par quelque chose qui m'a coupé le souffle. Un ciel immense et un espace si grand devant nous, sur lequel flottait une brume bleue qui semblait irréelle. On est restés là à s'emplir les yeux sans bouger. Puis, dans le silence, je me suis avancée avec précaution, sans toutefois décoller mon regard du lac. Je m'étonnais que le sol soit si lisse : j'ai regardé à mes pieds. Je marchais sur du sable. Une bande de sable jaune descendait vers l'eau qui roulait de petites vagues courtes frangées d'écume.

Les arbres, les buissons griffus, les mouches noires n'existaient plus. Il n'y avait que ce ciel immense, cette mer – le Piekuakami, qui était le nom que lui avaient donné les Indiens d'ici – qui entrait par mes yeux dans mon corps. Très doucement, le brouillard s'est effiloché et un cri strident a retenti : un cri qui déboulait des notes en cascade, un cri qui m'a glacé les sangs et poussée à me rapprocher de mon père pour me serrer contre lui.

Sans un mot, il a élevé le bras et indiqué un point sur le lac où le brouillard achevait de se dissiper. J'ai vu, s'ébrouant et glissant sur l'eau, un oiseau magnifique, noir, noir, avec un collier blanc autour du cou, un œil rouge et un grand bec pointu. Il lança son cri encore une fois et plongea. Je plongeai avec lui, crevant les eaux noires, et je descendis, moi aussi, vers les fonds sablonneux, côtoyant d'étonnants poissons et me laissant bercer par les petites vagues dont j'entendais le clapotis où se mêlaient les voix de mon père et de Ferdinand, qui n'avaient plus aucune signification. J'étais emportée par ma vision, par cette soif d'espace tant attendu, et j'en savourais chaque instant, accueillant le frisson de l'eau sur mes membres. Je me rassasiais de l'immensité du ciel couchée sur l'eau, qui m'avait fait défaut si longtemps.

Plus tard, le brouillard parti, j'ai couru sur le sable et j'ai trempé mes pieds dans l'eau; tous les trois, on a inspecté les rives lointaines, emmagasinant dans nos mémoires la couleur et la grandeur du ciel au-dessus du lac. Toutes les émotions que j'avais ressenties lors de ma traversée du fleuve me saisissaient de nouveau, m'emportaient. Des phrases d'avant notre installation me revenaient : «Juste des arbres et du ciel. Et le lac Saint-Jean, grand comme la mer.»

On est restés longtemps sur le sable, partageant notre maigre repas. On a marché sur la grève et dans une petite anse, toute proche, on a découvert deux canots. Deux canots d'écorce, hissés sur la rive. À qui étaient-ils? À des colons comme nous, qui venaient le dimanche en promenade? Étienne ne savait pas. Le ciel est devenu sombre : caché derrière les nuages, le soleil allait baissant. L'heure de rentrer était venue. Ferdinand se plaignait de plus belle : il avait faim! Il avait mal! Il voulait déjà être rendu à la maison.

Moi, j'étais prête à marcher mille lieues; j'avais en moi tout le lac avec sa lumière. Je me disais que les promesses qui m'avaient été faites étaient tenues. Le fleuve que j'avais quitté à Rivière-Ouelle se trouvait en quelque sorte remplacé dans ma mémoire. J'étais heureuse : je me sentais bien avec mon père, que je remerciais silencieusement de ne pas m'avoir menti, comme on le fait si souvent aux enfants. Il chantonnait et nous taquinait un peu, moi, en m'appelant Zina, comme le faisaient les petits et comme Louis-Edmond.

— Aïe! Zina va se perdre dans le bois! criait-il.

▼

Au bout d'une heure dans le chemin, on a entendu des coups de hache. Qui bûchait?

Mon père s'est arrêté.

— Attendez-moi ici, je vais voir.

Mais on l'a suivi, bien sûr, et on s'est retrouvés devant deux Indiens au visage brun et aux yeux noirs qui regardaient mon père, leur hache à la main. Étienne leur a demandé :

— Comment ça se fait que vous abattez des arbres par ici?

Les hommes le regardaient sans répondre.

— Vous n'avez pas le droit; les droits de coupe appartiennent à l'Association, a renchéri mon père. Qui vous envoie?

Même silence de la part des hommes. Est-ce qu'ils comprenaient ce qu'Étienne leur disait? Ou est-ce qu'ils ne voulaient pas répondre?

C'était la première fois que je voyais des Indiens, des Montagnais. Mon père a essayé de leur parler en faisant des signes. Mais les deux hommes se sont mis à rire et ils ont recommencé à bûcher. Mon père était en colère.

Moi, je les examinais; je me demandais si c'était vrai tout ce qu'on racontait au sujet des sauvages. Mon père m'avait déjà parlé de ces gens qui connaissent la forêt comme le fond de leur poche, qui savent tous les secrets pour attraper le gibier. Des gens qui passent leur vie à changer de lieu, à migrer comme les outardes, emportant avec eux maison, femmes et enfants. Moi, tout ce que je connaissais d'eux, c'est qu'ils fumaient le poisson et tressaient des paniers, et aussi qu'ils fabriquaient des canots d'écorce. Alors, ça devait être à eux, les canots aperçus sur le rivage de l'anse! Mais ce qui me préoccupait surtout, c'était de découvrir si c'était vraiment des « méchants », des païens, qui iraient droit en enfer à leur mort. Je les entendais rire et articuler des mots étranges.

Je me tenais un peu en retrait. Quand mon père, irrité, s'est remis en route, je n'ai pas attendu qu'il me rattrape : je suis partie devant. Je ne voyais plus Ferdinand, qui avait dû prendre de l'avance.

— Papa! lancai-je, attends Ferdinand.

Ferdinand n'était ni devant ni derrière. On a eu beau l'appeler, chercher dans les broussailles autour, rien. Le cœur me débattait. On a continué à appeler Ferdinand dans toutes les directions. Il s'était égaré. Mais était-il si loin qu'il n'entendait pas nos voix ? Où donc était-il passé ? Une seule pensée me troublait : est-ce que les sauvages l'avaient pris ?

Papa m'a rassurée du mieux qu'il a pu. Le soir tombait et il fallait qu'on s'en retourne. Finalement, la gorge serrée, j'ai prononcé les mots qui me torturaient. Papa, qui fouillait les buissons, m'a regardée. Lui aussi, peut-être, pensait à eux. On est retournés sur nos pas. On n'entendait plus les haches frapper, mais on entendait crépiter un feu entre les arbres et on a vu une mince fumée qui s'élevait. Sans bruit, on s'est rapprochés. Je serrais la main de mon père : je ne l'aurais pas lâchée pour tout l'or du monde.

Des piles de gros arbres ébranchés étaient empilés aux abords d'un espace où s'élevait une tente de toile grossière. Des formes autour du feu. Une branche tendue entre deux arbres où séchaient des poissons au ventre rose. Des cris d'enfants. Puis, les hommes sont sortis de la tente. C'étaient les mêmes à qui mon père avait parlé, plus tôt. Ils restaient immobiles près de la tente et nous regardaient avancer.

— Garçon... garçon... perdu ! dit mon père en gesticulant et en me montrant.

Est-ce qu'ils comprenaient ce qu'Étienne disait ? Est-ce qu'ils allaient se mettre à rire encore une fois, comme si on leur avait raconté une bonne blague ? Ils dirent quelques mots à ceux qui étaient accroupis autour du feu.

Je ne pouvais faire autrement que d'imaginer mon petit frère ligoté à un arbre près d'une marmite bouillante où on allait le faire cuire ! Les larmes me montaient aux yeux et je serrais la main de mon père plus fort.

Une femme se leva des abords du feu, une grosse femme trapue aux joues plissées qui portait un bonnet coloré orné de broderies. Elle émit un grognement et fit signe à mon père de la suivre.

Je me cramponnai de plus belle à la main de papa. La femme nous fit contourner la tente. Les hommes suivaient notre progression de leurs yeux rieurs sans mot dire.

Où allait-on ? Vers un lieu de supplice ? Et Ferdinand ? On a fait cent pas au plus, puis la femme s'est arrêtée pour nous montrer un arbre, un vieux pommier sauvage dont les branches, chargées de pommes rouges, touchaient le sol. La femme a dit en souriant :

— *Uitshipuetshe uapimin.*

Je ne comprenais pas un seul mot qui sortait de sa bouche. Elle a répété :

— *Uishtu uapimin...*

Elle nous regardait ; ses yeux n'étaient pas méchants. Elle tenait ses mains jointes sur son ventre en nous parlant. Il me semblait qu'elle souriait. À un moment donné, j'ai pensé à grand-mère Bonenfant... Puis, toujours répétant des mots incompréhensibles :

— *Puamu... puateu uapimin... uapimin...*

Elle a insisté pour que mon père se penche.

De mauvaise grâce, mon père a écarté l'herbe sèche et... on a aperçu Ferdinand qui dormait paisiblement, son poing re- fermé sur une pomme à moitié croquée. Ses poches étaient bourrées de pommes.

Quand Ferdinand a été réveillé, Étienne s'est mis debout devant la sauvagesse. Il tenait Ferdinand par les épaules et ses mains tremblaient. Personne ne parlait. On était tous un peu émus. Pendant de longues secondes, mon père a regardé la femme. Elle s'est mise à hocher la tête. Puis, elle a montré mon frère du doigt et a répété :

— *Uishtu uapimin... nipeu... nipeu.*

Mon père cherchait quoi dire, mais moi, j'avais hâte de partir, de retourner à la maison, là-bas, au bout de la piste. Moi aussi, je regardais la femme montagnaise. J'examinais sa jupe en cotonnade toute fripée, son bonnet de laine rouge et bleu retombant sur un côté de la tête, sa vieille veste toute trouée et ses bottes sauvages. Elle riait franchement maintenant. Un petit rire saccadé qui plissait ses yeux. Petit à petit, je l'ai trouvée drôle et j'avais presque envie de rire avec elle. C'était ça : elle devait être une grand-mère elle aussi.

Enfin, mon père a levé son bras droit et a tendu la main. Elle continuait à rire et ne bougeait pas. Mon père a pris l'une de ses mains aux gros ongles noirs dans la sienne et l'a serrée très fort et très longtemps en silence.

La Montagnaise nous a regardés une dernière fois, puis elle a lâché la main de mon père, nous a tourné le dos et est repartie d'où elle était venue.

CHAPITRE 9

La chasse au bonheur

Le moment était venu pour mon père d'aller travailler à la construction du chemin Kénogami. On savait qu'il allait s'absenter un petit bout de temps ; l'entente passée avec l'Association était claire : « Tu construis la route, tu gagnes ta terre. » Étienne avait signé. Le billet de concession avait donc été établi à son nom. Tout était en règle.

Il est vrai que mon père n'était pas un bavard, mais quand il rentrait, comme ça, après une virée de chasse ou une corvée chez des colons éloignés, j'avais coutume de m'arranger pour être seule avec lui et il me racontait des choses saugrenues qu'il avait vues ou vécues. Je riais avec lui : j'étais sa complice. Il régnait entre nous un accord tacite : j'ai toujours su qu'il ne révélait qu'à moi seule les petites découvertes faites dans le bois lors de ses déplacements. Bien sûr, ma mère recevait les confidences plus... disons plus sérieuses qui concernaient la terre, le travail, le contrat du chemin, mais à moi il réservait les peurs, les plaisirs et les beautés aussi, les beautés insoupçonnées et les secrets de la forêt. Mais ce jour-là, je n'ai pas eu besoin de le regarder deux fois pour comprendre qu'il avait de gros soucis et que les choses, au village, avaient mal tourné pour lui, pour nous. Il était parti depuis cinq jours et il revenait ? Déjà ?

Il ne m'a parlé de rien. Son regard, sa brusquerie en disaient assez. J'ai mis un peu de temps à comprendre ce qui s'était passé à Hébertville ; pas mal de temps à vrai dire, au fil des jours et des conversations, pour prendre finalement conscience que le malheur nous guettait.

Ma mère s'impatientait et lui posait mille questions, tout en travaillant.

— Je suis allé voir l'agent de l'Association. Deschênes. Le *foreman* comme on l'appelle, confiait-il.

— Eh bien ? s'impatientait ma mère.

— Il a dit que le gouvernement n'a pas octroyé l'argent et que le chantier prévu n'aura pas lieu cet automne.

— Et pour nous, ça veut dire quoi ?

— Ça veut dire qu'on attend. Deschênes a prétendu que c'est pas trop grave l'hiver, le chemin est praticable tant que les ruisseaux sont gelés. Mais au printemps... c'est pour les ponts qu'on va se mettre en retard.

— Et au printemps ? Est-ce qu'ils auront l'argent pour continuer ?

— Le curé s'en occupe, mais ça prend du temps. Le gouvernement ne nous écoute pas toujours...

Le soir, Étienne s'est mis à expliquer pourquoi la construction de ce chemin était si importante : c'était le lien qui devait rattacher le village et les autres sites de colonisation et de coupe de bois autour de Chicoutimi. Il reprenait pour nous les paroles entendues au moulin des Aulnets et décrivait ces piles de bois qui attendaient le transport pour Québec. Les coupes, les scieries, les titres de propriété, les contrats, les paperasses du gouvernement : je saisissais à peine comment tous ces mots nous concernaient. Mais, en observant mon père, ses yeux rivés au bois rude de la table, je constatais qu'il se parlait à lui-même. Sa voix était si basse, si monotone : on aurait dit que la vie s'était retirée de son discours. On sentait bien que ses préoccupations était tout autres : avant toute chose, ce qui lui importait, c'était de remplir l'engagement qu'il avait signé avant de partir pour le Lac-Saint-Jean. Ça, je l'avais compris.

Puis, d'un seul coup, il a relevé la tête et lancé d'une voix forte :

— Si je ne travaille pas au chemin, on va exiger que je paie mon lot. Avec quoi ?

— Est-ce qu'on pourrait perdre la terre ? la maison ? s'est inquiétée maman.

— Dis pas de bêtises. Le *foreman* Deschênes pense que ça va s'arranger. Lui, c'est pas son cas, avec son son lot payé et une maison en titre, il peut bien parler ! Mais au moins on n'est pas tout seuls. J'ai été...

— Où ça ?

— J'ai cherché à voir l'agent des terres et aussi le responsable des travaux du chemin : mais ils étaient repartis à Chicoutimi. Alors, j'ai été au moulin sur la rivière. Là, j'ai tenté de savoir ce qui se trame, comment les autres envisagent de passer l'hiver, de trouver l'argent pour payer les semences du printemps. Tous les défricheurs et les colons s'épaulent et se réconfortent pour ne pas se laisser aller au découragement. Malgré les retards et la dissolution de l'Association, tout le monde tient à rester. Les gars sont prêts à tout pour garder leurs terres. Ils m'ont encouragé : « Si le chemin ne peut avancer, faute de fonds suffisants, on va au moins améliorer nos terres ! » J'avais pas grand-chose à répondre à ça. C'est vrai que les chanceux, ils n'ont que le souci de rendre leur sol fertile au plus vite et de remplir les conditions établies par le gouvernement ! Mais moi qui n'ai plus l'assurance de me faire payer les versements par l'Association sans le travail au chemin, comment je vais m'en tirer ? Où prendre les livres pour rembourser l'achat du cheval ? Est-ce que je peux perdre mon billet de concession ? Je ne sais plus...

La seule petite phrase que papa m'avait dite depuis son retour m'avait semblé anodine. Elle m'avait étonnée et rappelé des souvenirs pas si lointains, sans plus. « Les Indiens sont partis vers le nord pour aller chasser. » En avait-il rencontré ? Et pourquoi me parlait-il de leurs voyages ? En l'observant de nouveau, les yeux perdus dans le vague, je me suis demandé si ce n'était pas à eux qu'il songeait, êtres nomades qui vont au gré de leurs envies et de leurs besoins, qui s'installent et décampent comme ils le veulent, qui voient du pays... Est-ce qu'Étienne les enviait d'être si mobiles ?

Mais pour nous, sa famille, je savais bien qu'il rêvait d'une terre à lui et d'une maison blanche. Selon moi, il ne pouvait s'agir d'un autre lieu que celui-ci, non loin du ruisseau et de ma grosse roche.

— Je suis arrêté chez Ouellet, a-t-il continué.

— Ah ! oui ? Comment ça avance chez eux ?

— Ah ! la prochaine fois, je veux y aller ! me suis-je écriée.

— C'est plus avancé qu'ici, y a pas de doute là-dessus, a répondu Étienne en soupirant. Il a clairé pas mal, et ça continue. La maison est finie et il s'est monté une petite étable.

— Il a de l'aide..., a dit ma mère.

— Cet hiver, il va brûler les abattis, clairer tout ce qui dépasse, préparer les clôtures...

— Nous aussi! On va t'aider, papa, a crié Ferdinand.

Papa l'a regardé et a souri tristement, avec ses lèvres mais pas avec ses yeux. Moi, je voulais des nouvelles de mes amies. Je me suis mise à le harceler de questions en sautant derrière sa chaise :

— Est-ce qu'elles vont bien? Ont-elles dit des choses pour moi? Flavie a-t-elle coupé ses tresses? Papa, papa! Dis-moi ce que les filles Ouellet ont dit! Papa...

— Aïe! Arrête tes singeries, Georgina! Tiens-toi tranquille un peu, bonyenne! a crié mon père, sa main levée prête à me donner une taloche.

Je me suis arrêtée net. Mon cœur avait rapetissé pour n'être plus qu'une petite boule de ficelle dure, dure. J'ai reculé et je me suis appuyée au mur. Pourquoi était-il si méchant?

Il ne s'est même pas retourné. Ma mère m'a fait signe de me taire. Elle m'a dit doucement :

— Laisse-nous parler un peu. Il faut qu'on décide; papa va te parler des filles après.

Mais le mal était fait. Je ne voulais plus les écouter. Je me fichais du chemin, du lot, de la terre, de l'Association, des arbres, de tout! Sans bruit, j'ai saisi mon châle au crochet et je me suis glissée vers la porte. Mon père continuait à discourir en parlant fort et en ponctuant ses mots de coups de poing.

— Comment ça se fait qu'une société de colonisation aussi établie que celle des comtés de l'Islet et de Kamouraska a pu manquer à ses objectifs et se retrouver dans le pétrin financier, et perdre même l'appui du gouvernement? J'avais pas prévu ça. Les autres non plus, a-t-il ajouté. J'ai bâti une maison; oui, j'ai fait des abattis; non, je n'ai pas vendu à d'autres le bois coupé sur ma terre. Mais si la « Société » refuse de m'aider à payer les versements? Je ne peux pas me retrouver, au bout de quatre ans, prêt à demander mes droits de propriété et me les faire enlever par un autre!

— Il doit bien y avoir moyen...

Je me suis sauvée dehors. J'ai été me réfugier dans le hangar avec le cheval. La boule de ficelle s'est relâchée un peu et j'ai pleuré longtemps, assise au chaud sur un tas de paille. Bien plus tard, j'avais le cœur vidé et je commençais à grelotter quand j'ai entendu du bruit. Il faisait si noir que je ne voyais rien. Je me suis tapie dans la paille, redoutant une colère ou une punition, puis j'ai senti une main sur mes épaules et j'ai entendu tout bas, tout bas, la voix lasse de mon père.

— Georgina... Georgina...

Un long silence s'est installé ; puis, papa s'est assis tout près de moi en couvrant mes épaules de son bras. On était tous les deux tout seuls dans la nuit, environnés des odeurs de foin et de fumier et de la vache qui reniflait doucement.

— Georgina, sais-tu ce que ça veut dire marcher pendant cinq heures dans les broussailles et les fardoches, la boue et les ravins, et être obligé de traverser des ruisseaux sur des troncs ? C'est pour ça que je suis de mauvaise humeur... Comprends-tu, ma fille, que si le chemin ne se fait pas...

Étienne a laissé sa phrase inachevée. Et il a repris après un long soupir :

— Oui, j'en ai des nouvelles pour toi. Tes amies m'ont dit de te dire, euh !...

— Quoi ? Quoi ? Tu t'en souviens au moins ?

— Attends un petit peu, il faut que j'y pense ! Ah ! oui... il paraît qu'elles ont reçu un cahier, je ne sais plus trop, un livre, quelque chose pour faire comme à l'école et apprendre...

— Ah ! Un livre de classe ?

— Oui, c'est ça, un livre de classe que leurs cousines ont envoyé de Rivière-Ouelle.

— Ah ! que je voudrais le voir.

Après une petite hésitation, j'ai dit :

— Papa, pourquoi le chemin ne va pas se faire ? Je voudrais tant pouvoir aller chez Ouellet.

— C'est compliqué, Georgina. Je ne peux pas tout t'expliquer et puis, même moi, je ne saisis pas toutes les manigances. Sauf qu'il faut trouver moyen de ne pas perdre la terre. Firmin m'a dit...

Mon père s'est mis à ressasser à haute voix toutes les nouvelles qu'il n'avait cessé de retourner dans sa tête depuis son retour. J'écoutais, la tête bourrée de mots insensés, rassurée par sa chaleur. Certaines de ses paroles m'on fait sursauter :

— Et pendant ce temps-là, on se fait voler le bois. Je l'ai dit à Firmin.

— Quel bois ? ai-je demandé.

— Si ça continue, il ne nous restera plus rien. Plus de bois. Pas de chemin. Plus de terre. Tu te souviens, le jour où on est allés au lac, les Indiens qui coupaient des gros arbres ? Des gros pins. Tous empilés au bord de la rivière...

— Oui.

— C'était notre bois. Les arbres qui poussent sur nos terres. Et tu vois, Georgina, les gens du gouvernement, ils ne savent pas que notre bois s'en va. Il s'en va dans les moulins de Chicoutimi, sur les bateaux du marchand anglais. Alors, moi et Firmin, on a décidé qu'il faut le dire. On va dénoncer le *boss* anglais qui fait travailler les Indiens pour lui et qui vole notre bois. On va écrire une lettre au gouvernement et tu sais quoi, Georgina ? a lancé mon père en serrant son étreinte, c'est toi qui vas l'écrire !

— Moi ?

— Rosemarie voulait bien, mais je leur ai dit : « Georgina aussi peut écrire une lettre ! » Alors, tu veux bien ? J'ai apporté des feuilles et une enveloppe.

Tout à coup, mon chagrin s'est envolé. Mon père avait besoin de moi. Puisqu'il ne savait pas comment, moi, Georgina, j'allais écrire une lettre au gouvernement. Mes pensées se sont mises à courir au-devant de moi. Est-ce que je saurais tracer sans trembler les lettres sur la feuille blanche ? Il y avait si longtemps que je n'avais plus tenu une craie ou une plume entre mes doigts ! Et si mon encre avait séché au fond de ma bouteille ?

Soudain, j'ai eu envie de rentrer vite et de me mettre à la tâche tout de suite. J'ai voulu me lever, mais mon père m'a retenue.

— Attends ! Je veux te dire une chose, Georgina. Il ne faut pas qu'on se décourage. Le chemin Kénogami va se construire plus tard, c'est sûr... Et tu pourras aller chez Ouellet avec la charrette et même à Hébertville ! Mais en attendant, cet hiver...

Mon père hésitait, retenait les mots au bord de ses lèvres.

— Cet hiver, quoi ?

Il tournait autour du pot. Il a fini par articuler :

— Tu es assez grande pour comprendre...

— Mais quoi ? m'impatientai-je.

— Je vais partir au chantier pour gagner de quoi acheter des semences et du manger. Mais, Georgina..., je n'en ai parlé à personne. Juste à toi. Ça veut dire que vous trois allez rester tout seuls jusqu'au printemps. Je me doute que ta mère ne va pas aimer ça bien gros. Quand je vais lui annoncer, Georgina, j'aimerais ça que tu essaies de la rassurer, de lui dire que ça ne sera pas si effrayant, cinq mois d'hiver sans moi. Ça va passer vite et il y a assez à manger. Georgina, j'ai peur de sa réaction, veux-tu m'aider à la convaincre ?

Je n'osais pas parler. Qu'aurais-je pu répondre ?

— Parce que, a poursuivi papa, je suis sûr qu'avec tes grands yeux clairs tu as déjà saisi tout ce qui se passe, hein ? Tu vois, ma belle, pour garder la terre, il faut que je réussisse à cultiver au moins dix acres. Dix acres, c'est grand comme le champ d'avoine du rang des côtes, tu t'en souviens ? Et faire ça avec deux bras, une hache et un cheval pour tout outillage, c'est pas simple, simple...

J'ai senti le rouge chauffer mes joues. Tant mieux si on ne pouvait le voir ! Une bouffée de rage impuissante m'avait envahie tout d'un coup. Je refusais d'envisager qu'on échoue et que le rêve de notre installation, l'image de notre maison blanche – chez Bonenfant – trônant au milieu de champs défrichés couverts de solides plants d'avoine et d'orge, s'évanouisse. Je repoussais cette idée de toutes mes forces. J'ai tiré mon père jusqu'à ce qu'il soit debout.

— Viens-t'en, je vais écrire la lettre.

— Y a pas de presse, hé !

Je l'ai entraîné vers la porte et on est sortis dans la nuit noire et glacée, les étoiles sur nos têtes. Je tenais la main de mon père dans la mienne en me demandant pourquoi ce ciel immense veillait si mal sur nous.

— N'oublie pas ce que je t'ai confié, Georgina. Demain, il faudra que je le dise. En attendant : pas un mot, à personne !

J'ai serré sa main plus fort pour exprimer que j'allais garder le secret et que j'allais tenter de faire ce qu'il me demandait. Avant de rentrer dans la maison, il a retiré sa main de la mienne et je l'ai entendu soupirer, tout bas :

— Le bonheur, ça doit être une chose trop belle pour des colons comme nous.

▼

Il était trop tard pour écrire la lettre. Il fallait économiser l'huile de la lampe.

— On va l'écrire demain, a décidé maman. Il est l'heure d'aller se coucher.

Je n'ai pas protesté, car je savais bien que c'était inutile. Et puis, la noirceur me donnerait le temps de repasser dans ma tête l'orthographe des mots que j'aurais à tracer. Des mots fleuris, des mots compliqués comme ceux des livres de prière et des journaux, pas des mots de tous les jours. Mais est-ce que mon père les connaissait, ces mots-là ?

Pour la première fois, vraiment, je sentais qu'il traînait dans l'air quelque chose de pas clair, une menace confuse qui collait à notre existence et rôdait même sous notre toit. Les bûches pétaient joyeusement dans le poêle et je me suis enfouie sous l'édredon aux côtés de Ferdinand. J'entendais la respiration du tit-homme ; Étienne et Félicité continuaient à chuchoter dans le noir. Je me suis mise à penser au secret de mon père. On allait rester tout seuls, ici, avec la forêt resserrée autour de nous pendant tout le long hiver tandis que lui, il irait avec les hommes bûcher quelque part au plus profond des bois.

Les pensées défilaient dans ma tête : est-ce que tous les garçons, tous les hommes, sentaient donc le besoin d'aller se regrouper ensemble l'hiver, loin de leurs familles ? J'avais surpris bien des conversations, des bribes d'obscénités et d'histoires de peur vécues dans les chantiers. Qu'est-ce qu'ils faisaient donc, ces bûcherons, dans leurs cabanes perdues ? Ils buvaient ?

Je me souvenais des gars de par chez nous, avant, qui partaient : ceux qui n'avaient pas de famille ou les farauds qui bambochaient dans les rangs dès leur retour au printemps. On avait coutume de dire : « V'là les bûcheux qui rentrent ! » et ça voulait tout dire. Mais qu'est-ce que ça voulait dire, au juste ? Je savais que Ferdinand ne dormait pas. Je lui ai glissé à l'oreille :

— Ferdinand, quand tu vas être grand, toi, est-ce que tu vas partir aux chantiers ?

— Quoi ?

— Chut ! parle tout bas. Aux chantiers, comme mon oncle Marcellin avant, tu vas y aller, toi aussi ?

Ferdinand se retourna vers moi et, après avoir hésité, finit par dire :

— Ah ! oui, je vais te couper ça, moi, les gros arbres...

— Pourquoi tu dis que tu vas y aller ? l'interrompis-je.

— Ben, ben... parce que c'est plaisant, bûcher.

— Pas si plaisant que ça de rester tout seul dans le bois et de pas avoir ta mère pour te dorloter, hein ? le taquinai-je.

— Faire du bois, c'est pas des *jobs* de fille ! ajouta-t-il, vexé, en me bourrant les côtes de coups. Et puis, quand je serai plus grand, je vais y aller, certain !

Je venais de comprendre encore une fois qu'il y avait un monde pour les garçons et un monde pour les filles. Le monde des filles, je pense que je savais de quoi il était fait. Mais celui des garçons ? D'un peu de force musculaire et d'énormément de vantardise ? Mais il y avait aussi les gages, le salaire de celui qui abat et débite des arbres. C'étaient les hommes qui gagnaient de quoi faire vivre les femmes et les filles. Je me sentais impuissante, car la vie était toute tracée à l'avance, me semblait-il. Mais je n'allais pas révéler mon secret à Ferdinand. Il l'apprendrait en même temps que maman. Mon père allait partir et nous, on allait rester seuls, tout seuls avec les arbres. Ça ne me faisait pas peur. Un nouveau défi s'ajoutait aux autres, c'est tout.

Je n'avais plus envie de parler à Ferdinand. J'avais envie de dormir moi aussi. Mais dès ce moment, dans le fin fond de mon être, une jalousie tenace est née, un sentiment dirigé vers ce monde des hommes dont j'étais définitivement exclue. Je ne me rendais pas bien compte de sa progression en moi, mais je le reconnaîtrais plus tard, telle une couleuvre qui pointe soudainement la tête de sous les brins d'herbe. Jalouse. J'étais jalouse de mon père, de Ferdinand, de tous les garçons. La résignation me brûlait. Et longtemps, cette nuit-là, je me suis répété à moi-même : « Chanceux ! J'irais, moi, au chantier avec mon père, s'ils prenaient les filles. » Et ce qui m'enrageait le plus, c'était de savoir que c'était impossible.

CHAPITRE 10

La jeunesse est folle

Après le retour de mon père, les choses ont commencé à r'virer de bord. Peut-être que les changements des saisons s'accordent avec le déroulement de la vie ordinaire ? Pourtant, il y en a qui réussissent à être heureux en même temps que survient la débâcle des rivières. Je ne sais pas comment ça s'est fait mais, chez nous, l'approche de l'hiver a coïncidé avec l'arrivée de nos ennuis ou, plutôt, de nos malheurs.

Comment s'écoulaient mes journées ? Tout était à faire, alors on n'avait pas le temps de s'ennuyer. Et quand je dis tout, je ne parle pas des choses de luxe, comme broder, se peigner ou regarder en l'air passer les nuages. On trimait sans arrêt : nourrir les poules, charroyer de l'eau, aider à la cuisine, coudre, raccommoder, laver, s'occuper de Louis-Edmond, torcher, essuyer la vaisselle, c'était mon lot. Ferdinand, lui, coupait du bois, s'occupait du cheval, du mouton, faisait des feux sous la surveillance de ma mère. Louis-Edmond se taillait une petite vie à travers ça et jouait quand il pouvait, pas souvent, vaut mieux le dire. Sa tâche était de ramasser les saletés quand on balayait et de corder le petit bois pour le poêle. Maman, eh! bien, elle faisait tout le reste. Ça, c'est pas nouveau. Les mères se débrouillent toujours pour tout faire.

Le lendemain, à table, papa a annoncé ce qu'il avait décidé de faire. Il m'a jeté un seul regard et s'est adressé à ma mère. Juste au ton de sa voix, j'aurais pu prévoir que la gribouille allait s'installer entre elle et lui.

— Va falloir que j'aille au chantier, a dit Étienne d'une voix ferme.

Ma mère n'osait pas lever les yeux de sa soupe. Elle aussi devait bien se douter de ce qui s'en venait.

— Je me suis renseigné au moulin d'Hébertville. Il y a un chantier pas très loin d'ici, vers la Métabetchouan. Un petit chantier. J'ai signé mon contrat.

En silence, on écoutait les paroles qui sortaient de la bouche de mon père. On était un peu abasourdis, même moi qui les avais pourtant déjà entendues. Cette fois, elles m'apparaissaient effroyablement définitives. Seuls le tic-tac de l'horloge sur sa tablette et le sifflement du bois qui brûlait dans le poêle trouaient le silence. Puis la phrase d'après, ç'a été le début des catastrophes.

— Ferdinand va venir avec moi !

D'un coup sec, ma mère a relevé la tête. Elle a crié d'une voix rentrée, comme si toute sa vitalité s'était concentrée dans un mot :

— NON !

— Il est bien assez grand. Et puis, c'est un petit chantier, je t'ai dit, la femme du *foreman* reste au campe avec ses enfants. C'est elle qui fait le couque. Il va être comme dans une famille.

— On est peut-être bien mal pris, mais j'veux pas. Onze ans, c'est trop jeune. Tu le sais que le chantier c'est pas une compagnie... euh... comme il faut.

— Compagnie, compagnie ! s'est emporté Étienne. Il a des bras puis des jambes. Il est déjà bien chanceux d'avoir ça. Et puis il n'aura qu'à se boucher les oreilles si t'as peur des blasphèmes ! Batiscan ! Il parlera aux arbres, comme ça tu seras tranquille. Et puis, il y a Jean et Vital, les garçons de Firmin, qui y vont aussi.

— Vital a seize ans, lui.

— Quelques années de plus.

— Il s'en ira pas ! a répété Félicité, la rage au cœur.

— Ça ne va pas le faire mourir ! De toute façon, a poursuivi Étienne, on n'a pas le choix. On a besoin des gages : cinquante chelins de plus par mois, ça sera pas de refus. Sinon...

De minute en minute, le silence devenait écrasant.

Puis, les discussions ont repris.

— Comment est-ce qu'on va arriver tout seuls, sans Ferdinand pour le bois et les soins aux bêtes ? a lancé Félicité.

110

— Firmin viendra de temps en temps voir si tout va bien. Je vais demander aussi à Boivin.

— Avec la neige, il ne pourra pas passer. Et puis, faudrait pas qu'il y ait un accident, quelque chose d'imprévu...

— C'est pas si effrayant que ça, cinq mois, peut-être moins, voyons...

— J'arriverai pas, j'arriverai jamais. Je ne veux pas que Ferdinand parte avec toi... Il est trop petit.

Moi, je n'arrivais pas à ouvrir la bouche. Les paroles étaient figées dans ma gorge. Il faut dire que la promotion soudaine de mon petit frère comme allié de mon père m'avait frappée de plein fouet comme une véritable trahison. Mon père me lançait des regards implorants, mais j'étais incapable d'intervenir malgré ma promesse.

Quand on est tout seuls, en pleine forêt, avec personne à qui parler et surtout nulle part où aller pour faire prendre l'air au mal qui nous poursuit, c'est dur. La chicane s'assoit là, au beau milieu des gens et des choses, et on ne sait pas comment la chasser. Plus les minutes passent, plus ça grossit. Maudite gribouille ! Louis-Edmond avait dû comprendre parce qu'il s'est mis à pleurer. J'avais le cœur qui cognait. Ferdinand, apparemment partagé entre la fierté d'être considéré comme un grand et la peur subite de quitter le foyer, avait les joues rouges et les lèvres tremblantes.

On aurait dit que notre famille s'était divisée en deux. D'un bord, ma mère, moi, et le petit ; de l'autre, tout seul, mon père, les yeux inquiets, qui tenait son bout et qui continuait de lancer des arguments pour gagner sa cause. Et au milieu, Ferdinand en équilibre entre sa vie d'enfant et ses désirs d'homme. Mais mon père avait déjà décidé pour Ferdinand. Les pères, c'est comme ça. L'autorité. Ça décide une chose et toute la famille est obligée de faire comme il veut. Mais ma mère ne voulait pas céder. Puis, d'un seul coup, Ferdinand a basculé dans le camp de son père, du côté des hommes. Il a jeté un coup d'œil à sa mère et, avec un ton de voix tout nouveau, il a dit en me lançant un regard de défi et de victoire :

— Je vas y aller avec toi, p'pa. Je suis assez grand.

▼

J'aimerais ça les avoir oubliés, les jours qui ont suivi. Mais non, ils me collent encore dans la tête. J'entends encore les discussions entre mes parents qui n'arrêtaient pas de la journée et même de la nuit. Les mots étaient toujours les mêmes, mais le ton était de plus en plus sifflant, et ma mère avait un visage fermé qui me faisait peur.

La gribouille était toujours là. Comme la maison n'était pas grande, c'est sûr qu'on était tout le temps à se prendre les pieds dedans, comme pour dire. On se parlait presque plus. On faisait ce qu'on avait à faire, on mangeait puis on se couchait. Louis-Edmond s'amusait avec tout sans trop faire de diffé-rence, mais, le soir venu, il se collait à ma mère comme s'il avait eu peur de la perdre. Il refusait de manger si elle ne lui donnait pas elle-même son repas à la cuiller. C'est drôle comme les enfants sont sensibles à tout changement de com-portement. Et moi, je n'osais plus regarder mon père. Je passais près de lui en baissant les yeux parce que je savais que ça me ferait trop mal de voir combien il était tourmenté et de cons-tater l'absence de la joie que je savais si bien reconnaître dans son regard.

Le froid s'était finalement installé et le ruisseau avait presque gelé. J'apportais une petite hache chaque fois que j'allais chercher de l'eau. L'hiver était presque là et, malgré l'atmosphère tendue qui régnait chez nous, j'attendais la pre-mière neige avec impatience.

Autour de nous, le bois était devenu craquant. Ça faisait drôle de voir les arbres aux branches noires qui avaient abandonné toute leur chevelure. Ça me plaisait parce que, au moins, on voyait de grands pans de ciel à travers les épinettes. Et la nuit tombait si vite.

Le soir, on entendait des bruits dans les abattis. Les batte-ments d'ailes des perdrix et les hou-hou des hiboux au loin. Ou était-ce les loups qui rôdaient ? Je me disais que les ours étaient en train de dormir, tant mieux ! Ça voulait dire une bande de moins à nous faire des misères. Ferdinand parlait de tendre des collets avant de partir. Toute la forêt semblait attendre l'hiver, le repos, le grand hibernement.

Puis, peut-être pour échapper à la colère de sa femme et faire diversion, papa m'a demandé d'écrire la lettre qu'on avait oubliée.

J'ai fouillé un peu dans le gros coffre pour trouver ma boîte de plumes et la bouteille d'encre. Il en restait encore et, heureusement, elle n'avait pas séché. Papa m'a dicté ce que je devais écrire.

« Monsieur le commissaire des terres... »

Tandis que je traçais les mots avec application, tout à coup j'ai commencé à avoir la nostalgie de l'école. Je me suis même surprise à penser à Justine Gauvin ! L'école. Quand est-ce que j'y retournerais ?

« ... des Indiens qui coupent du bois près de... »

Et ce qui me tracassait plus que tout, c'était l'idée que peut-être je désapprendrais tout ce que je savais. Est-ce que, si je n'allais plus en classe, j'oublierais comment écrire ? comment lire ? Et toutes les choses que je n'avais pas eu le temps d'apprendre, qui me les enseignerait ?

« ... vider les lots non défrichés... »

À mesure que j'écrivais, une espèce de panique s'emparait de moi. Le plaisir de tenir une plume et de tracer des lettres avait refait surface subitement et maintenant que la période de notre installation était pour ainsi dire achevée, j'essayais d'imaginer un petit morceau de mon avenir. On aurait dit qu'une soif de savoir, de feuilleter des livres, de réciter des leçons et des prières, d'aligner des chiffres, m'avait saisie et j'entrevoyais difficilement la façon de combler mes désirs.

Je m'étais bien habituée au coin de pays où nous étions, mais j'avais peur tout à coup de rester une ignorante. Tout en écrivant, je pris la décision d'aller chez Ouellet pour consulter le livre de classe de mes amies. Il faudrait aussi que je leur demande si on avait construit une école à Hébertville. Quand donc est-ce que le chemin serait fini ?

Puis, la plume en l'air, la ligne interrompue sur la feuille, j'eus une idée qui me fit frémir de plaisir : pour meubler les journées d'hiver, si je devenais maîtresse, moi, pour faire apprendre Ferdinand et Louis-Edmond ? Quelle fabuleuse idée !

« Votre tout dévoué... »

Oui, oui ; j'allais transmettre le peu que je savais aux plus jeunes ! Mais il me faudrait des livres, des cahiers, des...

Puis, j'ai levé la tête. Je me suis tournée vers papa. On s'est regardés tous les deux, très longtemps, sans dire un mot. Mille demandes me trottaient dans la tête, mais je n'osais pas les faire. Il n'y avait pas de colère dans les yeux de mon père, juste une grande détermination et une profonde lassitude. Des yeux si bleus, comme ceux de ma grand-mère... Pour la première fois depuis son retour, il a souri. Puis il m'a dit, tout bas :

— Tu as les yeux de ta mère, Georgina. Qui sait si tu n'es pas aussi têtue qu'elle ? Pourquoi tu n'as pas parlé ?

— Tu ne m'avais pas prévenue pour Ferdinand... Je n'ai pas pu dire à maman que je trouvais ça bien que tu partes parce que tu m'avais dit seulement une partie du secret. C'est pas juste...

— Ça ne change rien.

— Ça change bien des choses...

J'ai baissé la tête pour finir la lettre en pensant que je n'avais aucune emprise sur les décisions de mon père, même si ma jalousie envers Ferdinand se gonflait d'heure en heure. Puis, je me suis dit qu'on allait s'y remettre, au printemps, quand les hommes seraient de retour : on se ferait une place, ici, au Lac-Saint-Jean. Quand le chemin serait fait, j'irais tous les jours voir Rosemarie et Flavie et puis, on aurait des voisins et une école, même une église. J'irais sans peur avec la charrette jusqu'au canton où habitait ma tante Marie-Éléonore, qui me manquait tant. Le sourire de mon père m'avait rassurée et, petit à petit, la confiance se remettait à germer dans mon cœur.

Au moment où je traçais les derniers mots, Ferdinand a ouvert la porte avec fracas. Il s'est littéralement précipité sur mon père qui se tenait derrière moi, à me regarder écrire.

— P'pa ! le mouton...

Ses yeux grands ouverts, sa bouche aussi, il s'est arrêté. Il était sans voix. Il a tiré mon père par la manche et ils sont sortis en courant.

▼

Cette nuit-là, le froid faisait craquer les planches des murs et péter les clous. Ça craquait de partout. Je me pressais contre Ferdinand et Louis-Edmond pour avoir un peu plus de chaleur tout en écoutant distraitement les murmures et les éclats de voix qui venaient du grand lit.

La neige allait venir, c'était sûr. Et peut-être plus tôt qu'on pensait.

Au matin, dès que j'ai vu la lumière qui entrait par les carreaux de notre fenêtre, j'ai su qu'il y avait quelque chose de changé. Mais le givre couvrait la vitre, alors je n'ai pas vu tout de suite. Par contre, il y avait un paqueton à la porte. Louis-Edmond était debout, ma mère aussi. La porte s'est ouverte, papa est entré et on a vu la neige. C'était ça la lumière, l'éclairage nouveau que la neige avait mis sur notre territoire. Les tas de branchages, les souches, les piles de bois, les buissons touffus, les piquets de clôture, tout avait pris une allure magique, encapuchonné de neige ; tout ce qui semblait hérissé ou piquant avait des contours arrondis. Une douceur avait fait son entrée dans le paysage. On aurait pu croire que le temps s'était arrêté.

C'est vrai que tout avait changé, mais ce n'était pas que la neige. Un loup, ou un coyote, avait flairé notre mouton et s'était enfui avec au fond des bois pour le dévorer. C'était cette bête-là qui s'était chargée de nous démontrer que dans le chantier isolé où rôdaient les dangers, un Ferdinand à la chair tendre risquait bien plus qu'un homme avec une hache à la main. Le maigre salaire ne faisait plus le poids.

— Papa, papa, a crié Louis-Edmond qui trépignait d'impatience, vas-tu me fabriquer une tabagane pour aller glisser ?

— Ferdinand va te prêter la sienne.

Papa nous a embrassés puis il a mis son barda sur ses épaules. Et il est parti à pied au chantier. Sans Ferdinand.

On a vite refermé la porte parce que le froid nous glaçait.

Dans la neige toute fraîche et brillante, on voyait les traces de pas de mon père. Près du hangar, la barrière de l'enclos du mouton était restée ouverte sur le vide.

J'ai gratté un petit coin de givre de la fenêtre pour essayer de suivre la silhouette qui s'en allait. Mais la forêt l'avait déjà avalée.

Je ne pouvais m'empêcher de penser à cette chanson que mon père m'avait apprise, il y avait longtemps. Une chanson drôle que, tout à coup, je ne trouvais plus drôle du tout.

Allant à l'école
J'eus grand peur des loups
Hou ! Hou ! hou !
La jeunesse est folle
Hou !
Et les vieux sont fous !

L'oiseau bleu s'envole
J'entends le hibou,
Hou ! hou ! hou !
La jeunesse est folle,
Hou !
Et les vieux sont fous !

CHAPITRE 11

Une trace dans la neige

Une fois l'hiver commencé, la neige ne s'est pas fait prier pour tomber. En moins de trois semaines, il y en avait déjà deux pieds.

On travaillait d'une noirceur à l'autre. La nuit venait vite et les heures de clarté ne suffisaient pas toujours. Mais contrairement à ce à quoi je m'attendais, on était moins triste pendant cette période qui avait succédé aux journées sombres et pluvieuses de novembre. Était-ce à cause de l'effet lumineux que la neige donnait aux alentours ? Sans doute ; mais les jours de poudrerie et de tempête où on était forcés de rester en dedans, on aurait donné cher pour sortir ou accueillir une petite distraction. C'était ça qui nous pesait le plus, oui, c'était ça, le manque de distractions.

Toute l'organisation des journées reposait sur nous, maman, moi et Ferdinand. Maman menait la maisonnée mais, petit à petit, je me suis rendu compte que je faisais plus que la seconder. Je prenais des décisions, moi aussi, comme Ferdinand. Cet hiver-là, j'ai beaucoup grandi, en taille mais surtout... pour bien d'autres raisons.

On était tous les quatre, seuls, et on s'ennuyait.

On essayait de ne pas parler de papa ou du chantier, mais on finissait toujours par y revenir. Il faut dire que les chantiers, on savait ce que c'était. Papa y était déjà allé bien des hivers. Marcellin et mes oncles Michaud aussi. Au Bas-Canada, tous les habitants – les hommes évidemment – finissaient par s'y retrouver tôt ou tard. De décembre à mars, c'était la planche de survie. Et personne ne s'étonnait que les patrons, ceux à qui revenaient les profits de la vente du bois coupé pendant cette période, fussent des Anglais. On le savait que c'étaient ces riches-là, des hommes de commerce, qui savaient organiser la coupe et le transport des billes sur les rivières jusqu'à... jusqu'où, au fait? Ça, c'était un mystère que je ne comprenais pas. Y avait-il donc assez de gens qui avaient besoin de bois pour bâtir ou pour mettre dans leur poêle? Pour moi, un arbre, un billot coupé était fait soit pour construire une maison soit pour brûler. Et il y en avait trop, beaucoup trop. Il fallait clairer les terres pour faire pousser du blé, de l'avoine et de l'orge. Ah! c'était simple et en même temps c'était compliqué.

Au printemps, quand les bûcherons revenaient des chantiers, on entendait raconter toutes sortes de choses. Des bribes de conversation dites à voix basse entre deux pipées et qui nous dessinaient une image parfois surprenante de la vie dans les bois. Des histoires de travail épuisant, de contremaîtres durs, d'accidents terribles, de querelles entre bûcherons, de rencontres effrayantes avec des ours ou d'autres bêtes encore plus épeurantes. Tous ces récits accumulés dans ma mémoire constituaient en quelque sorte mon folklore et ravivaient ma peur. Parce qu'il faut bien le dire, j'avais peur de cette existence-là, très peur. Cette vie d'hommes sans famille, qui restaient des mois et des mois dans la forêt, sans liens avec leurs chez-eux, était si loin du modèle que l'école et l'église nous proposaient. Pour les plus jeunes, beaucoup de choses restaient cachées : des épisodes où il était question de boisson, de blasphèmes et de filles, chuchotés et entendus par hasard. On ne comprenait pas toujours très bien de quoi il s'agissait.

Nous, qui restions derrière, les femmes et les petits, on ne pouvait qu'imaginer, avec tout ce que ça suppose d'erreur et d'envie, comment c'était vraiment. Ma mère répétait souvent, en soupirant :

— C'est comme ça. On n'a pas le choix...

Il y avait dans ses paroles une résignation qui me laissait songeuse. Je m'apercevais qu'il y avait une différence entre l'obéissance et la soumission au destin. Je me disais qu'un jour, je l'aurais le choix. Le choix de quoi? Je ne savais pas trop. Mais il me semblait qu'un choix de vie me serait présenté un jour, et j'aurais à le faire. Au plus profond de moi, je prenais la résolution de ne pas me laisser piéger, plus tard, dans une existence étriquée, contre mon gré. Tout cela, c'était encore très vague, mais ça revenait souvent dans mes rêveries. Je pense que ma vie quotidienne, isolée au milieu des arbres du Lac-Saint-Jean, était en train de me libérer d'un tas de contraintes que ma mère, à mon âge, dans sa vieille paroisse, n'aurait jamais songé à contester.

Comme on était les deux plus «grandes» maman et moi, cet hiver-là, on a fait connaissance, presque pour dire. Avant, maman, c'était maman : elle avait l'autorité sur moi, après mon père bien sûr, et elle dictait mes actions et même mes comportements. Mais durant cet hiver-là, on s'est révélées complices. Elle est devenue presque une compagne, une amie avec des désirs et des souffrances qui ressemblaient aux miens. Chaque jour, je découvrais un peu plus de liens qui m'unissaient à elle. On inventait des jeux ensemble pour s'occuper, on parlait longtemps, le soir en lavant la vaisselle, on riait beaucoup. Et puis, pour rien, la mine butée de mon père me revenait en mémoire.

Mon père parti, c'était comme si elle était devenue une autre personne : quelqu'un qui savait gérer même les tâches les plus contraignantes de la vie quotidienne, comme un homme. Car, depuis que j'étais petite, j'avais toujours senti que notre existence était menée par quelqu'un; menée, plus que ça, tracée d'avance, même pour mon père. Quand ce n'était pas grand-mère Bonenfant qui décidait à notre place, c'était le curé de Rivière-Ouelle qui nous glaçait les sangs en nous parlant du péché, dans ses sermons du dimanche. Ces gens-là, de vieux parents et d'autres, comme la maîtresse d'école, nous traçaient une voie et on suivait. Sans rouspéter. Est-ce que ce temps-là était fini? Était-ce pour ça que papa était parti plutôt que pour laisser la terre et une place à Victor et à Angèle? Grand-mère Bonenfant était enterrée dans le petit cimetière là-bas, près de la rivière. Et ça faisait bien longtemps qu'on n'avait pas été à l'église.

Quand Louis-Edmond dormait et que Ferdinand allait soigner les bêtes, je posais des questions à ma mère. Je voulais savoir des choses sur l'amour. Je brûlais de savoir comment venaient les enfants, pourquoi les gens se mariaient. Le peu que j'avais grappillé ne me suffisait pas. Maman rougissait et ses silences me désolaient. Exaspérée par mon insistance, elle détournait les aveux en me racontant son mariage à l'âge de seize ans. Seize ans. Trois ans de plus que mon âge. Elle me parlait de sa mère, grand-mère Michaud, qui régnait sur sa famille, ses douze enfants, gendres, brus, petits-enfants, sans jamais rire, jamais s'amuser, tout occupée à son devoir sur terre qui lui permettrait d'aller au ciel, un jour. Ces souvenirs ressassés rendaient maman nostalgique et morose. Les visites des villageois, la messe du dimanche, les réunions de famille lui manquaient peut-être plus que la présence de mon père. Pourquoi donc? Est-ce qu'elle regrettait ses choix? L'aimait-elle encore, mon père? Je n'osais le lui demander. Et moi, mes questions restaient sans réponse.

Finalement, c'était pas si mal que ça, tout seuls. On s'est rendu compte qu'en hiver, c'était plus commode de voyager. Ça continuait à bûcher tout autour et il n'était pas rare de voir arriver quelqu'un en raquettes. La terre étant gelée comme les ruisseaux, il était plus facile de circuler. Alors, on s'est mis à avoir de la visite! Imaginez! En été, les gens étaient bien trop occupés; mais aux temps froids, les travaux ralentis, les gens se déplaçaient vaille que vaille.

Ah! le jour où est arrivé Firmin! Qu'on était donc contents. Comme il avait beaucoup neigé et que le chemin n'était pas foulé, il est venu en raquettes. Il nous a expliqué:

— Les Indiens les fabriquent. C'est épatant; on ne cale jamais avec ça aux pieds.

Du coup, on en voulait tous. Surtout Ferdinand, pour aller relever ses collets tendus dans le bois voisin. Firmin nous a promis de demander aux Indiens d'en tresser pour nous. Et moi j'ai dit:

— La prochaine fois, c'est moi qui irai vous voir. Je m'ennuie de Rosemarie et de Flavie.

L'idée de partir toute seule en raquettes m'était venue d'un coup. Ma mère m'a regardée d'un drôle d'air. Firmin s'est écrié:

— Ah! ben, ça parle au yable! C'est bien pour dire, les p'tites méres sont toutes pareilles: elles m'ont dit la même chose avant-hier.

— Pourquoi ça serait juste les hommes qui se promènent, hein? Le chemin est tracé? ai-je dit. J'irai.

— J'ai mis des balises tout du long; mais ça reste un sentier de bois, a soupiré Firmin. Je sais pas ce qu'ils font avec la construction du chemin...

— Une fois, on pourrait aller à Hébertville, ai-je suggéré.

Cette fois ma mère a lancé :

— Voyons, Georgina, tu dis des sottises. Tu sais bien que c'est trop loin. Je te défends bien de t'aventurer...

— Pourquoi pas, on pourrait aller à l'église ! On arrêterait chez Firmin en premier... et on en profiterait pour aller chez Marie-Éléonore.

— Peut-être qu'on pourrait s'organiser dans le temps des fêtes, a continué Firmin. Ferdinand attellerait la grise. On tâcherait de défricher pour passer.

Ma mère fronçait les sourcils. D'abord surprise par l'audace de nos propos, elle s'est soudain mise à sourire quand Ferdinand, qui regrettait de n'être pas parti bûcher avec les hommes, lança :

— Je vais faire le bout d'ici, à la hache.

— C'est ça, Ferdinand, tu commences de ce bord-ci et moi du mien.

— Le temps des fêtes..., a répété Félicité, songeuse.

— Ça va venir vite. Il faudrait bien qu'on se fasse une veillée, hein, pour le jour de l'An ! a ajouté Firmin.

Après le départ de Firmin, j'étais pleine d'espoir et tout le monde avait une nouvelle dose d'enthousiasme. Il avait promis de revenir avec des raquettes et de me conduire jusque chez lui.

Mais, peu de temps après, une autre visite est venue nous distraire.

Un matin, je jouais à l'école avec Louis-Edmond. Sur sa feuille étalée sur la table, il essayait de tracer des ronds. Ferdinand est entré en coup de vent et a crié :

— D'la visite !

Par la fenêtre, on a vu une silhouette qui avançait vers nous, les épaules chargées d'un fardeau. Ce n'était pas Firmin, ni Étienne, mais un barbu qu'on n'avait jamais vu. Ma mère s'est essuyé les mains et a relevé les cheveux qui s'étaient détachés de son chignon.

Qui c'était ? Un missionnaire qui allait à la chapelle des sauvages ? Un bûcheron se rendant dans les chantiers ? On attendait, le cœur en émoi, que le voyageur frappe à la porte.

Et, tremblante d'appréhension, ma mère l'a fait entrer. Il a aussitôt retiré de son dos une espèce de valise avec des fermoirs de fer. Il a lancé :

— Salut, la compagnie !

C'était le colporteur, le coureur de côtes, comme on disait.

Dans la valise divisée en compartiments, il y avait des rubans, des épingles, des aiguilles, des bobines de fil, des toupies en bois, des peignes en corne, des billes, une foule de colifichets qui nous faisaient envie.

Mais on savait bien que sans un seul chelin de reste, on ne pouvait que regarder. Le colporteur déballait ses affaires et les déposait sur la table. Mais il se doutait sans doute qu'on ne lui achèterait rien. Bien vite, il a remis ses affaires dans sa boîte, sans que son humeur en soit affectée.

Ma mère avait appris qu'un colporteur ne fait pas que vendre des objets ; le colporteur est aussi un messager, un ramasseur de nouvelles, une gazette ambulante. Aussi, son étonnement fut moins grand que le mien quand l'homme sortit, d'un geste théâtral, une enveloppe fripée d'une poche de sa bougrine.

Ma surprise passée, je pus lire le nom tracé dessus : « Madame Étienne Bonenfant ». Le colporteur apportait une lettre pour maman. Une lettre ! D'où ? De qui ?

— Elle vient de loin, a dit le barbu.

Maman la lui a presque arrachée des mains ; elle l'a ouverte avec précaution, comme on traite un objet précieux. Elle a déplié le feuillet attentivement et puis elle me l'a remis.

— Lis-la. Il y a peut-être quelqu'un de mort...

La lettre venait de la famille Michaud ; c'est la plus jeune sœur de maman, Anna, qui l'avait écrite. Je l'ai relue au moins cinq fois à haute voix. Elle donnait des nouvelles de toute la parenté du côté de ma mère et même des Bonenfant du rang voisin. Mais on n'écrivait pas pour rien dans ce temps-là. La

lettre contenait surtout une annonce importante : Anna allait se marier au printemps et venir s'établir, elle aussi, près de nous, plus à l'ouest vers le lac. Alors, elle passerait par ici...

Ma mère était toute secouée : de recevoir des nouvelles de là-bas l'avait émue. Elle avait oublié la présence du colporteur. À l'idée que sa petite sœur allait venir partager sa solitude, sa joie éclata. Elle me saisit les mains, me fit lever et se mit à danser avec moi autour de la table. Louis-Edmond, croyant sans doute que sa mère avait perdu la raison, éclata en sanglots. Et maman le prit dans ses bras et l'entraîna avec nous dans la danse.

Cette lettre, qui nous apprit aussi que Victor était papa d'un gros garçon, nous permit d'oublier tous nos moments d'ennui. Et l'inconnu qui avait marché tant de jours dans la neige pour livrer ces petits bonheurs devint instantanément un invité de marque. Maman insista pour qu'il partage notre repas. Tout le reste de la journée, il fut assailli de questions et il livra, avec un plaisir évident, tout un éventail de nouvelles qui étaient peut-être inventées. Mais qu'importe ?

J'appris qu'à Hébertville on avait ouvert une école. Que non loin du moulin, il y avait déjà vingt maisons, avec des galeries et des pignons. Une chapelle où la messe se disait le dimanche. Un pont enjambait la rivière des Aulnets. Il ne nous en fallait pas plus pour rêver.

Ayant fait un arrêt chez les Hudon, le colporteur put même nous apprendre que Marie-Éléonore attendait la visite des sauvages !

— Pour quand ? demanda ma mère.

— Pour bientôt, répondit le colporteur.

Ma mère baissait la tête et gardait le silence. On savait bien ce que ça voulait dire, mais il n'était pas question de renchérir, surtout devant un homme et un étranger en plus.

La journée avait passé si vite, que, lorsque le soir tomba, il fallut vite veiller aux tâches et ma mère refusa de laisser repartir le voyageur de nuit. Alors, comme pour nous remercier de l'hospitalité, il nous raconta quelques contes.

Louis-Edmond, fasciné par l'étranger, finit par lui demander :

— Comment tu t'appelles ?

— Girard. Côme Girard, dit-il.

Quelques instants plus tard, il dormait sur le bède. Maman et moi, serrées l'une contre l'autre, pouffions de rire chaque fois que retentissait le bruit sonore de ses ronflements.

▼

En ce début d'hiver 1857, je me souviens de tempêtes où une immense blancheur soufflait et poudrait sans répit. Le vent qui sifflait en rafales amoncclait des bancs de neige énormes, hauts comme la remise. Je m'imaginais être un ange comme celui du catéchisme, logeant dans les nuages très haut au-dessus du pays, et il me semble que je nous voyais, minuscule point couleur de bois, engourdi petit à petit par le froid et la neige. Mais nous supportions le froid grâce aux visites qui faisaient fondre nos malaises. Un missionnaire se rendant au poste de Métabetchouan s'arrêta chez nous. Il nous remit sur le chemin des dévotions, souhaita avec nous qu'une paroisse naisse là où nous étions et oublia de nous faire peur à cause de nos péchés. Je pense qu'il a eu pitié de nous. Ou peut-être l'habitude d'exercer son ministère avec les Montagnais l'avait-il rendu plus compréhensif et moins tranchant ?

Mais la plus belle aventure fut mon voyage chez les Ouellet. Firmin avait apporté des raquettes, comme il nous l'avait promis, et, un matin, je partis avec lui, après mille recommandations de ma mère, pour franchir les trois lieues qui nous séparaient de sa maison. Un enchantement. Les jambes écartées à cause des raquettes, je suivais la piste balisée et tentais de garder le rythme de la marche. Je n'ai plus jamais retrouvé, par la suite, le sentiment de joie éprouvée lors de ce voyage d'hiver à travers la forêt noire et blanche. J'allais vers mes amies, vers les deux seules personnes avec lesquelles je pourrais enfin, alternant rires et pleurs, aborder les interrogations qui frappaient à la porte de mon esprit : que ferais-je de ma vie ? Qui ravirait mon cœur ? Mon corps allait-il se transformer ? Mon ventre et mes seins se gonfler ? Tout était mystère.

Arrivée chez les Ouellet à la tombée du jour, je me blottis avec bonheur dans la chaleur de l'amitié. Firmin avait disparu, occupé à diverses tâches. Nous nous retrouvions dans une maison de femmes, puisque les deux grands frères étaient aux chantiers. Pendant les quelques jours passés avec eux, je ne cessai d'écouter, de jaser, de placoter, de rire, de courir dans la neige comme si je me vengeais des ternes mois précédents. Avec Rosemarie surtout, qui avait mon âge, je fis l'inventaire de tous les doutes et des inquiétudes qui me tourmentaient et, à défaut de trouver des solutions immédiates, je savourais le plaisir de partager mes petites douleurs.

— Penses-tu qu'on va rester ignorantes ?

— Comment ça, ignorantes ? On n'est pas ignorantes ! On sait lire, écrire, compter... et tricoter !

— Dis-moi, Rosemarie, vas-tu te marier ou faire une sœur ?

— Une sœur ! Tu es pas folle, chère !

Le fou rire nous secouait pendant de longues minutes. Puis, mes amies me parlaient de la ville. C'est à Hébertville, le gros bourg où elles allaient de temps en temps, que s'était concentrée la majeure partie des services et des commerces. Je les écoutais avec envie mentionner la chapelle, les magasins, le bureau de poste, la forge, l'hôtel... Ces mots reprenaient vie dans leurs bouches, des mots presque poussiéreux à force de ne plus servir et qui m'enchantaient.

— Penses-tu qu'on va rester ici toute notre vie ? demanda Flavie.

— Moi, je veux bien, à condition d'avoir un peu de bien et une vraie rue ! répondit Rosemarie.

— Tu veux aller vivre à Hébertville, toi ?

— Pourquoi pas ?

— Mais ici, ça va grossir. D'autres gensses s'en viennent. Ma tante va venir. Elle s'en va vers le lac, à Roberval, dis-je.

— Peut-être que dans pas longtemps il va y avoir du monde partout !

— Et des chemins, des magasins...

— Ah ! Les maudits chemins !

On fit le tour de tous nos désirs et on nomma nos moindres espoirs. Et on était arrivées à la conclusion que la vie, pour nous, serait bonne et belle, si on restait proches. On décida donc qu'on ne se quitterait jamais. J'ignorais, à cette époque, combien ces années difficiles où les plaisirs étaient rares, ce décor sauvage allaient nous marquer. Et combien nos rêves d'adolescentes se verraient bouleversés.

Puis, un matin, armée de victuailles et de réconfort, j'ai repris sans escorte le chemin du retour. Durant la nuit, une fine neige avait recouvert les arbres. J'avais juré de ne pas avoir peur. J'avais acquis une certaine habitude des raquettes et je me débrouillais fort bien. À l'abri des branches, rien ne pouvait me déranger. Un silence magique m'environnait. Je me disais que chaque arbre me regardait passer. J'avais tant parlé avec mes amies que j'en avais pour des semaines à me souvenir de nos conversations, de nos émois et de nos fous rires. Ensemble on avait échafaudé des projets, mis en commun nos rêves pour les années, les siècles à venir. Nous, trois petites bonnes femmes fraîchement débarquées, avions solennellement planifié de faire le pays d'ici, de bâtir, d'enfanter, d'aimer dans ce coin de pays neuf et de garder contact, toujours! Notre enthousiasme était démesuré et aucune de nous ne doutait de nos capacités à remplir ces promesses.

Je me mis en marche dans la calme froidure. Des pics criblaient la quiétude de leurs coups de bec sonores et je m'amusais à tenter de retracer leur présence à gauche, à droite, grimpant sur les troncs. C'est ainsi que je découvris un feu au loin. Un feu qui brûlait en plein jour au milieu de la forêt. J'entrevis des sihouettes. Je pensai à des trappeurs, à des chasseurs sans doute. Et si c'étaient les sauvages qui continuaient à couper des arbres sur les terrains interdits? Mon cœur battit un peu plus vite et je hâtai le pas. Je vis filer quelque chose de blanc à travers les troncs. Une touffe de poils blancs sautillait! Il y eut un éclair fauve sur ma gauche et je souris. Un chevreuil fuyait à mon approche.

Soudain, je sentis une douleur au bas du ventre. Je pensai tout de suite aux abus de sucre à la crème que j'avais faits chez Ouellet. Mais la douleur persistait. Je continuai ma route. J'avais de plus en plus mal, mais je refusais la panique. L'orgueil de mes treize ans me commandait de me rendre jusqu'au bout sans flancher.

Des gouttes de sueur perlaient sur mon front et je frissonnai malgré une onde de chaleur qui me couvrait le corps.

Non, je refusais d'avoir peur, de me laisser envahir par l'angoisse. Les dents serrées, je me mis à fredonner la chanson de mon père en continuant d'avancer :

Allant à l'école
J'eus grand peur des loups
Hou ! Hou ! Hou !

À ce moment, le cri aigu d'un geai dans mon dos me fit tourner la tête et je vis derrière moi, entre les traces de mes raquettes, une traînée de taches rouges sur la neige.
Du sang ! *Mon* sang à moi !

CHAPITRE 12

Le corps d'une femme

L'idée que ma mère allait mourir a traversé mon esprit. En la voyant, couchée sur le lit, en plein jour, le visage blême et les yeux fermés, j'ai figé net. Louis-Edmond, les yeux agrandis par la peur, était assis en silence et n'osait même pas jouer. Ferdinand s'est précipité vers moi dès mon arrivée et a pris mes mains dans les siennes en chuchotant :

— Je sais pas quoi faire.

— Qu'est-ce qui se passe ? Qu'est-ce qu'elle a ?

— Elle a mal.

Ferdinand était dépassé. Les garçons ne savent jamais comment réagir devant une femme qui gémit ou qui pleure. Sans doute parce qu'ils n'ont jamais vu autre chose que des pères et des oncles qui s'efforcent de cacher leurs émotions. J'ai pensé à papa, tout à coup, le temps d'un éclair, lui qui n'avait pas honte de montrer sa joie ou son chagrin et aussi souvent que sa colère !

J'ai défait mon manteau et jeté un coup d'œil à l'image du Sacré-Cœur au-dessus du lit. Ralentissant mes gestes, je me suis agenouillée près de maman et ses yeux se sont ouverts.

— Georgina... tu es là. Occupe-toi du petit s'il te plaît, a-t-elle fait d'une voix affaiblie.

— Mais toi, maman, qu'est-ce que tu as ? Qu'est-ce qui est arrivé ? Pourquoi...

— J'ai très mal au ventre, des crampes ; tellement que je ne peux pas tenir debout.

J'étais désemparée. Moi aussi, je sentais ce poids dans le bas de mon ventre et ce sang chaud qui glissait doucement hors de moi. Moi aussi, je voulais qu'on me soigne, qu'on me rassure, qu'on me confirme que c'était normal. Mais j'étais si effrayée de voir ma mère souffrir, si apeurée par mon propre état que je n'osais rien lui dire, je restais là, hébétée, à genoux au bord du lit, serrant les cuisses de toutes mes forces.

Je me suis levée, enfin, et d'un geste maladroit j'ai attrapé un torchon qui séchait près du poêle et je l'ai fourré dans ma culotte. Mon sang s'en allait doucement, chaud et épais le long de mes cuisses, mais je pensais bien que je n'allais pas mourir pour ça. Je me disais qu'il y avait sans doute des tisanes à préparer, des remèdes à connaître pour aider ma mère. Lesquels ? J'ai pensé à la mort de ma grand-mère. Elle aussi, elle était pâle et tremblante, mais on m'avait gardée à l'écart de la chambre où elle reposait et je ne l'avais vue que vers la fin, couchée dans son lit, et je me souvenais de ses mains glacées à la peau comme du papier.

Je n'osais pas toucher ma mère ; je me suis contentée de remonter la couverte et, les larmes aux yeux, effrayée par mon ignorance, j'ai dit tout bas pour que les autres n'entendent pas :

— Maman, vas-tu mourir ?

Ma mère m'a regardée et a dit :

— Occupe-toi de la maison, Georgina. Ne laisse pas le bois manquer. Il faut faire la soupe...

— Mais, maman, moi je saigne... ai-je crié, incapable de retenir plus longtemps mes craintes. Je n'aime pas ce qui se passe ; oh ! maman, qu'est-ce qui nous arrive à toutes les deux ?

Elle s'est soulevée un peu et m'a caressé la tête :

— C'est pas grave, Georgina. Ça va s'arrêter de couler ; c'est pas une maladie. Occupe-toi des petits, s'il te plaît.

Les filles ont sûrement une grâce spéciale, parce que j'ai pris la place de ma mère et je me suis mise sans hésiter à faire ce qu'il fallait. La condition de femme doit prédisposer à cette débrouillardise. Dans le temps de le dire, j'ai envoyé Ferdinand chercher du bois, j'ai pelé trois patates, mis la soupe au feu et rassuré Louis-Edmond. Mon esprit accueillait avec joie l'exigence des devoirs ménagers, ce qui m'évitait de penser. Je ne comprenais pas ce qui se passait. Pourquoi ne voulait-elle pas me dire ce qui lui arrivait ? Était-ce grave ? Devais-je aller chercher du secours ? Mon cœur cognait dans ma poitrine.

Pourquoi le bon Dieu nous abandonnait comme ça ? On n'avait pourtant pas fait de gros péchés, il me semblait. C'était peut-être parce qu'on n'allait plus à l'église qu'il nous punissait. Oui, ça devait être ça. Je me souvenais des sermons du curé de Rivière-Ouelle qui menaçait de l'enfer les gars des chantiers qui venaient rarement à la messe.

Je me mis à dire dans ma tête toutes les prières que je savais, pêle-mêle : «Je vous salue, Marie, bénie entre toutes les femmes...», pourquoi elle était bénie, elle, et pas moi?... «Je crois en Dieu, Père tout-puissant...», «Sainte Marie, mère de Dieu... priez pour nous pauvres pécheurs».

Après le souper, j'ai tenté de m'occuper et de repousser le désespoir qui s'étalait en moi comme une tache d'encre sur un buvard. Et puis, n'y tenant plus, j'ai fondu en larmes.

Je me suis précipitée vers le lit, vers la seule personne qui pouvait peut-être encore m'apporter quelque réconfort. J'ai serré ma mère dans mes bras en lui disant à l'oreille :

— Maman ! je te défends de mourir.

▼

La nuit a été longue. Ma mère gémissait de douleur et moi, je pleurais de rage et d'inquiétude. Dehors, le vent du nord sifflait si fort qu'il nous enveloppait de cris stridents. J'imaginais que la neige tourbillonnante couvrait doucement mes pistes de raquettes sur le chemin qui serpentait dans la forêt.

— Va te coucher, me disait ma mère. Ça ira mieux demain.

Mais comment dormir avec la tête et le cœur remplis à craquer de tous les désespoirs du monde? Non, je n'acceptais pas ce silence ni l'abandon à la fatalité, comme si ma vie ne comptait pour rien et allait suivre sans que je puisse le changer le cours que Dieu voulait bien lui faire prendre.

— Comment le sais-tu que ça ira mieux? dis-je en haussant la voix.

— Chut ! parle pas si fort. Georgina... je vais te le dire... je sais pourquoi j'ai mal...

Ma mère ferma les yeux et se crispa tandis qu'une vague de douleur semblait l'envahir tout entière. Cela dura un bon moment. Puis, elle soupira et reprit son souffle. J'attendais toujours. Je savais que Ferdinand ne dormait pas et qu'il écoutait.

— Georgina, hésita-t-elle en baissant la voix, on verra pas passer les sauvages c't'année...

— Comment ça, on verra pas..., dis-je avec colère.

Pourquoi me parlait-elle des sauvages en ce moment ? Je me fichais bien d'eux, ils pouvaient bien sacrer leur camp au fond des bois ! Et puis doucement, la signification des mots m'a atteinte : ma mère faisait une fausse-couche ! D'un seul coup, quelques-unes de mes angoisses ont disparu, mais d'autres sont arrivées tout de suite pour les remplacer.

Qu'est-ce qu'il fallait faire ? Je ne savais rien de ce que le corps d'une femme demande dans ces cas-là. Ni le mien ni celui de ma mère. Tout était mystère, secret, chuchotements, portes closes et regards fuyants. C'était avec une curiosité honteuse que je posais les questions les plus simples ; mais les réponses ne m'étaient pas données. Car jamais, au grand jamais, on ne m'avait parlé de ces choses-là. Pourtant, je me doutais bien que ce qui se passait dans mon corps et ce qui se passait dans celui de ma mère était lié. Des affaires de femmes qu'on avait toujours tues. Mais rien ne pouvait empêcher ma frayeur et mon sentiment d'impuissance. Il fallait peut-être avertir Léonie, la mère de mes amies ? Ah ! si j'avais su, je l'aurais ramenée avec moi cet après-midi.

— Tu veux que j'aille chercher Léonie ? Je connais le chemin maintenant.

— Mais non, on va s'arranger toutes les deux...

Assise auprès du lit, je tenais la main de ma mère dans la mienne, soulagée de savoir que son mal n'était pas si étrange puisqu'elle le connaissait.

— Alors, ça veut dire qu'on aurait eu un petit frère ou une petite sœur ?...

— Bien oui...

— Et pourquoi tu ne nous l'as pas dit ?

— Ça ne servait à rien ; j'en aurais parlé au retour d'Étienne...

Étienne ! Mon père qui était loin et qui ne connaissait rien de ce... de cette nouvelle qui était presque un deuil. Je ne savais plus très bien comment nommer cet événement. Je nageais en pleine confusion. Je jetai un coup d'œil à Ferdinand.

Ses yeux, grands ouverts dans le vide, fixaient le plafond de planches. Lui aussi, il devait bien se demander...

— Maman, demain, Ferdinand pourrait aller chercher Léonie. Il est assez grand... il ne va pas se perdre, dis-je en souriant en moi-même, car je savais qu'il écoutait.

Je me suis levée pour mettre une bûche dans le poêle.

— Je ne pense pas que ça sera nécessaire. Couche-toi maintenant, Georgina.

Mais je n'avais pas envie de dormir. Trop de nouveautés arrivaient en même temps ; trop de pensées trottaient dans ma tête. Et puis, je voulais comprendre...

— Maman, tu as un enfant dans ton ventre ?

— Chut !

Baissant le ton, je continuai en reniflant.

— Il ne naîtra pas, il va faire quoi ? C'est comment quand on est partie pour la famille ? Je veux que tu me dises. Maman, mon sang coule et j'ai peur. Maman, pourquoi on a un corps fait de même ?

Tout le reste de la nuit, blottie contre ma mère, les genoux bien serrés pour tenir mon linge entre mes cuisses, j'ai écouté sa voix qui a fini par m'expliquer une partie des mystères que renferment les corps des hommes et des femmes. Mais je restais sur ma faim puisque trop de questions demeuraient sans réponse : pourquoi enfanter chaque année ? Pourquoi le bon Dieu voulait-il qu'il en soit ainsi ? Pourquoi est-ce que, loin au fond de moi, les phrases de ma mère m'irritaient tant ?

Elle m'avait dit que c'était le lot des femmes de faire la volonté de leur mari et d'élever ses enfants chrétiennement. C'est ainsi que le bon Dieu avait dessiné la vie des habitants du Bas-Canada, de façon que les maris défrichent le sol et que leurs femmes peuplent les terres neuves d'enfants et prennent soin du foyer. Je sentais une grande résignation dans son discours et je savais que ce n'était pas le moment de la contester. Ni de mettre en doute les lois dictées par l'Église.

Enfin, ma mère s'est endormie et moi, environnée des bruits de la poudrerie frappant la maison et du tic-tac de l'horloge, j'ai songé que je venais de quitter l'enfance et d'entrer dans le monde des grands. Je n'étais pas sûre d'en être tellement contente.

Au petit matin, épuisée par mes jongleries, j'ai fini par sombrer dans le sommeil. Un sommeil troublé de rêves exaltants où je me voyais enfanter des milliers de petits enfants qui couraient partout parmi les arbres, et d'autres où tous les ruisseaux et les rivières qui dégelaient au printemps roulaient des flots d'un sang épais et rouge.

▼

Les jours ont passé et ma mère s'est remise debout. Entre elle et moi, il y avait ce secret de l'enfant qui ne naîtrait pas, secret que Ferdinand partageait lui aussi en silence ; mais le regard qu'il posait parfois sur notre mère me prouvait qu'il avait sans doute commencé à comprendre, lui aussi, une partie des mystères liés à la vie et à la mort.

Après un temps où le gros froid nous a tenus à l'intérieur, on a pu recommencer à sortir sur « notre » chantier à nous. On ne restait pas longtemps dehors, car le froid intense nous pénétrait. Nos manteaux de laine n'étaient pas assez épais pour bien nous protéger et nous n'avions rien pour nous permettre de coudre des vêtements plus chauds. Il y avait bien quelques peaux de lièvres que Ferdinand avait attrapés au collet, mais elles ne suffisaient pas à nous garder au chaud.

Alors, on courait, on s'agitait pour se réchauffer. On ne pouvait pas songer à empiler des branches à cause de l'épaisseur de la neige. Mais il y avait toujours la corvée d'eau et Ferdinand s'était mis à bûcher, non seulement pour démontrer sa force, mais parce qu'en l'absence de son père, il s'acharnait à essayer de le remplacer et à copier ses gestes. Il savait aussi que ceux qui brûlaient en hiver prenaient de l'avance sur les travaux du printemps. Le temps comptait plus que tout. Pourtant, avant son départ, Étienne avait dit :

— Il y a une chose que je te défends de faire : *des feux.* Empile, si tu veux, mais pour les feux, tu m'attendras.

C'est simple à dire et à écrire le mot *bûcher,* mais il faut le voir pour comprendre ce que c'est vraiment. Descendre un arbre pour faire de la place... notre sempiternelle rengaine. Ferdinand choisissait des troncs plutôt minces, heureusement. Comme un grand, il prévoyait où l'arbre devait tomber puis, une fois les entailles faites, il maniait la hache en scandant ses efforts de bruits de bouche. On a eu quelques petites frousses. Comme le jour où l'un des arbres qu'il coupait a failli assommer un voyageur qui venait dans le sentier, sur ses raquettes. Ma mère avait dit :

— Quand ton arbre commence à canter, tu cries pour avertir, juste au cas qu'il y aurait quelqu'un autour...

Mais Ferdinand, trop occupé, trop sûr de lui, avait oublié et le jeune bouleau avait frôlé de près la tête du prêtre. Eh ! oui, un prêtre, pas un curé ni un missionnaire, mais un prêtre qui s'en allait vers les chantiers et qui exerçait son ministère jusqu'au poste des Indiens. Ça lui a fait un bel accueil chez nous, ce jour-là.

La visite d'un prêtre, c'est un événement qui faisait l'objet de préparatifs soignés d'habitude. Recevoir chez soi le représentant de Dieu, c'était toute une affaire. Cette fois, comme c'est arrivé par surprise, on n'avait rien, même pas une tarte ou des galettes à la mélasse. Sans parler du ménage.

Il est resté quelques heures seulement, le père Villeneuve. Assez de temps pour nous apporter le réconfort de la religion qui nous manquait tant, qui manquait surtout à ma mère, à vrai dire ; peut-être qu'il était habitué au mode de vie des colons, car il ne semblait pas trop regardant. J'avais encore le souvenir des sermons de l'église de la vieille paroisse, mais d'entendre de nouveau les mots en latin et cette voix un peu triste nous débiter des vérités incontestables envoya une onde de nostalgie dans mon cœur. L'odeur des cierges, de l'encens, les cantiques et les processions... ça faisait si longtemps.

Je ne me souviens plus tellement de ce qu'il m'a dit. Il nous a donné sa bénédiction et m'a répété de réciter des prières et d'obéir. Obéir ! À qui ? Je ne me souviens plus. Il nous a assurés que, bientôt, le chemin serait terminé et qu'on construirait une chapelle. Il a mentionné le nom d'un bienfaiteur, celui qui aidait mon père, qui nous permettrait à tous de passer à travers cette période difficile. Praice. Monsieur Praice, il a dit. C'était la première fois que j'entendais ce nom étranger. Après, j'ai su que c'était un nom anglais et qui s'écrivait « Price ».

Le soir même, après son départ, on était un peu secoués et silencieux. Une espèce de ferveur s'est emparée de moi. Je me suis mise à réciter les prières à haute voix, pour les apprendre à Louis-Edmond et pour raviver ma piété. La visite du père Villeneuve m'avait ébranlée : je sentais que Dieu m'avait peut-être choisie, moi, Georgina Bonenfant, pour accepter, comme les saintes, les pires infortunes et aspirer avec résignation à la vie éternelle.

Les soirs suivants, je récitais avec ma voix du dimanche :

— Sainte Marie, mère de Dieu, vous êtes bénie entre toutes les femmes...

Mais souvent les rêveries m'emportaient. «Est-ce qu'elle a eu de la misère comme nous, sainte Marie? Faites qu'on ait un peu de visite, on s'ennuie tellement...»

— Georgina, pourquoi tu t'arrêtes? demandait mon petit frère avec inquiétude.

Je poursuivais :

— Faites qu'on ne soit pas malades et ramenez papa sain et sauf du chantier...

— C'est pas des vraies prières que tu dis...

— Ça fait pareil. Le bon Dieu comprend tout. Allez, répète après moi : je recommande mon âme à Dieu avant d'aller dormir...

▼

Il faut croire que Ferdinand n'avait pas profité, lui, du renouveau de dévotion, car il désobéit. Non content de prouver sa hardiesse en bûchant et en élargissant le chemin à la hache, tout en renouvelant la réserve de bois quotidienne pour le poêle, il se mit en tête de nous faire une surprise. Un jour où nous étions tous dehors, avec l'aide de son frère, si petit et si obéissant, il alluma un feu, un feu interdit. Et il arriva ce qui devait arriver.

Le vent s'empara d'un tison et, sous nos yeux ahuris, enflamma un tas de paille enneigé près de la remise. Ferdinand accourut avec une pelle et tapa fort, mais le vent reprit et la flamme jaillit de plus belle. Figée et lente à réagir, ma mère finit par attraper Louis-Edmond par le capuchon et le jeta par terre. Je hurlai :

136

— La neige ! Prends de la neige.

Affolé, Ferdinand avait retiré son manteau et l'avait jeté sur le feu. J'ai saisi la pelle et j'ai commencé à jeter la neige sur le tas de paille par grandes pelletées. Ferdinand piétinait les brindilles et tapait le tas avec une planche. Louis-Edmond, assis dans la neige, pleurait silencieusement. Ma mère a ouvert la porte de la remise pour faire sortir les animaux.

On ne voyait plus de flammes, seulement de la fumée. Mais le feu, je l'avais appris depuis longtemps, même étouffé, savait se frayer des chemins sournois pour réapparaître.

Ce fut tout simplement horrible. Je ne veux plus le raconter. Le voir une fois, c'est assez. Nous avons lutté avec acharnement en sachant bien qu'on ne pouvait compter que sur nous. La seule minuscule chance qu'on ait eue, c'est que le vent soit tombé et que le feu, ayant consumé tout ce qu'il pouvait, ait fini par s'éteindre.

Il est impossible de dire la rage qui m'a longtemps poussée à rayer cet accident de ma mémoire. Épuisés, noirs de suie, trempés de sueur et de neige, nous avons réussi, je ne me souviens plus comment, à nous défaire de notre peine. Les larmes soulagent un peu, oui. Pour Ferdinand, le remords devait le ronger. Louis-Edmond avait une face de catastrophe, celle d'un enfant qui alimente son chagrin à celui des autres. Ma mère pleurait. Moi, c'était la rage qui m'occupait tout entière. Une rage féroce qui n'allait plus jamais me quitter. Ma confiance dans le ciel, dans la protection divine, avait disparu dans la fumée. Jamais plus je ne réciterais des prières comme avant. J'avais le sentiment d'avoir été trahie.

Quand Firmin est arrivé, le lendemain, on a pu constater les pertes : la paille, le grain, l'avoine, quelques outils. Et la remise, bien sûr.

— Vous en faites pas, a dit Firmin. Au printemps, on va venir vous aider à reconstruire.

— En attendant, qu'est-ce qu'on va faire avec la vache, le cochon ?

— Pour le reste de l'hiver, il va falloir les rentrer.

— Avec nous ? s'est écriée ma mère.

— Attache-les si tu veux, mais par les tempêtes...

On a rentré la vache avec nous ; quant au cochon, qu'on voulait engraisser encore, Ferdinand et Firmin lui ont construit une espèce de cage avec les restes non carbonisés de la remise.

— Au moins, a dit Firmin pour essayer de détendre l'atmosphère, ça va vous tenir au chaud.

— Et le cheval ?

— Il peut rester dehors. On va l'attacher.

▼

L'hiver passait. Louis-Edmond avait bien retrouvé son entrain, mais ma mère se traînait en soupirant. Ferdinand travaillait du matin au soir. Je suis retournée chez Ouellet. Je suis même allée à Hébertville sur la traîne à bâtons. On a eu des visites : les Jean, avec Antoine sur un petit traîneau tiré par son chien. Un voyageur nous a apporté des nouvelles et même un paquet que Victor avait fait parvenir par une goélette aux derniers jours de l'automne et qui avait attendu tous ces mois au bureau de poste. C'était de la laine de ses moutons.

Maman m'a montré à filer. On en avait assez pour tricoter un chandail à Ferdinand, qui avait froid dans son manteau trop petit.

J'ai dû insister pas mal pour que maman envisage de faire le voyage jusque chez Ouellet au jour de l'An. J'avais tellement envie de sortir de chez nous et de voir du monde ! Malgré le chemin à moitié déboisé, on a réussi à se rendre. On a eu une belle fête, mais le cœur n'y était pas : je me souviens qu'une vague tristesse planait sur nos faits et gestes.

Après les fêtes, on a eu notre part de rhumes et de fatigues, mais les journées n'arrêtaient pas de couler. La neige tombait, on continuait de vivre. Ma mère était pâle et ne souriait plus. Elle passait des heures assise près du poêle à égrener son chapelet, n'écoutant plus le babillage de Louis-Edmond, refusant même de m'aider dans mes jeux de patience. Je ne savais plus quoi faire pour la consoler de son chagrin. Moi aussi, j'étais triste ; l'hiver ne finirait-il donc jamais ? Il semblait ne nous rester que deux minces espoirs, deux petites lueurs qui nous redonneraient de la vigueur. Le printemps allait revenir et ramener Étienne.

Je regardais ma mère immobile, le regard perdu. Elle devait se dire : «Quand mon mari va revenir, tout va aller mieux.»

Les jours se sont mis à allonger. On entendait de plus en plus d'oiseaux autour de la maison. Le ciel devenait plus clair. Les nuages voyageaient vite au-dessus des arbres. Il s'est mis à mouiller.

Les pas enfonçaient dans la neige qui mollissait. Un après-midi, au ruisseau, j'ai entendu gronder sous les amas de neige. Pendant de longues minutes, j'ai frappé vigoureusement avec une branche la couche de neige glacée qui le recouvrait. Je rageais : j'avais envie que cet hiver-là finisse. À grands coups redoublés, j'ai fini par crever la glace. J'ai agrandi le trou juste assez pour voir jaillir une eau mousseuse, bruyante, vivante. La musique de l'eau enfin libérée m'a bouleversée ; je n'arrivais pas à détacher mes yeux de cette énergie liquide. J'étais moi-même cette eau, déchaînée, qui éclaboussait sans retenue les roches encore prisonnières des glaces.

D'un seul coup, je me suis mise à jaillir aussi, j'ai bondi, j'ai coulé à toute vitesse, j'ai dégringolé les gorges, suivi des courants qui m'emportaient. Pas un obstacle ne me résistait. Puis, doucement j'ai repris mon souffle, je me suis arrêtée pour me reposer. Je me suis glissée entre des berges verdoyantes, j'ai porté cent goélettes. J'étais le fleuve !

J'ai poursuivi mon chemin, saluant des rivières au passage pour enfin, après mille détours, m'étendre doucement sur le sable. J'étais le lac immense. Des poissons fourmillaient dans mon ventre. Je me faisais des vagues, je grignotais les falaises, je m'amusais à chatouiller les îles.

Puis, le bruit de l'eau est réapparu dans mes oreilles. J'ai réhabité mon corps immobile au bord du ruisseau. Mon rêve d'eau n'avait duré qu'un instant, mais on aurait dit qu'il était le signe d'une naissance. Depuis ce jour-là, l'eau libérée est restée pour moi le signe du printemps.

Je suis rentrée avec un espoir au cœur. L'hiver était fini. Étienne allait revenir et on allait recommencer à vivre comme une vraie famille.

CHAPITRE 13

La honte

L'air était encore frais et nos mains se réchauffaient mal, mais on restait quand même dehors du matin au soir. J'étais ravie de quitter la maison et son odeur de renfermé, de vieux lard et de patates pourrissantes. Des bouffées de chaleur fondaient sur nos épaules et on retirait nos vêtements à mesure que le soleil montait dans le ciel. L'imminence de la douce saison faisait son chemin en moi et je surveillais les bourgeons qui éclataient un à un sans prévenir. On s'appelait au moindre bruit d'ailes.

— Un merle !

— Regarde : les étourneaux font des nids !

Ma mère riait aux éclats en voyant Louis-Edmond tout crotté et Ferdinand, de la boue jusqu'aux cuisses, qui lui courait après. Personne n'avait envie de rentrer malgré le soir qui venait. Je me sentais le cœur léger à cause du printemps. Et c'est juste à ce moment que trois silhouettes d'hommes se sont dessinées dans la lumière du couchant.

Soudain, Louis-Edmond s'est arrêté net. Il a lancé un cri.

— On vient !

Reconnaissant les trois Ouellet, Félicité s'est écriée joyeusement :

— Hé Firmin ! Vital ! Jean ! vous voilà revenus, vous autres. Mais, mon doux ! vous avez bien des faces de carême ! Entrez donc, venez à la chaleur, le poêle est allumé.

Les trois compères sont entrés. Ma mère les regardait sans ouvrir la bouche. Ses yeux cherchaient leur regard qui se dérobait.

Je sentais qu'il était entré avec eux dans la maison un malaise qui ne venait pas de leur seule présence ; il y avait une gêne dans leur comportement qui nous avait tous saisis et que le silence amplifiait.

Finalement, Firmin a dit :
— On apporte des nouvelles...
— De papa ? a demandé Ferdinand.
— Oui. Si on peut dire...

▼

C'était plus que des nouvelles qu'ils apportaient. Ça a pris
du temps avant de savoir. Ils s'y sont mis à trois pour arriver à
nous faire le récit complet. On s'était rapprochés d'eux sans
parler. Ils avaient retiré leur capot et leur casquette mouillée et
déposé deux gros paquets sur la table. Les yeux fixant le
plancher, Jean, le plus vieux des deux, a commencé :
— C'est que... il y a eu un gros accident au chantier.
Ma mère n'a pas bronché. Vital, mal à son aise sur le banc,
ne disait rien. Ses mains tremblaient. Tout à coup, Jean a
regardé le plancher et s'est arrêté de parler. Mais son père l'a
secoué pour qu'il parle et il a levé la tête et continué.
— Dans l'escouade à Bonenfant... euh... je veux dire à
Étienne, il y avait un nommé Simard.
— Laisse faire les détails.
— Bien, dis-lui, toi.
Firmin a fini par articuler d'un seul souffle :
— Il y a un homme de mort. Et puis... Étienne a disparu. Il
paraît qu'ils ne savent pas trop, mais y en a qui disent que
c'est... c'est un meurtre.
Enfin, à la suite de son père, Jean s'est décidé à raconter ce
qu'il avait sans doute ressassé au moins dix fois avec ses
compagnons et avec sa famille avant de nous le répéter. Mais,
cette fois, il faisait attention, c'est-à-dire qu'il choisissait ses
mots.
— On était cinq par équipe. Le Simard, c'était un dur. Pis
un étrivant, aussi. Il était tout le temps à se vanter et puis à
chicaner le monde. Je pense qu'Étienne l'aimait pas trop, trop.
Mais ils travaillaient ensemble. Le soir, quand on rentrait,
Simard l'agaçait. Étienne se choquait. Une fois même, il l'a
menacé. Mais il y a eu un soir où l'équipe est revenue avec le
cheval, une grosse journée. Bonenfant... euh... on dit toujours
juste le nom au chantier... avait coupé puis empilé au bout du

«chemin de sortie» toute la journée. Quand le cheval est allé
pour les ramener vers le soir, les autres les ont pas trouvés. Ils
ont pensé qu'ils étaient rentrés à pied par le bois, sans eux. Sauf
qu'ils n'étaient pas au camp ; à sept heures, huit heures du soir,
ils n'étaient toujours pas revenus. Alors, on a pris des flam-
beaux puis on les a cherchés dans la neige, jusqu'au «maître
chemin». On était morts de fatigue. Le contremaître a décidé
que c'était assez.

«On n'a pas dormi bien gros, cette nuit-là. Mais si on travaille pas, nos deux chelins par jour pour cent billots, on les
gagne pas, ça fait que, à la barre du jour, on est repartis. Le
foreman était bien en maudit. À chaque soir, il *chéquait* le
nombre de billots de chacune des équipes. C'est mon équipe
qui a trouvé Simard. Il était mort, gelé ben raide. Mais il était
pas pris en dessous d'un arbre tombé comme on pensait.

— Alors, qu'est-ce qu'il avait ? a fait ma mère.

— Il était étendu dans la neige avec le crâne fendu par un
coup de hache, a repris Jean en baissant la voix. On a cherché.
On a eu beau appeler, Étienne n'est pas revenu. On sait pas où
il est... Puis, le bûchage a fini. Il ne reste que les gars de la
drave qui continuent à travailler ; ils vont faire partir les billots
sur la rivière aussitôt qu'arrivera la débâcle. Le *foreman* a dit
qu'il ne donnait pas ses gages à la famille tant qu'on saurait
pas si...

Firmin a ajouté :

— Le *foreman* est allé à Hébertville faire son rapport.
Étienne est accusé de meurtre. S'ils le trouvent... Maintenant,
tout le monde est au courant, même que ça m'étonnerait pas
que la nouvelle soit déjà rendue à Chicoutimi.

Un silence effrayant régnait dans la maison. On n'entendait
que le bruit des gouttes de pluie sur le toit et le tic-tac de l'horloge. Nous, les Bonenfant, on était comme étourdis, assommés.
Comme si les mots prononcés par nos plus proches voisins, nos
amis, avaient un mur à franchir avant de nous atteindre. On
restait là, muets et immobiles, même si, en dedans, le cœur
nous débattait. Louis-Edmond, lui si actif d'habitude, ne savait
pas très bien quoi faire. Sans comprendre à fond les mots entendus, il devait sentir qu'il se passait quelque chose de grave.
Pour se protéger, il a couru se blottir dans les bras de maman.

Ni moi ni Ferdinand n'osions réagir encore, tous nos efforts servant à accueillir cette nouvelle que les Ouellet avaient fait entrer chez nous, comme si elle avait été un tison brûlant que personne ne voulait saisir. Nous n'osions surtout pas regarder notre mère.

Moi, j'ai observé les Ouellet : Firmin, puis ses fils Jean et Vital. C'était vrai ce qu'ils disaient ? Pourquoi auraient-ils menti ? Vital, plus grand que l'autre même s'il était d'un an plus jeune, avait un beau visage. Plus beau que celui de son frère. Il ressemblait à Léonie, sa mère. Une chevelure frisée qui le faisait ressembler à un ange, surtout avec ses joues rougies par la chaleur du poêle, ou bien par l'émotion... Des yeux très noirs et des mains larges comme des pelles à neige. Il les gardait sur ses genoux sans remuer. Il a indiqué le paquet sur la table.

— Voilà ses affaires.

— Il y a une pile de pitons, pas grosse, mais c'est toujours ça..., a dit Firmin en retirant du paquet de linge quelques billets froissés. Et puis, on a tué un caribou hier. On vous en a apporté un morceau.

C'était l'autre paquet. Je regardais distraitement la masse de vêtements sales posés sur la table. Était-ce là tout ce qui nous restait d'Étienne Bonenfant ? Où était passé mon père, dans cette forêt si vaste ? Est-ce qu'il avait vraiment tué un homme ?

Puis, fixant l'autre colis, celui où était emballé sommairement dans un linge un quartier de caribou, je vis soudain un rigolet de sang glisser lentement sur le bois rude de la table et se faire un chemin vers le plancher. Les gouttes sombres se sont mises à tomber sans bruit par terre. «Encore du sang ! pensai-je. Début et fin d'hiver avec du sang. »

Qu'est-ce qu'on allait devenir ?

▼

Accusé. Mon père était accusé de meurtre.

Les jours suivant le retour des Ouellet du chantier ont filé sans que je m'en rende compte. J'accomplissais mes tâches habituelles mécaniquement, le cœur et les dents serrés sur mon

144

silence. La pluie, qui avait cessé de tomber, avait emporté une grosse couche de neige. On commençait à voir des plaques de terre entre les chicots d'arbres. Dans moins de six semaines, le gel complètement parti, il serait temps de labourer et de semer. L'air plus doux et les cris des oiseaux qui arrivaient à nos oreilles de plus en plus nombreux nous rappelaient la venue du printemps qui tardait. Les chaleurs s'évanouissaient dès la tombée du jour et le gel, aussitôt la nuit surgie, rétablissait son emprise. C'est ainsi que, plutôt que de m'apporter une promesse de vie nouvelle, le moindre indice de renouveau me faisait mal et me ramenait sans cesse au même doute : pouvait-on continuer de vivre sans les deux bras de mon père pour tenir la herse, empiler le bois, bûcher ? Mais, surtout, une question me brûlait les lèvres : une famille comme la nôtre pouvait-elle survivre sans chef, sans maître, sans meneur ? Je savais bien que mon père était un rêveur et un tendre, différent aussi des hommes que j'avais côtoyés, mais c'était lui qui décidait, qui coordonnait les travaux et ordonnait toute notre vie. Il me semblait qu'il n'avait jamais eu besoin de parler ni de donner des ordres. Quand il était là, sa présence seule nous indiquait le chemin. Je pense qu'il en était de même dans tous les foyers.

Le soir, après avoir épuisé toutes les larmes de son corps, ma mère avait dit :

— Il faut attendre. Peut-être que ce n'est pas lui. Peut-être qu'il va revenir.

Une espèce de force inconnue la poussait à espérer, à refaire les gestes simples de la vie quotidienne. Mais tout avait changé de goût pour moi : entre autres, le plaisir d'apprendre à filer la laine de mon oncle Victor s'était mué en corvée.

Ferdinand faisait peine à voir. Lui, le fils aîné qui mettait toute sa fierté à seconder celui dont il attendait le retour avec impatience, ne cachait pas sa détresse. Il reniflait toute la journée. Chacun de nous gardait sa propre douleur tapie au fond de soi, de peur d'être obligé de la détailler. Louis-Edmond naviguait dans tout ça, plus que jamais collé aux jupes de maman et pleurnichant à propos de tout et de rien.

Il restait la prière. Mais le chagrin et le doute ne s'évanouissaient pas à force de prier. Aussitôt le chapelet fini, le cœur recommençait de me faire mal. On était en attente à chaque heure du jour et, encore, si on avait su quoi attendre ! Mais tout était flou dans mes espoirs et mes craintes inavouées.

S'il revenait, allait-il être pris ? Est-ce qu'il l'avait vraiment tué, le bûcheron Simard ? Qu'est-ce qui arrivait à un coupable ? J'imaginais des scènes atroces de prison et de pendaison. Mais, des conversations avec les Ouellet ressortait l'idée qu'Étienne s'était sauvé dans le bois et qu'il ne reviendrait pas par ici. Est-ce qu'on pouvait vivre tout seul dans le bois sans rien ? En trappant, peut-être ? Je me mettais à penser aux ours, aux loups, aux caribous, aux renards et aux carcajous que j'avais déjà vus et à toutes ces bêtes inconnues qui peuplaient la forêt, tapies dans l'ombre, à l'affût d'une proie à dévorer.

Léonie Ouellet est venue, avec ses filles, encourager ma mère à la patience. Elle et ma mère ont mis leurs pleurs en commun ; puis, après ce défoulement, elles étaient enjouées et ricaneuses, comme elles ne l'avaient pas été depuis longtemps. Mais moi, je n'arrivais plus à rire avec mes amies, Flavie et Rosemarie. Quelque chose s'était comme cassé dans notre amitié. Une grande honte me collait à la peau et j'avais du mal à affronter le regard gêné de celles avec lesquelles j'avais échafaudé de si merveilleux projets d'avenir. Mais était-ce de la pitié ? Je n'en savais rien, je repoussais de toutes mes forces leurs attentions tant la douleur et le doute me rendaient bête et méchante.

Vital Ouellet est le seul qui m'a apporté un peu de réconfort en me parlant doucement.

— Travailler dans la forêt, c'est dur. Le *foreman* était un toffe. Si on a le malheur d'être malade, on n'est pas payé... Puis, Simard, on l'haïssait tous. Ton père, je le comprends...

— Comment ça tu le comprends ? Tu penses que c'est lui ? demandai-je à voix basse.

— On sait pas. On saura peut-être jamais. Mais il y avait bien de la chicane dans le bois. Bien de la chicane.

Tout à coup, il m'a semblé que Vital n'était plus là. Sa voix avait changé, il regardait dans le vide. On aurait dit qu'il était reparti là-bas, au chantier, avec les hommes de la forêt. Il a continué de parler et je l'ai laissé faire.

— Les gros pins, c'est ça qu'ils veulent. Ils en veulent beaucoup pour envoyer sur des bateaux. Alors, ils font travailler les sauvages aussi...

Tandis qu'il parlait, je me suis souvenue de la lettre que j'avais écrite au gouvernement.

— De toute façon, ça s'en va tout à la même place. Dans les piles de William Price puis sur les bateaux pour Québec et après en Angleterre.

Price. Encore ce nom qui revenait.

— En Angleterre? dis-je, surprise. Y a pas d'arbres là-bas?

Vital m'a expliqué à sa manière, lui qui avait pendant quatre longs mois prêté ses bras à l'entreprise, comment il comprenait le commerce du bois qui appartenait tout entier à cet homme, William Price, le grand *foreman*, le *boss* anglais, à lui et à ses fils.

Firmin et Léonie ont fini par convaincre ma mère d'aller au village réclamer ses gages et de me laisser garder la maison.

— Georgina, il faut que j'y aille, dit-elle un matin en soupirant. Penses-tu que tu peux...

— Bien sûr; tu sais bien que je suis capable.

Pour la première fois, ayant peut-être entrevu son rôle de chef de famille, Ferdinand ajouta :

— Maman, je peux m'occuper de tout. Sois tranquille.

— Georgina, surtout, surveille le petit. Tu sais que c'est pas de sa faute, mais il est si grouillant. Il ne faut pas que tu le laisses seul un instant. Faut l'empêcher de s'approcher du poêle...

— Je sais bien, maman, vas-y. On est assez grands; il n'arrivera rien.

— Tu me promets...

— Maman, dis-je exaspérée, ça va bien aller.

Mais soudain, j'ai eu envie de poser cette question qui me brûlait les lèvres : «Et si papa revient?» mais je n'ai pas osé. Pourtant, je pense que ma mère avait compris. On le voyait à son regard, en lui disant adieu; elle savait que nous y pensions tous. On verrait bien.

— Reviens vite, maman.

— Prends le temps qu'il faut.

— Barrez bien la porte, le soir; on ne sait jamais, les bêtes rôdent... et, Georgina, n'oublie pas de remonter l'horloge.

▼

Deux journées entières sans ma mère. Tous les trois tout seuls. C'était bien, le jour. Juste le soir, et puis la nuit, je me sentais drôle. Je n'ai rien oublié : le poêle rempli de bûches, la vache bien attachée maintenant qu'il fait assez doux pour qu'elle reste dehors, le repas prêt, le plancher balayé, la vaisselle lavée, les prières dites. Mais j'avais une petite peur quand même, qui me tenait. C'est dur de s'endormir quand on écoute tous les petits bruits et qu'on sait que la bonne marche de la maisonnée dépend de nous.

Durant le jour, Ferdinand a commencé à déblayer le bois brûlé pour essayer de reconstruire le hangar tout seul. Je doutais qu'il en soit capable, mais il était très occupé. Comme j'en avais assez de faire fondre de la neige pour pouvoir laver, j'ai dit à Louis-Edmond :

— Viens, Tit-homme, on va aller au ruisseau chercher de l'eau, de la belle eau froide.

— Moi, Tit-homme, j'y vas...

Il aimait ça que je l'appelle Tit-homme. Il se gonflait d'importance. Mais on n'avançait pas vite : le sentier était plein de trous parce que la neige fondait par en dessous. Le tit-homme tombait souvent : il était trempé avant d'arriver. Au ruisseau, il y avait encore de la glace, mais l'eau était libre, on l'entendait couler et elle se mettait à éclabousser tout à coup entre deux pierres coiffées de leurs bonnets de neige. Il faisait bon dehors, presque doux. La neige étincelait au soleil et, partout, on pouvait suivre des traces qui s'entrecroisaient et qui piétinaient des bouquets de fardoches jaunies et craquantes. Les animaux commençaient à sortir.

On s'est assis sur la grosse pierre, MA grosse pierre. Le vent se faufilait à travers les branches nues. On croyait entendre des craquements, des piétinements. La forêt se réveillait. Des bruits se rapprochaient. Louis-Edmond s'est serré contre moi. Il a eu peur. Alors, un fol espoir est né en moi. J'ai fouillé des yeux les broussailles et tendu l'oreille.

— Chut ! Louis-Edmond, tais-toi, ai-je chuchoté.

On était là tous les deux, sur la grosse pierre, figés et inquiets. Puis, les bruits se sont rapprochés : légers, légers, comme quelqu'un qui marche avec précaution. Mon cœur s'était presque arrêté de battre.

Soudain, devant nous est apparu un gros chat sauvage, les oreilles dressées et ses petites mains noires croisées sur sa poitrine. Louis-Edmond s'est mis à courir après. Mais l'animal s'est sauvé à toute vitesse, et le petit a été bien déçu.

— Pourquoi il s'est sauvé, hein, Georgina ? Il est pas fin...

Moi, j'étais encore bien plus déçue que lui, mais pas pour la même raison. Louis-Edmond a repris le chemin de la maison en babillant. Je n'avais rien à dire. J'avais une pierre à la place du cœur. Dans le ciel, la première volée d'outardes a traversé l'espace. Elles, elles rentraient au bercail.

Juste à son regard, j'aurais dû m'en douter. Elle avait déjà tout décidé. Quand elle a ouvert la bouche, je savais déjà quels mots allaient en sortir :

— On s'en va. On retourne à Rivière-Ouelle.

— Mais... pourquoi ? Quand ?

— Aussitôt que les goélettes accosteront dans la baie ou à Chicoutimi. Il va falloir commencer à préparer nos affaires.

— Et papa ?

Silence. Je n'osais plus parler. Le moindre geste prenait une tournure sinistre, à commencer par le repas qu'on a avalé sans joie. Moi qui avais mis tout le soin que j'avais appris d'elle pour faire une belle tourtière avec les lièvres que Ferdinand avait pris au collet et une perdrix que j'avais moi-même attrapée avec un tire-roches ! Elle l'a à peine regardée et n'en a même pas mangé. Une bonne odeur de gibier et de pâte croustillante courait dans la maison et, au lieu de s'en réjouir, ma mère s'est mise à me faire des reproches :

— Pourquoi le linge n'est pas lavé ? Et tu n'as pas pris tout le lard qui reste, au moins ?

Je me suis demandé si elle avait appris du nouveau sur mon père à Hébertville. Pourquoi ne parlait-elle pas ?

Les garçons, sentant que son humeur était à l'orage, ne disaient pas un mot. Mais eux aussi avaient bien entendu : on retournait à Rivière-Ouelle.

Petit à petit, cette phrase a fait son chemin en moi. Je regardais ma mère qui s'affairait à débarrasser la table avec des gestes brusques. Son visage était tendu, ses lèvres serrées. Elle souffrait. Mais elle ne voulait rien nous dire. C'était elle, maintenant, l'autorité : si elle décidait, on devait lui obéir. Mais si Étienne revenait ? Je me dis que, plus tard, je finirais bien par lui faire raconter ce qui s'était passé à Hébertville. J'étais d'accord pour obéir, mais je ne pouvais pas accepter sans explication qu'on efface l'image de mon père. Oui, je dis bien l'image : parce que depuis quelque temps je voyais son image dans ma tête. Lui, Étienne Bonenfant, le colon : je le voyais avec son front large, ses cheveux bruns en bataille sous la casquette de laine, les yeux rieurs et sa barbe de plusieurs jours quand il n'avait pas le temps de se raser. J'entendais sa voix, qui racontait nos histoires simples, et son rire... Il me manquait plus que je ne l'aurais cru. Ce n'était pas vrai ; mon père ne pouvait pas être un assassin.

J'allais sortir en me disant que je finirais bien par savoir pourquoi on partait quand j'ai vu venir quelqu'un au loin, du côté de chez Ouellet : une personne seule, une silhouette qui se détachait sur la neige. Mon cœur s'est mis à battre. Le marcheur portait une longue jupe. C'était une femme.

La visite de ma tante Marie-Éléonore, dans d'autres circonstances, ç'aurait été tout un événement. Surtout qu'elle avait son bébé avec elle, Barthélemy Hudon, son nouveau fils âgé d'un mois à peine. Mais sa présence nous a aidés quand même. Elle savait pour papa. Elle avait écrit aux gens de là-bas. Eux aussi savaient déjà : les mauvaises nouvelles voyagent toujours plus vite que les bonnes, même dans les pays de colonisation. Les colporteurs et les quêteux de toutes sortes se déclaraient souvent volontaires pour porter le courrier, «la malle» et, en prime, ils transmettaient des commérages et en masse de chouennes pour se mettre en valeur et augmenter leur prestige. Marie-Eléonore ne voulait pas croire ce dont on accusait son grand frère. Mais il était évident qu'elle essayait de ne pas en parler devant nous, les enfants. Elle était triste aussi d'apprendre qu'on allait partir. Mais ça, ce n'était pas la vraie cause de son chagrin. Elle pleurait doucement, mais elle n'a pas eu l'air de vouloir dissuader ma mère. Comme Félicité, torturée par la honte, elle se résignait, acceptait la fatalité qui nous accablait.

Ma mère tenait le petit Barthélemy dans ses bras. Il était rose et joufflu. Le visage de ma mère s'était détendu un peu. Mais pas pour longtemps. Après quelques instants de joie, une profonde tristesse s'était installée dans son regard. Songeait-elle à cet enfant qu'elle ne portait plus ? Ce petit qui serait né ici, sur notre terre du Lac-Saint-Jean ?

Je ne savais plus trop quoi penser. Je suis sortie marcher un peu malgré le terrain détrempé. Je ne savais plus où aller. J'ai foncé vers les troncs noirs pour me réfugier sous les branches, marcher, courir, oublier.

▼

Quand je suis rentrée à la maison, ma mère, l'air soucieux, parlait à ma tante Mélore. Elle n'avait sans doute fait que ça tout le temps que j'étais dehors. Je me suis faufilée sans bruit pas loin d'elles et puis j'ai pris le petit en charge avec Louis-Edmond. C'était une ruse car, à vrai dire, je n'avais pas tellement envie de m'occuper du bébé et de mon petit frère ; ce que je voulais, c'est que ma mère et ma tante en viennent à oublier ma présence et me permettent ainsi d'écouter leur conversation. J'avais compris depuis longtemps que les adultes qui sont préoccupés considèrent les enfants comme des bouts de bois : ils ne réalisent pas que les mots entendus ont parfois des résonances profondes dans leur cœur même si le sens leur échappe. La mémoire les garde intacts et leur signification éclate parfois des années plus tard.

J'avais donc prévu de me tenir tranquille et d'écouter. Je voulais savoir. Savoir ce qui s'était passé à Hébertville. Savoir pourquoi il fallait partir. Et si je découvrais une vérité qu'on s'efforçait de me cacher ? Allais-je apprendre quelque chose sur mon père et sur sa faute ?

Je n'ai pas eu longtemps à attendre. J'occupais mes doigts à des jeux de ficelles, mais toute mon énergie était concentrée sur l'écoute des mots prononcés à voix basse.

CHAPITRE 14

Un paradis de givre

— Tu comprends, Mélore ? Moi, des maisons alignées, un trottoir en bois et une vraie rue, ça faisait un bon moment que je n'en avais pas vu. J'avais des yeux partout. Et il y avait du monde ! Des femmes avec des paniers soulevant leurs jupes, des bœufs attelés à des planches qui descendaient vers le moulin. Ah ! je n'en revenais pas de me retrouver dans un vrai village comme à Rivière-Ouelle. Léonie m'a fait descendre de la charrette et on a marché vers le magasin.

— C'est pas surprenant. Hébertville a grossi et tu n'y es jamais allée.

— Comment veux-tu ? On n'a pas de chemin ! Ah ! que j'étais donc excitée. Et puis, je me suis mise à les regarder, les gens. Ah ! bien là, j'ai reconnu le grand Malenfant de Saint-Pacôme. Sa femme aussi. Ils avaient changé un peu. Elle a encore engraissé, si tu avais vu sa bedaine !

Ma tante pouffa de rire et chuchota :

— Ou bien elle attend de la visite !... Mais, a continué ma tante d'une voix plus grave, eux, est-ce qu'ils t'ont reconnue ?

— J'peux pas dire. J'aurais voulu aller leur parler. Mais je n'ai pas osé. J'ai vu l'un des frères Gagné du rang des Côtes passer avec son cheval. Il m'a regardée en pleine face. Je suis sûre qu'il m'a reconnue. Tu sais bien, l'air de famille Michaud, tout le monde le dit que ça pardonne pas. Je me souvenais de lui comme un gars bien avenant, mais là, pas le moindre petit sourire. Il a passé tout droit sans s'arrêter. Et moi, bien, j'ai laissé faire. En tout cas, je me suis pas gênée pour les écouter. Ils avaient l'accent de par chez nous. Je me suis demandé s'ils faisaient exprès pour pas me voir... Et puis après, on est arrivées au magasin de la compagnie. Ça faisait longtemps que j'avais pas vu ça un vrai commerce. Ah ! l'odeur de la cire et des

épices ! Il y avait deux femmes devant le comptoir. Eh ! bien,
imagine-toi que quand elles nous ont vues...

— Sais-tu qui c'était ?

— Je pense que l'une était une Girard, grande et mince.
L'autre, je ne l'avais jamais vue. Elles nous regardaient avancer et j'ai bien compris que leurs belles façons avaient comme
figé là sur leur visage.

« Un petit commis arrivait avec une poche de sucre. Les
deux femmes se sont écartées et se sont dirigées vers la porte.
Le petit commis a posé le sac par terre et s'est écrié :

« — Hé ! Madame Saint-Gelais, c'est votre sucre, vous le
voulez plus ?

« — Je reviendrai plus tard, a dit la dame en levant la tête
bien haut.

« Les deux femmes sont sorties en faisant claquer la porte.
Puis, le gérant est arrivé ; il était habillé comme un bourgeois
de la ville. Un gilet à boutons, une chaîne en or traversait son
ventre. Le commis avait dû aller le chercher au fond de la
maison. Debout derrière le comptoir, il nous regardait sans
faire de façons. Léonie m'a chuchoté :

« — Sors tes pitons et fais ça vite.

« J'étais trop étourdie par le plaisir d'être dans un vrai
magasin et de voir les étagères garnies de tant de marchandises.
Mes yeux allaient des rouleaux de tissu empilés aux chaudrons
pendus à des clous. Les odeurs diverses me tournaient la tête.
J'ai sorti mes pitons et je les ai posés sur le comptoir. Puis, j'ai
fini par articuler :

« — Je voudrais un sac de farine et de la mélasse.

« C'est là que j'ai senti le silence. Je me suis retournée et
j'ai vu, dirigés sur moi, tous les regards des vieux qui fumaient
leur pipe près du poêle. Personne ne parlait, mais je ne comprenais pas ce qui se passait. Alors le gérant a demandé :

« — Madame Bonenfant ?

« — Ah ! vous savez mon nom ? ai-je dit.

« Et puis tout d'un coup, j'ai tout compris. Le silence. Les
regards. Les femmes. On a pris les marchandises et on s'est
dirigées vers la sortie. Le cœur me cognait. J'ai baissé les yeux
et j'ai foncé vers la porte. Ouf ! Mais là, tout d'un coup, il y
avait plein de gens en bas de la galerie. Un attroupement. Des

gens qui placotaient. À notre vue, le silence, encore une fois. Mes yeux étaient brouillés de larmes. Je ne voyais plus rien, je voulais juste m'en aller de là. Léonie m'a pris le bras et soudain les gens se sont écartés. J'ai levé la tête. Quelqu'un venait vers moi. Un homme en soutane. Je ne l'avais jamais vu de ma vie, mais je savais que c'était le curé. Dans un éclair, j'ai pensé avec un tout petit soulagement qu'il allait me sauver, peut-être.

«Nous étions déjà sur les marches de l'escalier. Il s'est avancé et m'a tendu la main.

« — Madame Bonenfant, venez. Je voudrais vous parler.

«Je tremblais comme une feuille. J'ai quand même réussi à dire :

« — Moi aussi, je voudrais vous parler.

«Alors, le curé nous a amenées toutes les deux vers la petite chapelle neuve qui sert d'église paroissiale au nouveau village.»

▼

Le bébé s'agitait et se tortillait dans mes bras. Il s'est mis à crier.

— Tante Mélore, as-tu une couche propre? Je vais changer Barthélemy.

— Ah! C'est pas ça son problème. Il a faim. Amène-le, je vais arranger ça, a lancé ma tante.

J'étais un peu déçue, car j'avais peur de perdre mon poste d'écoute. Ferdinand était resté dehors à couper des bûches. Si elle m'envoyait le rejoindre? J'avais la tête pleine des paroles entendues. Mais je n'avais pas envie de rater la suite, s'il y en avait une. Alors, j'ai proposé :

— Je vais faire manger Tit-homme. Il a faim, lui aussi.

Et j'ai recommencé à prêter l'oreille au discours de ma mère et de ma tante entrecoupé par les cris d'enthousiasme de mon petit frère, qui adorait les patates rissolées.

— Bien, oui, je vais vendre la vache, les poules, le cochon. On va partir avec ce qu'on a, a poursuivi ma mère.

— Où iras-tu?

— Je le sais pas encore. Chez nous ou bien...

— Ou bien quoi ? Dans la maison d'avant ? Penses-tu que Victor serait content de vous voir arriver ? Siméon va s'en aller bien vite. Angèle aussi.

Félicité Bonenfant soupirait. Puis elle s'est mise à parler ; on aurait dit qu'elle parlait pour elle toute seule sans se soucier de Marie-Éléonore qui allaitait son enfant, le dos au mur.

— Ça me semble tellement loin. Je commençais à me faire à l'idée que notre vraie vie, c'était ici au Lac-Saint-Jean. La maison de grand-mère Bonenfant, elle est à Victor maintenant. La terre aussi. Mais c'est pas juste que tout repose sur les bras d'un seul homme. C'est trop. Tu te rends compte ? Pense à ce que tu ferais si Marcellin disparaissait. Nous, les femmes, on dirait qu'on est juste bonnes à faire le fignolage. Si Ferdinand était plus grand, je dis pas, peut-être que je pourrais rester. Mais comment veux-tu qu'on dessouche, qu'on fasse l'abattis, qu'on sème et en même temps que je file la laine, que je couse les habits d'hiver et que je lave le linge ? Qui va reconstruire la remise ?

Marie-Éléonore n'osait pas répondre. À vrai dire, elle ne savait pas du tout ce qu'elle aurait pu répondre. Elle savait trop bien que sa belle-sœur avait raison. En pays de colonisation, les bras d'une femme sans mari ne valent rien. Et pourtant... sans ces bras-là, bien des colons ne survivraient pas.

— C'est pas à cause, a continué Félicité d'une voix qui s'acheminait malgré elle vers les sanglots. Je ne sais pas où je vais aller. Mais le curé m'a bien fait comprendre que j'avais le scandale attaché aux épaules. Il m'a dit que ma présence était un exemple de péché. Il a déjà tout jugé, lui. Sans même savoir.

— Y a juste une façon pour toi de rester. Une seule. Ce serait... si tu te remariais. Il y en a plein des hommes ici qui demanderaient pas mieux. Comme ça...

J'ai toujours trouvé ma mère plutôt calme et raisonnable. Mais là, levant les yeux, j'ai vu son visage devenir rouge de colère. Elle a explosé :

— Comment peux-tu dire une chose pareille quand tu sais même pas si Étienne est pas caché dans le bois, à quelques lieues d'ici ? En plus, c'est peut-être même pas lui qui est le coupable ! Et puis pourquoi il serait mort, mangé par les loups, hein ? Il attend peut-être que les rumeurs se calment pour revenir faire sa terre !

— Cesse de t'énerver ! Je sais bien qu'il s'est peut-être sauvé. Mais... puisqu'on l'accuse, il serait peut-être mieux de pas revenir.

— Tu veux dire qu'il est pas mieux que mort ?

— Presque...

— Comment veux-tu que j'accepte que l'homme avec qui je vis depuis quinze ans soit devenu un meurtrier tout d'un coup. Des fois, il prenait des colères, c'est vrai, mais tout de même... tout de même... moi, j'arrive pas à le voir en assassin. Écoute, Marie-Éléonore, c'est ton frère après tout ; tu le connais autant que moi, dis-moi pas.... Et qui sait s'il est pas déjà de retour là-bas, lui, dans notre vieille paroisse ?

Félicité a joint ses mains sur ses genoux et a murmuré :

— Me remarier... me remarier ; et qui c'est qui voudrait de la femme d'un assassin, hein ?

— Dis pas ça.

— Y a pas trente-six manières. J'ai pensé et repensé tout ça dans ma tête au moins mille fois, Mélore, tu peux me croire. Avant d'en arriver là, j'ai tout essayé pour savoir. Au village, j'ai pilé sur mon orgueil et ma timidité et je me suis cachée près du moulin pendant des heures. J'ai questionné des inconnus, les voyageurs, les porteurs de « malle », les commis des chantiers. Je suis même retournée voir le curé pour le supplier d'écrire à Chicoutimi pour demander qu'on fasse une vraie enquête. J'ai fait ça en secret pour ne pas alerter les enfants... s'il était rendu aux États, on pourrait au moins savoir ça, savoir qu'il est sauf, non ? On peut bien accuser un coupable et faire de la misère à ses proches mais juste quand on est sûr des faits, pas quand on sait rien ! Mais mon Dieu, Mélore, tu peux pas imaginer comme le monde est méchant ! Même les hommes de Dieu qui disent qu'ils nous préparent au ciel ! Ha ! mais ils ne savent pas ce que c'est que d'aimer son homme et d'avoir mal. Ils ont une telle peur du scandale qu'ils oublient que les gens ont un cœur et pas juste une âme. J'ai tout envisagé et je sais aujourd'hui que la seule chose qu'on pourrait faire, c'est de prendre un engagé pour survivre en attendant... Ou bien si...

— Si quoi ?

— Eh! bien, si... mais non, ça se peut pas...

Et la voix de ma mère s'est perdue dans le silence. Je pouvais entendre le bruit que faisait le bébé en tétant. Louis-Edmond a roté et s'est mis à rire! Ma tante Mélore a laissé couler un temps, puis j'ai tendu l'oreille encore plus. Ma mère m'a lancé un regard, mais je me suis affairée autour du poêle.

— Quoi? Dis-moi, a repris Mélore à voix plus basse.

— C'est vrai qu'elle est encore bien jeune, mais si Georgina se mariait, elle... avec quelqu'un d'ici…, a dit ma mère.

Mon cœur a fait un bond.

— J'avais pas pensé à ça, a répliqué ma tante. Mais tu vois le nouveau ménage se ramasser avec cinq personnes au lieu d'une?

— On a déjà vu ça.

— Peut-être bien.

— Sauf que j'ai pas le cœur de souhaiter ça à Georgina. Elle a déjà son tempérament bien à elle. C'est pas la plus obéissante qui soit.

— Bien, alors, il y a pas gros de moyens. Tu as bien raison : tu vas être obligée de partir.

Marie-Éléonore a soupiré puis, berçant le petit repu de lait, a laissé couler sur ses joues des larmes amères, larmes de femmes prises au piège, impuissantes à défendre leur existence et guettées par le doigt accusateur du scandale, même ici, au fond de la forêt, dans ce pays de colons.

▼

Me marier! Me marier! Avec qui?

Je ressentis un choc que j'essayai tant bien que mal de camoufler. Bien sûr, j'avais déjà, dans mes rêveries, entrevu un futur lointain où j'aurais charge d'enfants. Toutes les filles de mon âge cultivaient ces images un peu floues d'une maisonnée pleine d'enfants. Souvent, mes fantasmes à moi me renvoyaient à des cordes à linge et à des chaudrons. Mes visions intérieures me montraient des visages d'enfants toujours beaux mais rarement avais-je devant les yeux l'image du père, encore moins de l'époux! Me marier! Ah! j'en parlais parfois avec mes amies, Rosemarie et Flavie, mais il me semblait que cet événement lointain, et inévitable à moins de faire une sœur, demeurait imprécis et plein de peur. D'un seul coup, ma mère m'avait, peut-être sans le savoir, lancé cette idée au visage. Et d'un seul coup aussi, j'ai compris que le mariage pouvait être autre chose qu'un choix. J'en découvrais l'aspect presque technique : une solution pour venir à bout d'un malheur. Et j'ai eu la frousse.

Dans un tout petit coin de ma tête, j'entendais une voix que j'essayais de faire taire et qui posait une question horrible : « Une fille d'assassin est-elle bonne à marier ? Est-ce que c'est aussi pire qu'une épouse d'assassin ? »

J'ai vite chassé ces pensées hors de moi et me suis rabattue sur ma tante. Elle, que j'aimais et admirais, était un peu mon modèle ; elle avait épousé son Marcellin pour d'autres raisons, j'en étais sûre. Je le savais d'instinct, sans le lui avoir jamais demandé, à cause de son regard et de sa gaucherie lorsqu'elle se trouvait en présence de son mari. C'était probablement ça être amoureux.

On s'est mis à table tous ensemble. On a parlé d'autre chose : de la petite Aliette qui était restée chez des voisins, du temps, des chemins. Tout était bon pour éviter de parler de nous. Maman gardait sa rage en dedans et parlait peu. Après la vaisselle, j'ai ouvert la porte pour regarder dehors avant la nuit. J'ai été frappée par une blancheur soudaine qui descendait sur la forêt. Une brume légère couvrait tout le paysage et enveloppait notre décor noir, même le gros orme qui se dressait fier et droit, lançant ses branches vers le ciel comme des bras ouverts pour accueillir quelqu'un. Lui aussi avait disparu dans la brume blanche du soir. C'était drôle, on ne voyait rien devant soi, tout était blanc. Je trouvais ça si beau que j'ai dit à ma tante :

— C'est donc plaisant. On dirait... le paradis !

J'ai vu que ma mère et ma tante échangeaient un regard.

Mélore et moi, on a dormi ensemble. Dans le noir, je me serrais contre son dos et elle riait. Elle sentait à travers sa chemise mes seins qui poussaient et elle s'est mise à m'agacer.

— Mademoiselle Georgina a une belle poitrine, hein ?

— Bien quoi, comme toi !

— Mais moi, je suis une mère de famille !

— T'as quand même juste cinq ans de plus que moi.

— Ah ! mais moi, je suis mariée...

Cachant mon émoi, j'ai commencé à la chatouiller. Je voulais et je ne voulais pas qu'elle me parle de ça. Elle s'est mise à rire et elle est redevenue une petite fille, comme je l'étais. Pourtant, j'avais bien envie de lui dire ma peine et de savoir ce qu'elle, Mélore, à ma place elle aurait fait. Ma mère s'est fâchée parce qu'on faisait trop de bruit.

— Voulez-vous bien dormir, petites chipies. Vous allez réveiller le bébé !

J'ai enfoncé ma tête dans le cou de ma tante. J'étais bien dans sa chaleur. Doucement, j'ai soufflé dans son cou. Enfin j'ai dit, si bas que seule elle pouvait entendre :

— Ma tante, avec qui penses-tu que je vais me marier ?

Marie-Éléonore s'est retournée tout d'un bloc.

— Tu as entendu, alors.

J'ai fait signe que oui.

— Ne crains rien : c'est une idée comme ça, mais ça n'a pas de bon sens.

On est restées enlacées et je n'ai plus rien dit. Ma tante Mélore avait le cœur gros, je pense ; elle m'a caressé la tête et elle m'a donné un long baiser sur le front.

— Je pense que ta mère a pris la bonne décision. Tu vas voir comme tu vas être contente de retourner à Rivière-Ouelle. Et quand le chemin sera fini, tu viendras me voir, hein ? Pense plus à ça.

Longtemps, j'ai songé aux jours à venir. J'allais revoir le fleuve, traverser le Saint-Laurent encore une fois. Je retrouverais Victor, les moutons, les autres oncles et les tantes, les côtes, le vieil érable à l'entrée du rang, l'église, les battures. Et l'image de ces montagnes noires en face, de l'autre côté du fleuve. Peut-être que je pourrais retourner à l'école ?

Je repensais au voyage en goélette, à l'arrivée sur la terre d'ici, aux mouches noires. Les joies, les peines mêlées. Je revoyais le lac, le lac immense avec les paillettes de soleil qui le faisaient briller. Les petits fruits. L'ours. Les Indiens. Je me refaisais dans ma tête l'histoire de ma vie. Et la maison ? Flavie et Rosemarie, que j'avais juré de ne jamais quitter ? Je revoyais des mains qui tremblent et un sourire gêné. Vital ! Vital dont le regard franc m'avait troublée. Tout ça resterait et moi... je ne serais plus là.

Bientôt, le seul sentier qui nous reliait aux autres allait devenir impraticable à cause de la fonte des neiges et le gonflement des rivières. La pauvre piste serpentant jusqu'à Hébertville aussi. Il faudrait attendre. Attendre que les glaces fondent, que les ponts soient refaits ; attendre et puis s'en aller. S'en aller... autant partir tout de suite, mais je savais bien que ce n'était pas possible.

Et puis le sommeil nous a prises toutes les deux.

J'ai fait un rêve compliqué où je courais dans une forêt noire sans jamais arriver au bout. Les arbres toujours plus nombreux barraient mon chemin et le sentier se dérobait à mesure que j'avançais. Et au loin, il y avait... Vital. Vital ! Il était immobile et souriant. Je courais plus vite, mais je n'arrivais pas à l'atteindre.

Au matin, mon rêve s'était évanoui, mais il me restait en mémoire le visage de Vital Ouellet. Dehors, tout était transformé. La brume du soir avait disparu et à sa place le ciel était bleu clair, le froid coupant. Les branches nues des arbres, les aiguilles des sapins, tout était devenu blanc. On n'était plus dans une forêt noire : on avait changé de monde. Debout à la fenêtre, j'ai crié :

— Venez voir ! C'était vrai pour hier : on y est... au paradis !

On était tous muets devant tant de beauté. C'était comme si toutes les branches nues, les aiguilles, les quelques fardoches sortant la tête de la neige s'étaient parées de givre pour nous faire la fête. Chaque petite brindille scintillait dans le soleil. On n'osait plus parler de peur que ce décor si lumineux s'évanouisse. Une émotion étrange me serrait le cœur. Je restais là à regarder, le souffle coupé, découvrant sous un jour inusité le triste lieu où nous avions vécu. Puis, des geais, des mésanges, insensibles peut-être à cette parure, se sont mis à voleter dans les arbres et à faire dégringoler la fine poudre blanche. Les rayons du soleil ont accompli le reste. En une petite heure, tout était redevenu comme avant, noir et menaçant, hostile aussi maintenant que je savais qu'on allait partir.

Toute la journée, l'image de la blancheur lumineuse est restée en moi. Je ne pouvais pas l'oublier. Je regardais l'orme, gris comme il avait toujours été, mais je le voyais scintillant, vivant, magique et j'imaginais les liens étranges qu'il entretenait avec les oiseaux migrateurs qui passaient sur nos têtes de plus en plus souvent.

Une infinité de détails, minimes en eux-mêmes, me rappelaient mon attachement à ce lieu. Qu'est-ce qu'une roche au bord d'un ruisseau ? Un arbre au milieu d'une clairière ? Un peu de frimas sur une branche ? Et le chat sauvage qui venait boire comme moi, au même endroit, chaque printemps ?

Qu'est-ce qui m'arrivait, moi qui raffolais des excursions et des voyages et qui suppliais mon père, avant, de m'emmener toujours plus loin, plus souvent ?

Tout à coup, j'ai pensé à grand-mère Bonenfant et au fameux repas où mon père avait crié à sa mère de garder sa « maudite horloge ». Elle y tenait, elle, à son bien. C'était curieux de me souvenir si bien de ça. Ça m'avait sûrement impressionnée. Ma grand-mère qui ne voulait pas qu'on s'en aille... et qui ne voulait pas partir, elle non plus.... Je devais tenir ça d'elle alors ? Pourquoi est-ce que, moi qui avais tant voulu revoir le fleuve et qui avait tant haï les arbres au début, tout à coup, je sentais confusément que je n'avais pas envie de partir ?

Est-ce que c'était ça, l'attachement ? Qu'est-ce que ça voulait dire, l'appartenance à un pays ? Brusquement, j'ai éclaté en sanglots. Trop de sentiments contradictoires se faisaient la bataille dans mon âme. Au fond, j'avais envie de retourner à Rivière-Ouelle, de reprendre mes habitudes dans la maison, de passer mes jours avec la famille des cousins, de la parenté. Mais allais-je revenir un jour, revoir ce morceau de moi-même, mon coin à moi, ici, dans le canton de Métabetchouan ? J'entendais l'affreuse réponse : non, non, non, et je me suis mise à crier de rage et de chagrin.

▼

Entre ma mère et moi, la tension était grande Elle pleurait souvent mais restait muette. Je ne savais plus comment l'aborder : un rien la contrariait. Un soir, exaspérée de son silence, je me suis fâchée.

— Maman, parle-moi ! Dis-moi ce qui va nous arriver. Je suis assez grande pour comprendre ! Est-ce vrai que... si je me mariais, on pourrait rester ?

Elle m'a regardée sans répondre. Je ne pouvais plus supporter sa tristesse et le secret qui entourait notre départ, que la disparition de mon père rendait encore plus insupportable. J'ai crié :

— Parle ! Parle !

Enfin, ma mère a compris que mon chagrin était trop grand. Elle a fini par se radoucir et elle a ouvert une partie de son cœur. Le soir, la flamme de la lampe baissée, après mes multiples questions restées sans réponse, elle a fini par m'avouer que les paroles du curé avaient précipité sa décision de retourner vers le Bas-du-fleuve.

— Qu'est-ce qu'il t'a dit ? Répète-moi ce qu'il t'a dit, maman. Je veux savoir.

Tandis que les deux plus jeunes dormaient, ma mère m'a raconté. Les mains sur la table, elle a pris une voix solennelle et elle a recréé pour moi le discours du curé, ou plutôt son sermon, car c'en était un, même s'il n'avait pas été prononcé du haut de la chaire. À la lueur de la lampe à l'huile, on se serait cru à l'église.

« D'abord, il m'a fait asseoir devant lui. Léonie a dû m'attendre dehors. Il a dit :

« — Ma chère enfant, vous devez accepter cette épreuve chrétiennement. La prière va vous aider et une plus grande fréquentation des sacrements. Là-bas, loin du Seigneur...

« J'ai dit que j'avais prié mais qu'on n'avait pas d'église, nous. Il le savait. Puis, j'ai ajouté :

« — Étienne n'est peut-être pas coupable : il va peut-être revenir.

« — Avec un tel péché sur la conscience, je doute qu'il revienne. D'ailleurs, où pourrait-il aller ? Personne ne voudra de lui. Le scandale est collé à sa peau à cause de ce geste terrible qu'il a commis... Même le pardon de Dieu...

« — Mais on ne sait même pas ce qui s'est passé... ce n'est peut-être même pas lui...

« — Toutes les apparences sont contre lui. La justice civile est encore pire que la justice divine, ma pauvre enfant. À cette heure, ou il a péri ou il est déjà loin d'ici. Dans les deux cas, il faut prier pour son salut. Le mieux que vous puissiez faire, c'est d'oublier et d'espérer qu'il soit mort.

« — Parfois je me demande ce que ça veut dire la justice. Elle n'est pas pareille pour tout le monde, la justice... Et la terre? Le contrat pour le lot?

« — La compagnie de M. Price s'engage à reprendre vos dettes à son compte. Votre mari n'avait pas le titre de propriété?

« — Il s'était engagé avec la Société pour la construction du chemin Kénogami...

« — Remerciez M. Price de ne rien vous réclamer pour ce qui s'est passé au chantier. C'est un grand bienfaiteur. Mais de grâce, madame Bonenfant, retournez dans votre famille sur la Côte-du-Sud. C'est votre seul espoir. Faites ce sacrifice pour vos enfants; sinon, ils seront marqués toute leur vie par le scandale. Votre parenté vous aidera et vous tâcherez d'expier sa faute, le reste de votre vie...»

— Je n'avais plus grand-chose à dire après ça. Il a déclaré qu'il allait prier pour nous.

Adossée à un grand pin dont les branches commençaient très haut au-dessus de ma tête, je regardais au loin notre lot qu'on distinguait à travers les troncs. Une rage sourde courait dans mes veines et crispait les muscles de mon corps. La résignation qui habitait ma mère me hérissait. Je n'ai même pas sursauté quand un pic-bois s'est mis à taper du bec comme un fou sur la vieille écorce. D'un mouvement de tête, j'ai laissé mon regard balayer mon horizon : un petit lopin défriché, des souches énormes montrant leurs racines et, arraché à la forêt, un tout petit espace pour vivre, couvert de neige sale, et la fumée venant de la maison qui filait dans le ciel. Qui allait venir s'installer chez nous, dans notre maison avec sa belle fenêtre? Quels bras d'hommes et de femmes allaient poursuivre notre tâche? Est-ce qu'ils la construiraient, eux, la maison blanche avec un toit qui penche et une galerie tout autour ? Et verraient-ils, un jour, des champs sans roches où pousseraient l'orge et l'avoine ?

J'aurais dû m'y attendre puisque c'était la saison, mais le cri des outardes m'a surprise une fois encore. Un immense voilier de belles voyageuses a traversé le ciel. Je les regardais passer, image d'énergie et de détermination : en rang comme pour le défilé de la Fête-Dieu, elles allaient leur chemin.

▼

Ma mère a vendu les animaux. Plusieurs fois elle a dû se rendre à Hébertville pour régler des affaires. On n'en parlait jamais. Tout ce que je sais, c'est qu'elle en revenait chaque fois plus misérable. Le curé, l'agent de la compagnie tenaient-ils des discours menaçants ? Sans doute, car je sais que ma mère vivait dans la seule attente du départ.

La neige fondait vite ; un vent de plus en plus chaud balayait la forêt. On entendait partout ruisseler l'eau des ruisseaux et des torrents grossis. Mais on n'avait pas le temps de regarder arriver le printemps. On paquetait. Elle a donné nos quelques meubles et on a passé de longues heures à faire le tri de ce qu'on allait pouvoir emporter.

— Tu viendras chercher les chaises, Léonie. Elles sont solides : c'est Étienne qui les a faites.

Il ne nous restait que ce qu'on pouvait prendre sur la goélette. Mon oncle Marcellin nous promit de récupérer nos coffres et de les envoyer plus tard, quand la navigation serait plus facile. Les Ouellet et les Boivin, nos plus proches voisins, et aussi les Jean venaient de plus en plus souvent nous réconforter. Je retardais de jour en jour le moment de faire mes adieux à Flavie et à Rosemarie. Quand elles venaient, je les regardais à peine ; je n'ouvrais pas la bouche. J'avais trop mal.

On ne savait plus très bien si on était tristes ou contents. Il y a de ces situations où se sent comme suspendu en l'air, sans connaissance ni sentiment, spectateur insensible de sa propre vie.

Maman m'a dit :

— Enveloppe l'horloge dans la couverte. On va la mettre dans le coffre.

— On l'apporte ? ai-je demandé.

— C'est le bien des Bonenfant.

J'ai grimpé sur le banc et j'ai empoigné l'horloge sur sa tablette. Ah ! qu'elle pesait ! Sa vitre s'est ouverte et j'ai vu luire le cadran. Le balancier a cessé de bouger quand je l'ai couchée dans l'étoffe. L'horloge de grand-mère Marie-Rose. Elle était vraiment jolie, avec ses colonnettes vernies et les roses sculptées dans le bois sombre. J'ai pris soin de mettre la clé dans la boîte avant d'enrouler l'étoffe tout autour, bien solidement. Puis je me suis relevée. Plantée au milieu de la pièce vidée, j'ai brusquement frappé par terre avec mon pied. Ma tante Marie-Éléonore m'a regardée. Ma mère s'est tournée vers moi, les yeux inquiets. Ferdinand, qui triait des outils, Louis-Edmond aussi, tout le monde s'est arrêté de faire ce qu'il faisait. Je me tenais droite, la tête haute. J'ai pas parlé gros. J'ai juste dit :

— Moi, je pars pas, je reste.

Tout ce dont je me souviens, c'est que j'ai tenu mon bout malgré les pleurs, les soupirs et la gifle de ma mère. J'ai refusé de changer d'idée. Pour une fois, depuis longtemps, j'étais en paix avec moi-même.

Ma tante est venue à ma rescousse en calmant ma mère :

— Laisse-la venir avec nous ; on a la place. Elle m'aidera avec les enfants.

Et à moi :

— Georgina, tu vas rester chez nous. Après, on verra.

La petite Aliette, en se précipitant vers moi, a trébuché sur l'horloge et est tombée. Tout de suite elle s'est mise à hurler. Alors, on s'est concentrés sur ce petit chagrin, ce qui faisait bien l'affaire de tous.

À l'heure du départ, les baluchons entassés sur le traîneau tiré par Miraut, ma mère a pris la main de Louis-Edmond. Ferdinand suivait derrière.

Impossible de dire, sinon en pensant au plomb qui fait couler à pic une ligne à pêche, comment se comportait mon cœur. Ma mère a avancé dans la boue. Puis, elle a lâché la main du petit. Elle a saisi le paquet informe sur le traîneau et elle est venue vers moi.

— Georgina, garde-la. C'est à toi. N'oublie pas de la re-monter tous les soirs.

J'ai pris l'horloge et je l'ai posée avec précaution près de la corde de bois. Puis, je me suis retournée vers elle. On s'est em-brassées sans dire un mot. Mon cœur cognait comme le sien. Ma vie, mon enfance s'en allait dans le chemin. Maman.

Je ne pouvais pas faire autrement que rester.

Ici, c'était mon pays.

Deuxième

----

partie

Ho girato abbastanza il mondo da sapere che tutte le carni sono buone e si equivalgono, ma è per questo che uno si stanca e cerca di mettere radici, di farsi terra e paese, perché la sua carne valga e duri qualcosa di più che un comune giro di stagione.

J'ai assez parcouru le monde pour savoir que toutes les chairs sont bonnes et se valent, mais c'est justement pour ça qu'on se démène et qu'on essaie de prendre racine, de se faire une terre et un pays : pour que votre chair vaille quelque chose de plus et dure plus qu'une banale suite de saisons.

Cesare Pavese

C H A P I T R E 15

La grande visite

— Le grand patron ? Quel grand patron ? M. Langlais du moulin ?

— Mais non, godiche ! Le chef *foreman*, celui à qui appartiennent des centaines et des centaines d'arpents de terres en bois debout et presque tous les moulins de Chicoutimi jusqu'ici au Lac-Saint-Jean ! Price ! Le père Price ! De la *William Price and Company !*

— À Hébertville, il vient ?

— Oui, chère, le grand *boss* Price lui-même en personne, et il s'en vient rester ici, dans la maison. C'est le *foreman* du chantier du Grand-Brûlé qui est venu nous avertir que le grand *boss* faisait sa tournée des chantiers et des moulins. T'as pas vu comme notre madame est énervée ?

C'est la cuisinière, Henriette Plourde, qui m'avait annoncé la nouvelle. Petit à petit, j'avais fini par comprendre que la visite d'un gros bonnet de cette trempe, c'était autre chose que celle du curé ou de l'un ou l'autre des marchands de Québec qui avaient l'habitude de s'arrêter à la maison. Oup la ! d'la visite comme ça, ça vous escoue une journée pas pour rire. Tout le village était au courant mais savoir, ce n'est rien : une nouvelle, ce n'est qu'une suite de mots colportés de bouche à oreille. En ce qui me concernait, la conséquence de ces quelques mots était un surcroît de tâches à accomplir en plus de l'ordinaire. Mais ça mettait un peu de fièvre dans la routine et ce n'était pas pour me déplaire. Je n'ai pas eu le temps de flâner : j'ai balayé les escaliers, lavé les vitres, laissé entrer la lumière du jour dans le petit salon et épousseté tout ce que j'ai pu sous le regard souriant du curé, le frère de monsieur, qui trônait dans son cadre doré avec son petit col à bavettes comme deux ailes noires sous le menton. Il fallait ensuite sortir les effets des garçons, Oscar, Jean-Baptiste, Télesphore et Hector, de la chambre d'en bas, pour faire de la place au visiteur. Et dans la cuisine, alors, c'était le jour de l'An qui recommençait ! Madame avait recommandé à Henriette de soigner ses pâtés et ses croquignoles plus que jamais.

Tandis que je repassais la nappe de lin brodée, je me suis mise à penser à cet homme qui allait venir. Toute la journée j'avais tendu l'oreille et posé des questions à Henriette. Emportée par la frénésie des préparatifs, je participais à l'excitation générale, mais un malaise s'était glissé en moi. Ce Price, le grand *boss* de Québec, c'était donc lui qui ouvrait des chantiers partout, qui faisait couper du bois pour l'expédier sur ses bateaux vers l'Angleterre où il ne restait pas un seul arbre debout, c't'accroire ? Était-ce lui aussi qui envoyait des Indiens bûcher sur nos terres ? Je me souvenais de la lettre que j'avais écrite sous la dictée de mon père. Et si c'était lui aussi, le William Price, qui avait payé pour le retour en goélette de maman et de mes frères ? Alors, il saurait pour mon père. Sûrement que le nom de Bonenfant le lui rappellerait. J'ai commencé à avoir peur. Le fer chauffé sur le poêle courait sur l'étoffe plissée et je m'efforçais de ne pas brûler les coins. Il fallait repasser vite, car le fer refroidissait. J'en avais mis un autre à chauffer, mais il était trop lourd et j'avais du mal à le faire glisser sur les broderies. Je me rendais compte que ma fierté d'avoir à servir à table un gros bonnet comme cet homme et le soin que j'avais mis à bien tirer la courtepointe sur le lit, de plaisir s'étaient mués tout à coup en une crainte terrible. J'avais envie de quitter cette maison qui allait devenir, le temps d'une journée et d'une nuit, un lieu de supplice pour moi. Je croyais avoir enterré depuis longtemps dans le plus profond de mon être ce que m'avait raconté maman de ses serrements de cœur éprouvés devant les regards hautains des bourgeois d'Hébertville. Mais cette visite annoncée le faisait tout à coup resurgir. Il n'y avait qu'une seule solution : il ne fallait pas que ce « monsieur » Price entende mon nom. Il fallait que je passe inaperçue. Voilà. Quoi de plus facile pour une servante sans couleurs dans une maisonnée toujours pleine d'enfants, de fournisseurs et même de dignitaires ? Ma décision était prise : j'allais étouffer ma curiosité et n'apparaître devant le « monsieur» que par absolue nécessité. Et si on parlait de moi dans mon dos ? Beau dommage ! Mais je me doutais bien que Calixte Hébert, prospère marchand d'Hébertville, mon patron, aurait bien d'autres questions à discuter avec son illustre visiteur que le nom de famille de sa petite servante.

Je pelais les patates dans la cuisine quand on a entendu les grelots de la carriole qui amenait le grand *boss*. Tout le monde était aux fenêtres pour le voir arriver. Et il y en avait plus d'un, et plus d'une, dans la rue principale, qui n'avait rien à faire dehors mais qui s'attardait pour avoir la chance de le voir passer. La nuit tombait déjà, madame avait allumé les lampes et rectifiait sa tenue. Je l'ai vue s'avancer vers l'hôte dès qu'il a mis le pied sur la galerie et qu'il est entré en ôtant son gros chapeau de poil. Il avait une chevelure blanche comme la neige, des joues mordues par le froid ; et sa voix sonore a résonné dans toute la maison, une voix avec une drôle de façon de prononcer les a :

— Madame Hébert, mes hommages !

Vite, j'ai refermé sans bruit la porte de la cuisine. J'étais déroutée par son apparence et sa stature. Dans ma tête je l'avais imaginé mi-roi paré d'or, mi-diable habillé de noir – je ne savais jamais trop à quoi m'attendre avec les possédants, les gens qui avaient du bien et du pouvoir – et voilà qu'apparaissait un homme simple, vêtu comme les hommes d'ici, aux yeux clairs et rieurs, avec un gros nez et surtout une tête blanche qui m'avait tout de suite fait penser à mon grand-père Michaud de Rivière-Ouelle !

Les éclats de conversation ont fusé, de même que les rires et la voix profonde de l'invité, qui prononçait les mots français d'une façon si étrange.

— Il parle pas si mal, pour un Anglais, murmura Henriette derrière moi.

Tiens, c'est vrai, c'était un Anglais ! Un *boss* de Québec qui, depuis vingt ans, m'avait-on raconté, venait à pied avec des guides, par les chemins de Baie-Saint-Paul, ne craignant pas de coucher sous la tente en plein hiver, pour rendre visite à ses contremaîtres et à ses gérants, pour régler les conflits des chantiers et vérifier le fonctionnement de ses moulins et les expéditions de bois.

Ce n'est qu'au cours du souper que je l'ai vu de près. J'étais fascinée par sa figure joviale, sa simplicité et le plaisir qu'il démontrait à manger et à boire du vin français que Mme Hébert servait elle-même. Les enfants autour de la table le regardaient, éblouis, en silence. Le curé, invité pour la circonstance, ne parlait pas beaucoup mais répondait aux questions que le marchand lui posait.

— Vous avez toujours pas d'église, monsieur l'abbé?

— Une petite chapelle en bois, pas grande, répliqua le curé en indiquant la direction de la côte surplombant la rivière. Vous viendrez voir ça demain.

— Vous pensez pas que c'est le temps de... de bâtir une grande... une belle église, aussi belle que celle de Saint-Paschal? Votre frère, le curé, serait bien content, hein, monsieur Hébert?

— Construire une église? demanda le curé en se relevant droit sur sa chaise. C'est vrai que notre chapelle n'est pas bien grande, mais une construction en pierre, avec un vrai clocher et tout ça, ça coûte cher... on n'a pas les moyens encore.

— On va voir ça demain, jeta M. Price en claquant la langue. Mais faudrait bien finir les routes avant de penser à l'église, continua-t-il. Hein, M. Hébert, qu'est-ce qui se passe avec le chemin?

— Ah! émit M. Hébert dans un soupir. C'est un vrai désastre! Quand on pense que le grand chemin Kénogami n'est pas encore fini! Vous êtes passé par là pour venir ici, monsieur Price?

— Oui. C'est pas bien large. C'est vrai qu'on a plus marché que roulé. Pas une charrette va passer là.

— Ah! monsieur, en hiver on y arrive encore avec les ruisseaux et les marécages gelés bien dur. Mais si vous voyiez ça au printemps... un désastre. Les chevaux s'enfoncent jusqu'au poitrail. Il n'y a que les chemins des chantiers qui sont praticables l'hiver. Passé Saint-Cyriac, ce n'est plus allable.

— Ça devait pas être fini depuis longtemps? Le gouvernement devait donner l'argent à votre société, il me semble? continua le vieil homme soudain contrarié.

— On l'a pas eu; on avait les bras, mais juste les bras. Pour le matériel et de quoi le transporter là-bas, pour couper le bois, remplir les trous et faire les ponts... rien, pas une cenne ! Ça prend bien deux, trois mois, et il faut les nourrir pendant qu'ils travaillent, ces hommes-là. On n'avait pas les fonds, a répondu le marchand Hébert en étalant sur la nappe ses mains vides.

— Il va falloir que je m'occupe de ça quand je vais rentrer à Québec, a dit M. Price en fronçant ses sourcils tout blancs. Ça n'a pas de bon sens... Combien de ponts il reste à faire ?

— Une bonne douzaine en tout. Langlais a préparé les emplacements.

Juste la mention du « chemin Kénogami » m'avait fait tressaillir. Je n'avais pas assez de mes deux oreilles pour écouter. Ce mot maudit me frappait comme un battoir. Les assiettes empilées, je suis retournée à la cuisine en tremblant. Les couteaux et les fourchettes ont glissé et ont roulé avec fracas sur le plancher. Ce n'était pourtant pas le moment de faire du vacarme. Henriette m'a regardée sans un seul reproche : je pense qu'elle avait compris mon émoi. J'ai fini de débarrasser la table les joues en feu. Je gardais les yeux baissés, je désirais à tout prix que ce repas prenne fin. Heureusement, les deux tartes ont été vite englouties avec grand appétit et nombre de murmures d'appréciation. Henriette a même dû quitter son poêle pour recevoir sa part de félicitations en rougissant. J'ai été soulagée de voir toute la compagnie se déplacer vers le salon juste au moment où entraient deux hommes habillés de lourds paletots et de tuques enfoncées jusqu'aux oreilles. L'espace de quelques secondes, tandis que je déplaçais une chaise pour laisser le passage, M. Price m'a regardée et m'a souri. Un regard plein de vivacité où j'ai décelé une petite curiosité. Si petite. Mais elle m'a quand même fait frissonner.

Chaque fois que s'ouvrait la porte, un courant d'air froid craquant envahissait l'entrée. Tandis que tous s'éloignaient, j'ai entendu quelques bribes de conversation encore. La voix grave de M. Price résonnait d'enthousiasme et d'espoir : tous les yeux étaient tournés vers lui et ses paroles, bues comme des liquides apaisants qui allaient décider des rudes destinées des gens présents.

— Bien, commença-t-il, il va y avoir d'autres grosses... euh... constructions. Mon projet, c'est de faire une *slide* sur les décharges là-bas, à l'île... Avec une *slide*, bientôt on va pouvoir amener le bois jusqu'au Saguenay, directement.

— Une *slide*? Une glissoire pour les billots? demanda le curé.

— Oui, une glissoire! Ça s'en vient! Ça s'en vient! Ah! *a great big development....* a lancé fièrement M. Price en quittant son fauteuil. Mes fils vont s'en occuper. Ah! faut que je vous dise : maintenant, on est la compagnie *William Price and Sons*. Oui, la *William Price and Sons*!

Le reste de la soirée, la maison n'a pas désempli. Invités par les Hébert, les gens venaient par grappes; des *foreman* de chantiers, les autres marchands, le forgeron, le propriétaire du moulin : tout ce qui comptait dans le village. Les visiteurs avaient soigné leur tenue, les femmes avaient fait un brin de toilette. Des femmes, il n'y en avait que deux à part madame. Les épouses, intimidées et mal à l'aise, suivaient leurs hommes sans ouvrir la bouche ou restaient debout le rouge aux joues. Ce n'est sûrement pas d'elles que dépendait la bonne marche des scieries, de la coupe et des expéditions de billots! Non. J'entendais les éclats de voix, les discussions enflammées où les voix des hommes parlaient encore et encore de routes, de canots pour les voyages du printemps, de chevaux et de provisions. Les femmes restaient là muettes, aux aguets.

Je me souviens d'avoir pensé : «C'est un monde pour les hommes. Et pourtant...» Sans elles, est-ce que tout ça serait? Existerait-il, ce village grouillant, surgi de la forêt depuis six ans à peine?

Je devinais bien qu'Hébertville se trouvait au carrefour de nouveaux défis de toutes sortes et que tout était à faire. Mais je me demandais à quoi ça pouvait servir d'être une femme ici. À mettre des enfants au monde et à peler des patates? Peut-être uniquement à nourrir les corps des hommes qui prêtaient leurs bras pour abattre les arbres et se gagner une terre. Des corps, des bras qui, après avoir tenu des haches et des mancherons de charrues toute leur vie, finiraient au ciel en même temps que ceux des femmes qui ne disaient rien. Pourquoi donc en était-il ainsi? Que d'espoirs engloutis dans la fumée des abattis et dans la boue des chemins!

Des images de ma mère assise avec les petits sur la goélette me passaient devant les yeux. Ferdinand, que devenait-il ? Et Tit-homme ? Et pourquoi ce M. Price, ce grand-père à qui tous venaient rendre des comptes et exposer leurs innombrables besoins, pourquoi est-ce qu'il était le chef puisqu'il n'était pas un des nôtres ? Les Anglais étaient-ils toujours les maîtres des autres, partout ?

Madame allait et venait dans sa jolie robe de soie noire, accueillant les nouveaux venus et saluant ceux qui partaient. Un va-et-vient terrible animait la maison quand tout à coup, ma vaisselle faite, ma patronne est venue me chercher et mon cœur a sombré dans mes talons. Heureusement, ses paroles m'ont rassurée, même si elles étaient des ordres :

— Georgina, va coucher les enfants. Les petits vont à l'école demain. Il est bien tard...

— Oui, madame.

Contre leur gré, j'ai entraîné les enfants qui se bousculaient dans l'escalier. Ma tête bouillonnait de toutes ces phrases entendues au fil de mes passages à travers les pièces. Des mots sans suite, des bribes de discours sans queue ni tête que j'allais pouvoir démêler, une fois la journée terminée, lorsque je retrouverais ma paillasse dans la soupente.

— Georgina, Georgina, conte-nous une histoire ! jeta Oscar.

— Pas ce soir, il est tard. Ne faites pas tant de train dans l'escalier ! chuchotai-je.

— Georgina, tu nous as promis hier ! intervint Hector qui, en sa qualité d'aîné, imposait aux plus petits ses volontés.

— Bon, bon, quand vous serez dans vos lits, les prières faites.

— Et on veut une histoire épeurante ! renchérit Télesphore.

— Avec des diables et des feux follets !

— Chut ! Allez, vite...

▼

Les enfants ont fini par avoir assez peur en écoutant mon récit du promeneur poursuivi par une bande de feux follets sur le chemin menant vers la Belle Rivière qu'ils ont plongé sous leur courtepointe sans en demander un autre. Je suis redes-

179

cendue pour voir si madame avait encore besoin de moi. La cuisinière avait déjà serré les chaudrons et rangé dans la dépense froide le beurre frais et le fromage. J'ai entendu qu'on frappait à la porte et que le chien signalait en jappant la présence d'un nouveau visiteur. Le grand garçon de M. Hébert, demi-frère des autres, était resté avec les adultes au salon. Lui aussi avait dû entendre frapper et il allait ouvrir quand il m'a vue approcher. Il était bien habillé, avec un vrai costume de monsieur et des bottines de cuir fin qui brillaient. Il étudiait au séminaire et faisait bien peu de cas de ma présence d'habitude, quand il venait en vacances. Mais ce soir-là, dans la demi-obscurité, il s'est arrêté et il m'a regardée. Il ignorait sans doute qui j'étais ; pour lui, fils d'un marchand prospère, neveu du curé de Kamouraska, je n'étais sûrement rien, rien qu'une petite bonne sans éducation.

Pourtant, se sentait-il si mal assuré pour afficher son dégoût de moi ? Une chose est certaine, il savait tenir son rang. Me voyant devant lui, il recula et me somma, d'un geste vif du menton, d'ouvrir à celui qui frappait de nouveau à coups redoublés. J'ouvris.

Il y avait là la silhouette d'un homme hésitant, n'osant pas entrer. Je ne reconnaissais pas son visage. Tout ce que j'y voyais, c'étaient ses yeux noirs qui luisaient. Je lui fis signe de venir à l'intérieur. Il se tenait là, un bonnet de rat musqué enfoncé sur sa tête : il ne broncha pas.

— Ferme donc la porte, tu gèles la maison, dit Charles Hébert sur un ton de réprimande qui s'adressait à moi.

Voyant que rien ne bougeait, Charles s'approcha et demanda à l'homme :

— Vous voulez le père Calixte ?

— Non, je viens pour M. Price, dit l'homme.

— Qui êtes-vous ?

L'homme n'eut pas le temps de répondre parce que justement notre hôte venait d'annoncer qu'il allait se coucher. Il traversa le salon et se trouva devant le visiteur, qui avança d'un pas et jeta :

— *Hey ! Mister Price. It's me Tommy !*

— Tommy ! s'écria le vieil homme en se dirigeant vers lui et en le prenant affectueusement par les épaules.

Je refermai la porte et l'inconnu enleva son bonnet. Je reconnus tout de suite le jeune sauvage qui venait parfois au magasin et que je voyais avec les siens au marché. On m'avait dit qu'il était un fameux canotier et qu'il gagnait sa vie à transporter les colons par la rivière des Aulnets jusqu'au lac.

— Comment va ton père, Tommy ? demanda M. Price.

Aussitôt, le sauvage sortit de sous son capot un paquet informe enveloppé d'écorce de bouleau qu'il tendit de ses deux mains à M. Price.

— C'est pour vous. Mon père vous envoie ça... boucané pour vous.

— De la ouananiche ! s'écria M. Price en recevant avec joie le paquet. Ça, c'est bon ! On n'a rien de bon comme ça à Québec ! Tommy, faudrait bien que tu m'emmènes faire une petite tournée de pêche au lac quand la glace sera calée.

— Quand vous voudrez. Je suis toujours prêt, dit Tommy, qui se mit à sourire.

Jamais je n'avais vu un regard si noir et un sourire si blanc dans le même visage. S'il n'avait pas été un sauvage, je pense que je l'aurais trouvé beau, ce Tommy.

— Quand je vas revenir au printemps, tu m'emmèneras. Dis à ton père que j'aurai besoin de canots, beaucoup de canots. Bien du monde va partir faire la *slide* sur la décharge du lac, Tommy. Préparez-vous. Mes fils vont s'occuper de la commande. Oublie pas de lui dire.

Tommy Raphaël est reparti dans la nuit froide. M. Price est allé se coucher, non sans nous avoir vanté les mérites du «meilleur guide de tout le Lac-Saint-Jean», Malek Raphaël, le père de Tommy. Un constructeur de solides canots qui ne versaient jamais et couraient sur l'eau comme des lièvres.

Avant de grimper là-haut dans mon grenier, j'ai jeté un coup d'œil sur la table déjà parée pour le matin. Sur la chaise de M. Hébert, un journal plié avait été laissé. Dans l'ombre, Charles me suivait des yeux. Je ne le voyais pas, mais je sentais sa présence. J'ai éteint et j'ai pris le journal pour l'emporter avec moi.

181

CHAPITRE 16

Des amies silencieuses

Je les entendais trotter, la nuit, sur les poutres de la charpente du toit au-dessus de ma tête. Parfois, elles se réfugiaient dans ma paillasse. Je n'essayais pas de les chasser à tout prix, je les faisais sortir de là et je leur donnais la permission de se tenir au chaud dans une pantoufle ou une écharpe mais pour une sieste seulement. Interdit de s'aiguiser les dents et de percer des trous partout ! Je m'amusais beaucoup à leur faire un discours sur la propriété d'autrui et le respect des autres ; j'utilisais à dessein des phrases ronflantes comme dans les sermons du curé. Mais, à vrai dire, ma violence était feinte car je les aimais bien, mes petites amies muettes. Elles me tenaient compagnie, une fois mes tâches accomplies, dans mon petit coin bien à moi – je ne pouvais pas dire « ma chambre » puisque ce n'en était pas une – tout en haut de la grande maison et à l'abri des bruits et de l'agitation qui la meublaient sans répit.

C'était la plus belle et la plus grande maison de tout le village. Toute en belles planches lisses bien rabotées, chaulée chaque printemps et coiffée d'un grand toit penché pour abriter la galerie devant. Je sentais bien que c'était un privilège d'habiter une si belle maison, même si je n'en occupais qu'un réduit sombre défini par une vieille tenture poussiéreuse fixée aux poutres. Le reste du plancher servait à entasser les sacs de grains et à ranger les marchandises sèches et des piles de vieux linge. Henriette, qui était veuve, habitait avec la famille de son fils au bout du chemin alors, si on avait besoin d'un service urgent, aller puiser de l'eau ou porter un message par exemple, c'était moi qu'on appelait puisqu'elle était trop loin. Mais la journée terminée, quand je montais l'échelle de meunier et soulevais mon rideau, j'entrais avec délices dans *mon* royaume à l'odeur de gomme d'épinette et de fruits séchés où m'attendaient mes petites amies silencieuses.

À part la paillasse et une chaise, j'avais planté quelques clous pour suspendre mes hardes, posé un bougeoir sur la chaise et aligné mes chandelles sur les poutres de la charpente. C'était toute ma richesse. Mais non, qu'est-ce que je dis? C'est faux, je possédais deux autres trésors, que je chérissais plus que tout. Le premier était enveloppé serré dans un morceau de toile cirée : mon livre. Un cadeau de Flavie Ouellet. Un livre d'école, qui contenait des exercices de grammaire que je connaissais par cœur et des histoires que je lisais et relisais et dont je disputais les pages à l'appétit de mes amies. La seule fois où je m'étais fâchée contre elles, c'est quand j'avais découvert avec horreur qu'elles me grignotaient mon livre. J'étais folle de rage, je leur avais crié :

— C'est défendu de saccager mes pages! Sacrez-moi patience! Plus de grignotis là-dedans, compris! Allez vous en prendre aux sacs de grains ou aux piles de guenilles, sinon j'installe Mistouk avec moi en haut!

Mistouk, c'était le chat qui dormait près du poêle dans la cuisine et qui avait déjà fort à faire pour venir à bout des rats et des mulots dans la remise. La semonce avait été entendue, croyez-moi, car depuis ce jour, mes amies aux minuscules pattes roses et aux dents pointues n'osaient plus s'aventurer dans mon livre, qu'une triple couche de toile protégeait. Les souris grises de la maison Hébert se le tenaient pour dit!

Mon deuxième trésor était encore plus précieux, plus «sonnant» si on veut, puisque c'était l'horloge, mon horloge dont je n'aurais accepté de me séparer pour rien au monde. Je l'avais portée sur mes genoux tout le long du voyage depuis la maison de mon oncle et de ma tante. Mais où pouvait-on poser une telle pièce dans un galetas? Madame avait permis qu'un commis du magasin vienne fixer une planche dans l'angle du mur, et l'horloge trônait là, au-dessus de ma paillasse.

Sur les bardeaux de cèdre du toit, la neige, en hiver, déposait un isolant qui empêchait la faible chaleur du tuyau de poêle d'en bas de s'enfuir tout à fait. L'été, je cuisais si près des rayons du soleil. De la minuscule fenêtre qui se couvrait de givre aux grands froids, je réussissais à apercevoir une partie du village et, surtout, la rivière des Aulnets qui coulait derrière la maison.

C'est le bruit de l'eau qui me berçait le soir avant de m'endormir, emmêlé au tic-tac de mon horloge. Je savourais ces moments où tous les autres bruits s'évanouissaient pour ne laisser la place qu'à ceux-là. Le gargouillis de la chute qui fournissait l'énergie au moulin s'étendait sur la nuit comme une rumeur vivante, apaisant même les cris des hiboux qui, de la forêt voisine, jetaient un regard inquiet sur les toits et les chemins qui apparaissaient et dérangeaient leur paysage. Le jour, il n'était pas possible de l'entendre, à cause des bruits, des bruits innombrables qui arrivaient de partout. Ah! je me souviens de mes premiers jours au service des Hébert. J'avais été si agressée par le vacarme de cette petite ville que j'en étais devenue étourdie. Ce n'étaient pas le caquetage des poules, les cris des enfants de Mélore et de Marcellin ni le bruit sourd des pas des bœufs et leur halètement qui allaient me surprendre. Mais ici, en plein milieu de ce village florissant, il y avait le grincement des roues des charrettes qui n'arrêtaient pas de défiler, de s'arrêter et de repartir devant la maison. Le moulin à farine, la scierie et la forge toute proche produisaient aussi leur lot de sons aigus et vibrants qui ponctuaient les journées de travail et même les dimanches. Le hennissement des chevaux, les cocoricos des coqs, les pleurs des enfants m'accompagnaient tout au long du jour. Et si un grand vent ou la pluie s'y mettaient, il y avait encore les cris et les appels de ceux dont les planches s'embourbaient ou qui perdaient leur charge.

Mais toutes ces activités bruyantes se déroulaient pour ainsi dire autour de moi, dans le village, hors de mon espace. Pourtant, n'allez pas penser que le silence régnait au-dedans. La maison, en plus d'abriter les sept enfants et leurs parents, servait de magasin, de bureau d'enregistrement, de bureau de poste et de chapelle! Dès cinq heures le matin, la maisonnée se mettait en branle. Du matin au soir, hiver comme été, les pièces résonnaient des chamailleries et des rires des enfants, des courses des petites bottines sur les planchers de bois et les marches de l'escalier, des ordres et des désordres et de tout ce que la vie d'une famille renferme de joies et de peines. J'ai toujours été convaincue que même un aveugle pourrait facilement reconstituer la vie d'une maison juste à écouter les bruits et les voix qu'on y entend dans une journée.

Les poules nourries, je faisais manger les petits et préparais les plus grands pour l'école qui venait d'ouvrir. Mme Hébert, en mère affairée, gérait tout son monde, aidait les commis du magasin, apprenait des ritournelles aux plus jeunes en cousant leurs vêtements et surveillait le potager. Je ne parle pas du chien, le bon gros Samson qui se laissait caresser par Télesphore et protestait en grognant quand sa maîtresse le chassait au dehors.

— Télesphore, sors le chien, il a des puces ! Je te défends de te coucher dessus !

Mais Télesphore n'écoutait que son cœur et, invariablement, il se retrouvait en pénitence. Ce qu'il y a de formidable avec les familles nombreuses, c'est que les mères n'ont jamais assez d'yeux pour vérifier si les pénitences de leurs rejetons sont bien exécutées. Au bout d'un quart d'heure, Télesphore faisait rentrer Samson en cachette et achevait ses caresses interrompues.

Dans sa cuisine, Henriette chantait des cantiques en brassant les chaudrons et en attisant le feu du poêle. Quant au chef de famille, M. Calixte Hébert, il était si important que je ne faisais que l'entrevoir et lui m'adressait rarement la parole : il traversait la maison plusieurs fois par jour, des factures à la main, ou bien il inscrivait dans un grand registre les comptes de la journée. Un homme engagé s'occupait de cultiver sa terre, car toutes les heures de ses journées étaient employées à régler les différends, à donner des conseils à ses nombreux visiteurs. Occasionnellement, il venait trouver sa femme dans la grande salle ou la cuisine et, brandissant une lettre fraîchement arrivée, il disait :

— Delphine ! On va avoir de la visite.

Je crois qu'il n'était pas au courant de mon existence : il savait que des personnes étaient à son service, mais j'avais l'impression d'être invisible ou plutôt que j'aurais pu être une autre et qu'il ne s'en serait pas aperçu. Mais, même s'il ne me voyait pas, moi, je l'observais. Ces années-là, j'emmagasinais tout, les gestes et les mots, les sourires et les froncements de sourcils. Et le fait de vivre à Hébertville, où, semblait-il, l'avenir de toute une région se jouait, n'était pas pour me déplaire. Parce que c'est moi qui avais choisi d'y venir et je ne le regrettais pas.

▼

Pendant deux ans, j'ai partagé avec bonheur la vie simple chez Mélore. Si je l'ai quittée, elle et sa petite famille, c'est juste que j'avais envie d'autre chose que je n'arrivais pas à préciser. Pour elle et Marcellin, il m'apparaissait que tout allait de soi : la maison qu'ils commençaient à construire, la terre qu'ils défrichaient lentement, les enfants qui venaient l'un après l'autre et les voisins qui étaient de plus en plus nombreux. Loin, enfoui au-dedans de moi, il y avait cette habitude des familles foisonnantes, de l'entraide apportée à tous et des journées ponctuées d'innombrables tâches. Besogner et faire sa vie ou plutôt donner sa vie pour les autres. Mais je sentais un immense remords m'envahir, le remords de ne pas accepter au fond de moi que, pour gagner son ciel, il fallait ne jamais penser à soi et se mettre au service des autres. C'est un peu pour ces raisons confuses que j'avais refusé de rentrer dans la famille de Rivière-Ouelle. Je ne voulais pas être comme ma mère qui, dès la disparition soudaine de mon père, n'avait plus eu d'existence. Sans homme tout à coup, elle s'était transformée en une occasion de péché et surtout, à cause des paroles du curé, en une redoutable incarnation du scandale. Comment avait-elle pu le croire ? À mes yeux, elle avait fui parce qu'on l'avait poussée à accepter que, n'étant plus une épouse, elle n'avait plus d'identité. Mais moi, après toutes ces années passées, je refusais d'admettre cette effroyable fatalité. Ma mère, Félicité Michaud, n'était pas juste la femme du colon Étienne Bonenfant. Elle était Félicité, je la voyais, elle était là à côté de moi qui besognait, riait, chantait et nous transmettait sa chaleur, l'assurance d'être en sécurité. Elle était quelqu'un, une femme qui existait sans son mari ; n'avait-elle pas une vie à vivre comme moi j'avais la mienne ? Comment avait-elle pu tout lâcher, fuir, convaincue de sa déchéance simplement parce que son homme n'était plus là ? Peut-être y avait-il des tas de choses que je ne comprenais pas dans ses rapports avec mon père. Peut-être aussi les explications que je lui avais arrachées étaient-elles incomplètes et fausses ? Elle cherchait peut-être à nous protéger, nous les enfants ? Et si elle s'était tout simplement résignée ?

Qu'est-ce qui m'avait pris, alors, de refuser de partir avec elle ? Mon attachement à notre coin de terre ? Aux arbres de la forêt ? Peut-être... mais je pense qu'inconsciemment j'ai eu peur et j'ai voulu que ma vie soit autre chose qu'une suite de saisons. Il me fallait provoquer les événements pour faire dévier ce cours rigide et je n'avais rien trouvé de mieux que d'accepter de travailler comme servante dans la maison du marchand. J'allais changer d'horizon, côtoyer les habitants d'un village, entendre des nouvelles d'ailleurs, me faire des amis, peut-être... Maintenant, c'était à moi de me débrouiller avec mes choix.

Moi, à quinze ans, qu'est-ce que je devenais ? Déjà, je le voyais bien, les yeux des garçons qui travaillaient sur les terres voisines de celle des Hudon erraient sur moi. Ces garçons-là me regardaient parce que dans leur tête, et dans le cœur qui allait avec, quelque chose répétait que, bientôt, il leur faudrait une femme. Une femme pourquoi ? Parce que c'était la règle et qu'ils allaient la suivre.

On vivait à six dans une toute petite maison de planches. Je me sentais toujours bien avec ma tante, car les liens qui nous unissaient depuis longtemps me rassuraient, mais je participais avec de moins en moins d'intérêt à l'agitation qui caractérisait le va-et-vient de la vie des colons. Ici, dans ces rangs, rien ne ressemblait plus aux assises solides des familles de la Côte-du-Sud que j'avais connues dans ma petite enfance. Tout le monde déménageait ; tout le monde était en route vers quelque chose. Les familles s'installaient dans un lieu et repartaient vers un autre ; un père se noyait, une mère mourait et les ménages se refaisaient, les enfants de l'un se retrouvaient chez l'autre ou même se voyaient tout simplement empruntés par des couples en mal de bras.

Et, sur les chemins, dans les sentiers, sur les rivières se croisaient des missionnaires, des Indiens, des colons, des bûcherons, des *foreman*, des *jobbers* : des hommes, des femmes, des enfants, des bêtes, toute une population en mouvance qui transmettait sa fébrilité à l'air, même au paysage toujours agité de signes démesurés.

À chaque incursion dans le bois, je rencontrais des gens à pied, en canot ; souvent des Indiens, silencieux, qui allaient et venaient sans jamais s'approcher trop des maisons aux cheminées qui fumaient.

Pourtant, deux choses ne cessaient de me tourmenter, de tourner dans ma tête à n'importe quel moment de mes journées, deux questions que je me posais continuellement. La première était pétrie de doute et d'incertitude : où était mon père ? Était-il encore vivant ? Sa culpabilité ne m'intéressait pas vraiment, mais j'aurais donné tout ce que je possédais pour savoir, savoir s'il était là quelque part et s'il pensait à moi quelquefois, du fond d'une cachette ou même sous une autre identité, dans un autre pays.

La seconde question était tout aussi pressante et je sentais que plus le temps passait, moins j'y obtiendrais une réponse. Est-ce que je pourrais un jour retourner à l'école ? Je savais que Flavie et Rosemarie avaient profité après mon départ de la présence d'une vraie maîtresse et d'une vraie école de rang. Et moi ?

▼

La famille Hébert n'était pas déplaisante, les enfants y étaient aussi grouillants qu'ailleurs. J'avais l'illusion de faire partie d'une famille et je m'insérais tout naturellement dans la vie du village, sans me poser trop de questions. Mais je m'ennuyais de ma mère et de mes petits frères. J'imaginais Ferdinand épierrant le champ et aidant son oncle Victor à tondre ses moutons. Je ne voulais pas m'attendrir en songeant trop souvent à eux, je me disais que je ferais ma vie sans ma famille. Mais je sais combien on a du mal à oublier la voix, les odeurs des siens et combien ces petits riens peuvent nous manquer. Il y a des liens qui ne s'expliquent pas et qui nous enserrent et nous font mal, même si on s'efforce de les ignorer et que ceux qui y sont attachés sont à des lieues et des lieues de distance.

Hector et Télesphore allaient à l'école et bientôt ce serait le tour de Jean-Baptiste. J'étais fière de leur faire la lecture, le soir, dans la cuisine, et de leur faire répéter leurs leçons comme si j'avais été, moi, leur institutrice. Quand je les y menais, je rôdais autour de l'école, j'épiais les gestes de Mlle Deschênes qui rassemblait avec autorité ses élèves sur le perron. Je l'enviais jusqu'aux larmes. On ne m'appellerait jamais «mademoiselle». Moi, j'étais Georgina tout court, un nom qu'on criait quand il y avait de la poussière sur les meubles, un prénom sans dignité, comme celui du chien. Je commençais à comprendre que jamais plus je n'irais à l'école et qu'il ne me restait plus qu'à tenter de conserver le peu que je savais.

Dans la dernière lettre que j'avais envoyée à maman à Rivière-Ouelle, j'avais voulu écrire : «Combien ça coûte, l'école?» mais je n'avais pas osé. Je savais que Ferdinand y était retourné et que Louis-Edmond s'y préparait pour l'automne. Mais j'envoyais chaque mois mes gages là-bas, comment aurais-je pu me payer l'école? Au fond, je savais bien que j'étais maintenant trop grande : de quoi aurais-je eu l'air, assise sur un banc à côté de Télesphore qui venait d'avoir six ans, moi qui avais une poitrine qui se gonflait et que je m'efforçais de dissimuler?

La seule façon que j'avais trouvée pour combattre ma frustration, c'était de lire. Heureusement, M. Hébert était abonné à des tas de journaux de Québec et je trouvais moyen de les parcourir avant qu'on les brûle. Je lisais tout, les nouvelles sur l'Assemblée du Canada-Uni, sur la fondation de l'école d'agriculture de Sainte-Anne, les gros titres qui parlaient parfois des États ou du commerce du bois; bien souvent je ne comprenais rien du tout, mais les mots entraient dans ma tête et la meublaient pour ne plus en ressortir. J'aimais plus que tout le récit des catastrophes, comme les épidémies et cet éboulis de roches du Cap-Diamant qui tua sept personnes. Si ces événements faisaient défaut, je me rabattais sur les annonces qui montraient les nouvelles machines agricoles, celles qui vantaient des produits de nettoyage, le tabac en feuilles et des outils. Plein de mots m'étaient inconnus, souvent en anglais, mais je ne passais pas une ligne. De temps en temps, je récupérais un vieux feuilleton tout écorné ou une gazette qu'un visiteur avait laissé traîner dans le bureau de M. Hébert. On y trouvait des textes sur les oiseaux et les fleurs et toujours une lettre de l'évêque.

Parfois, voyant madame ou Henriette allumer le feu avec de la gazette, je me précipitais pour essayer de la récupérer. Un jour, au milieu du journal dans lequel j'entassais les épluchures de patates, j'ai aperçu un cahier plus petit, aux pages minces et presque transparentes toutes garnies de gravures représentant des personnages dramatiques. Je m'en suis saisie aussitôt et Henriette m'a vue.

— Qu'est-ce que tu vas faire avec ça, pauvre petite? demanda-t-elle.

— Le lire, dis-je bravement.

— Ah! ben, beau dommage! Tu sais lire?

— Oui.

Henriette ne m'a rien dit de plus et je me suis mise à feuilleter le petit livre dont les premières pages arrachées avaient emporté le titre. Mais j'ai vu des images montrant des visages de jeunes filles implorantes et un homme en mocassins avec une plume sur la tête et j'ai su tout de suite que j'allais me régaler. Je me suis dépêchée de cacher les feuillets sous mon tablier, sous le regard ironique d'Henriette.

— M'en vas te dire, chère, que c'est pas en lisant des gazettes qu'on apprend à vivre! Ce qui se passe dans les histoires, c'est toujours plus beau, ça finit toujours bien comme dans les contes, me dit-elle.

— Comment le sais-tu si tu ne sais pas lire? demandai-je.

— J'ai mon idée! Pour se faire une vie, crois-moi, les mots sur du papier ça sert pas gros, répliqua-t-elle d'un air assuré. Les histoires des autres, c'est plein de mensonges et c'est jamais comme la tienne propre.

— Ça fait rien. Ça change le mal de place... et puis, on peut rêver.

— Rêver! Entendez-vous ça! s'écria-t-elle.

Je ne dis plus rien. Henriette soupira. Son énorme poitrine se souleva et ses mains grasses se posèrent bien à plat sur la pâte qu'elle venait d'étendre au rouleau. Elle me regarda en silence et je vis passer dans son regard une certaine tristesse et peut-être une étincelle d'humour. Puis, prenant le parti de la tendresse, elle me confia à mi-voix :

— T'as peut-être raison au fond ; rêver, ça dérange personne. Mais le vrai a toujours l'air effrayant à côté. Faut dire qu'il l'est, parfois, effrayant. Mais je ne vais pas te chanter misère avec mes histoires : toi, tu as ton bonheur devant toi et puis... bien du temps pour apprendre.

Henriette se remit à sa cuisine et interrompit ses confidences. Moi, au contraire, je voulais qu'elle me raconte : ses amours, son mariage, les naissances et puis toutes ces morts autour d'elle. Mais non, elle pinça les lèvres et parla des préparatifs pour le dimanche. Il y aurait sûrement plusieurs convives à table et il fallait plusieurs pâtés de porc et de gibier ainsi que des tartes à la ferlouche qui faisaient les délices des enfants.

Ah ! j'aimais les dimanches. Pour sortir, voir d'autres visages, tenter en quelques heures de congé de vivre un peu pour moi.

Aussi je reprisais et repassais avec soin ma seule jupe de coton usée, je brossais mon mateau et je me faisais des mines dans le miroir, essayant d'améliorer mon allure par un nœud de ruban ou simplement de me distinguer par des boutons cousus avec du fil rouge ! J'aurais tant voulu un petit col de dentelle pour égayer mon corsage gris. Mais je n'en avais pas les moyens. Ah ! mais, j'avais de la laine bleue qui venait de mon oncle Victor pour me tricoter des mitaines et un bonnet. Au moins, j'avais ça de beau !

Mes cheveux me désespéraient. J'avais beau les lisser avec de l'eau et les natter ou les attacher comme il faut derrière la nuque, ils s'échappaient toujours et formaient autour de ma tête un nuage de bouclettes. Car, comme ma mère, comme ma grand-mère Michaud, j'étais une frisée, il n'y avait pas à en démordre.

À la messe de sept heures, j'étais sûre de retrouver Séverine, ma seule amie, ma confidente, avec laquelle j'espérais passer les quelques heures de congé de ma journée. Après mon service à midi, on irait marcher le long de la rivière peut-être, on placoterait en faisant le tour de tous les potins et de toutes les nouvelles de nos familles mises en commun. Ensuite, on grimperait en haut de la côte pour aller aux vêpres ensemble.

Car la famille de Séverine était un peu la mienne puisqu'elle était une parente de Marcellin : les Hudon, il y en avait dans tous les rangs et ils étaient tous apparentés. Ses parents vivaient sur leur terre que ses frères aidaient à défricher avec le père. Tous les ans, la famille s'agrandissait d'un nouvel enfant et comme Séverine était la seule grande parmi les filles, elle trimait dur et elle aussi avait dû quitter l'école. Des grossesses répétées de sa mère, nous ne parlions jamais ; je ne disais rien non plus des naissances qui se succédaient régulièrement chez les Hébert. Toutes ces choses semblaient réglées par une main divine qui ordonnait les existences ; et, pourtant, nous avions quelques doutes. Surtout qu'un jour nous apprîmes que la bonne du notaire, que nous voyions à la messe et qui nous était apparue depuis quelque temps plutôt grassette et essoufflée, était partie à Québec. Elle ne revint jamais.

Nos sujets de conversation tournaient autour des naisances et des mariages, bien sûr, mais on aimait bien, toutes les deux, échanger nos impressions sur les façons de se vêtir des femmes bien nanties de la communauté ; celles-ci arboraient pour la messe dominicale des robes ou des chapeaux qui nous semblaient franchement somptueux. On en rêvait. On commentait aussi les annonces faites en chaire par le curé.

Mais la nouvelle qui nous excitait le plus, comme le reste du village d'ailleurs, c'était le retour de chantiers des bûcherons, qui n'allait pas tarder vu que la neige fondait doucement et que bientôt on verrait arriver les vols d'outardes nous signalant le dégel des rivières.

Et le soir, dans ma soupente, après avoir remonté mon horloge, je tendais l'oreille pour être la première à entendre l'eau de la rivière toute proche percer son carcan de glace et de neige et se mettre à rouler vers le Saguenay pour rejoindre les grandes eaux du fleuve.

CHAPITRE 17

Le jour où la glace a cédé

Le jour où la glace a cédé sur la rivière, cette année-là, tout le village était en émoi. Le temps doux avait donné à la rue Labarre l'aspect d'un marécage boueux, mais si les flaques d'eau et la neige sale embêtaient les adultes et les chevaux, elles faisaient le bonheur des enfants. Leurs bottes de *rubber* aux pieds, ils allaient en bandes, les plus petits suivant les plus grands, armés de bâtons et de canisses vides. Ils creusaient des rigoles, érigeaient des barrages avec des cailloux, faisaient naviguer des bouts de bois dans des cascades en miniature et criaient à tue-tête comme des capitaines de navires en détresse. J'avais du mal à garder les petits tranquilles à l'intérieur. Encore heureux qu'Hector ait pris ses petits frères en charge, car une seule paire d'yeux ne suffisait pas pour les surveiller tous. Le bébé, Eugène, qui n'avait que quelques mois, restait emmailloté dans son ber aux côtés de sa mère qui cousait.

Quand les enfants finissaient par rentrer, le soir venu, couverts de boue et trempés jusqu'aux os, la maison tressaillait de cris ou de rires. Samson les suivait inévitablement en s'ébrouant et en inondant le plancher de la cuisine, et je déployais mes réserves d'adresse pour apaiser les chicanes. Oscar ou Télesphore pleurnichaient chacun leur tour parce qu'Hector avait détruit leur rigole ou pilé dans leur lac. Mais l'aîné a toujours raison et si c'est un garçon, en plus, il agit en chef. J'avais vu Ferdinand agir de même avec Louis-Edmond. Du haut de ses sept ans – et demi, s'il vous plaît – Hector avait réponse à tout, surtout qu'il s'alliait avec d'autres garnements de son âge pour mettre les plus jeunes à son service. Sans méchanceté, bien sûr, mais son autorité s'affirmait sans trouver d'embûches sur son chemin.

Et j'observais Télesphore, de deux ans plus jeune, qui, se sentant injustement traité, s'enfuyait en reniflant au bout du champ ou dans une remise avec son confident favori : Samson, le bon gros chien qu'il adorait.

C'est vrai que je me sentais comme une petite mère ; moi qui étais responsable des enfants, de leur santé et de l'état de leurs vêtements, je leur donnais des ordres tout empreints de douceur, je les faisais jouer et étudier. Mais Dieu sait que souvent je me sentais si proche d'eux, en âge et en désirs, que je mourais d'envie de courir à leurs trousses dans les flaques d'eau. Mais ça, je n'en parlais pas. Ce n'était qu'un petit désir fugace que je cachais très loin de peur de ne pas inspirer confiance à madame et de perdre ma place. En riant sous cape, j'observais Hector qui crânait et faisait le seigneur et maître.

Cet enfant choyé et ne manquant de rien manifestait ouvertement ses goûts et ses dégoûts. Turbulent et tapageur, il me semblait doté d'une étonnante mémoire. Quand son demi-frère revenait du collège, il le suivait comme une ombre, mais le reste du temps il terrorisait ses petits frères. Je jouais aux cartes avec lui et il apprenait vite. Mais gare à son orgueil si je gagnais ! Il ne savait pas perdre, ni être second, alors il piquait des colères violentes et il me lançait les cartes au visage. Mais il avait grand cœur au fond car, quelques minutes plus tard, il revenait vers moi et, pour obtenir mon pardon, me tendait sans un mot une image pieuse qu'il avait chipée dans le missel de sa mère ou un pissenlit fraîchement cueilli. Il me regardait de ses grands yeux et baissait sa tête bouclée comme s'il avait scellé un pacte de bonne entente entre nous. Jamais il ne me disait des mots blessants pour me faire sentir ma condition. Au contraire, je me rendais compte qu'il recherchait mon affection de sa façon maladroite, car ni de sa mère ni de son père il n'en recevait les marques. Les seuls témoins de ces gestes tendres étaient Oscar, qui venait juste après lui, et Henriette, qui hochait la tête en soupirant. Nous nous tenions souvent dans la cuisine où il faisait bon avec le gros poêle qui ronflait, car les petits ne restaient pas souvent avec leur mère, absorbée qu'elle était par la tenue de sa maison, par la couture, le filage de la laine et ses visiteurs. Elle ne me parlait pas souvent à moi non plus et j'essayais de la remplacer le mieux possible. Chaque année, la famille s'agrandissait d'un nouvel enfant. M. Hébert était fier d'avoir six garçons! Mais, une fois, peu après la naissance d'Hélène, madame a eu une réflexion qui m'a dévoilé un peu plus son état d'esprit et n'a pas cessé, depuis, de hanter mon souvenir.

— Les garçons, c'est bien commode, me dit-elle, mais pour le travail de maison, je vais te dire, ça vaut rien! Alors, il faudrait bien deux ou trois filles à c't'heure. Ah! ça prend des filles pour servir les hommes. Ça, c'est pas près de changer; il paraît qu'on est faites pour ça...

En effet, Hector et Oscar, quand ils n'étaient pas à l'école, exécutaient des travaux de ferme, comme les autres garçons des alentours. Car tout en étant bourgeois et régistrateur de la petite paroisse, M. Hébert n'en était pas moins cultivateur. Il le fallait bien, car chaque famille avait sa terre et dépendait pour sa survie des aliments et autres ressources que lui procuraient ses récoltes et ses bêtes. C'était un homme engagé, Xavier Maltais, qui semait et moissonnait le blé et l'avoine, défrichait et soignait les vaches et les chevaux. Très tôt, les garçons se voyaient confier des tâches multiples : Télesphore et Jean-Baptiste menaient les vaches au clos, tandis qu'Hector nourrissait les cochons et allait, tous les soirs, porter le lait à la fromagerie; les trois frères étaient fiers d'accomplir des travaux d'hommes.

Xavier Maltais logeait au-dessus du magasin avec les deux commis. En plus des travaux de la terre, il avait la charge de livrer les marchandises, de réparer les charrettes et de construire les meubles de la maison. On n'achetait presque rien en ce temps-là, rien que des provisions de bouche essentielles comme le sucre et la mélasse; tout le reste, il fallait le fabriquer ou le faire pousser.

Mes tâches à moi ne s'arrêtaient jamais, parce que tout le monde doit se laver, manger et dormir, qu'on soit jeune ou vieux. Alors mes journées étaient si remplies que je n'avais pas beaucoup le temps de m'ennuyer. Mon domaine à moi, non pas comme Henriette qui régnait sur la cuisine, s'étendait sur toute la maison et le poulailler. Après le long hiver où j'aidais à filer la laine et à tricoter, ce que j'aimais le plus c'étaient les journées de grand lavage. Quand le printemps était arrivé pour de bon et qu'il faisait une bonne chaleur au soleil, madame donnait le signal du «grand ménage du printemps».

— Ouvrez toutes les fenêtres. Sortez les tapis ! Défaites les lits !

Le grand ménage durait trois jours au moins, mais le jour que je préférais était celui du grand lavage. Ce jour-là, il était entendu qu'on allait manger froid, alors même Henriette était de corvée. On partait de bon matin, les bras chargés de grands paniers de linge sale, pleins de draps, de torchons, de rideaux, de serviettes de lin et de nappes, on emportait aussi les cuves, les seaux et les battoirs et on s'en allait sur le cran au bord de la rivière.

Toute la journée on charroyait de l'eau, on entretenait le feu sous les cuves et on bouillait le linge pour le battre ensuite sur les planches posées au bord de l'eau. Une année, madame avait emmené le bébé qu'on avait déposé sous un saule. D'autres familles faisaient comme nous et on entendait les battoirs taper sur le linge. Bientôt, on s'est mis à chanter pour se donner du cœur à l'ouvrage.

> M'en vas à la fontaine, dondaine, ma dondaine
> Pour remplir mon cruchon, ma luron, lurette,
> Pour remplir mon cruchon, ma luron, luré !

Mais un jour, pendant qu'on commençait à étendre le linge dans l'herbe pour le faire sécher, voilà que vers midi on a entendu des rumeurs, des cris et des piaffements qui venaient d'en face, du côté du moulin. De bouche en bouche, la nouvelle a couru :

— Les bûcherons !

— Ils arrivent !

— Les jeunesses des chantiers qui descendent !

Les bras dans l'eau jusqu'au coude, plus d'une femme et d'une fille a senti son cœur toquer en entendant ces cris. Les hommes rentraient des chantiers ! On aurait dit, tout d'un coup, que toutes les épouses et les fiancées se réveillaient d'une longue torpeur. Aussi, une voix s'éleva en chantant et toutes les voix reprirent en chœur :

Écoutez la chanson des filles
Que je m'en vais vous chanter.
C'est en passant dans une ville
Que j'entends dire,
Que j'entends dire :
— Ma mère, me faut un amant
Absolument !

L'excitation m'avait gagnée moi aussi et, délaissant mes occupations, je me suis précipitée avec les autres vers le chemin près du moulin. Une bande de joyeux lurons approchaient en soulevant la poussière sous leurs bottes, leur sac sur l'épaule, avec un violon qui dépassait parfois. On les saluait et on les applaudissait. Faisant fi des convenances, certaines femmes quittaient leurs compagnes et se jetaient dans les bras de leur homme. Séverine, les joues roses, accourut me rejoindre. Je voyais bien qu'elle cherchait quelqu'un des yeux. Près d'elle passa un homme barbu avec deux jeunes hommes qui devaient être ses fils, car ils avaient le même visage et la même carrure. Ils me semblaient familiers. L'un d'eux, un chapeau bien enfoncé sur les yeux, la regarda bien en face et lui envoya la main. Sûr de lui, marchant d'un bon pas, il finit par se détacher du groupe et s'avança vers elle.

— Séverine Hudon ! Me v'là. J'suis r'venu, dit-il.

— Ignace ! souffla-t-elle.

— Hé ! les gars, Ignace a retrouvé sa blonde !

— Vas-y, Ignace ! Donne-z-y un ptit bec ! encourageaient les compagnons.

Soudain, Séverine me sembla devenir une autre personne. Sa lèvre tremblait mais, au lieu de regarder celui qui était devant, elle balbutia et regarda le bout de ses pieds. Les rires et les boutades prirent fin et Ignace restait là, attendant qu'elle lève la tête. Et tout à coup, c'est moi qui l'ai reconnu. C'était Ignace Gauvin, le grand frère de Justine ! Alors, celui qui marchait avec lui, c'était Élie ? Il avait déjà disparu. Mon cœur ne fit qu'un tour et je demandai :

— C'est vous le frère de Justine ?

— Comment, vous connaissez Justine ?

— Bien oui... on se connaissait à Rivière-Ouelle, avant...
On s'est déjà vus, sur la *Marie-Chanceuse*...

— Ça fait un fameux bout, ça...

Et Ignace détourna son attention de Séverine et se mit à me
regarder. Il cherchait dans sa tête qui j'étais et je lui demandai,
en prétextant une vieille amitié :

— Elle va bien Justine ?

— Sûr qu'elle va bien ! Elle est mariée depuis l'an dernier.
Elle va bientôt « acheter », il paraît.

Justine Gauvin mariée ! Et à la veille d'être mère ! Je n'en
croyais pas mes oreilles ! Elle n'était donc pas devenue maîtresse d'école, alors ? Pendant qu'on échangeait ces quelques
mots, Séverine avait relevé la tête, étonnée de me voir faire la
conversation avec celui qu'elle avait peut-être attendu tout cet
hiver. Ah ! la petite vlimeuse ! Elle ne m'avait rien dit : je lui
revaudrais ça !

Une foule de souvenirs arrivaient comme une bouffée de
vent et une question me brûlait les lèvres, mais je n'osai rien
dire. Ignace s'en alla et ma question resta en suspens dans ma
tête. Si j'avais eu le courage, j'aurais demandé : «Et ton frère
Élie ? » Mais il était trop tard.

Le gros de la troupe se dispersait, chacun prenant la direction de son « chez-eux ». Certains se dirigeaient déjà vers l'hôtel
à la tête du lac Kénogami, où ils iraient engloutir une partie de
leurs gages. Et soudain je vis apparaître deux grands hommes.
L'un d'eux portait une barbe noire fournie et un chapeau de
feutre qui cachait ses yeux. L'autre fumait la pipe. Le barbu
marchait droit vers moi et un grand sourire illuminait son regard. Qui c'était ? J'avais un peu peur de ces regards farauds et
brûlants, avivés par le plaisir du retour et par le désir refoulé.
Séverine, appelée par les siens, s'en retourna à sa lessive et je
voulus faire de même, mais le garçon me prit le bras. Son compagnon savourait le geste en riant ; je me tournai vers Henriette
pour qu'elle intervienne. Et puis d'une voix bien connue, juste
un peu plus grave que celle dont j'avais mémoire, il me dit :

— Georgina, t'as pas oublié ma face, au moins ?

Alors là, j'ai cru m'évanouir. Ce barbu tout noir, c'était
Vital Ouellet ! J'avais du mal à le croire. Je le regardais, la
bouche ouverte, et je devais avoir l'air d'avoir rencontré un fan-

tôme car lui et son frère Jean éclatèrent de rire de si bon cœur que je fis de même. Henriette se mit de la partie et tout le monde s'embrassa.

— C'est juste du poil, Georgina, dit enfin Jean au menton découvert, il est pareil en dessous !

Que j'étais contente de les voir ! Ils me parlèrent un peu des chantiers, évitant de faire allusion à mon père. Puis je les chargeai de messages pour Flavie et Rosemarie. Vital ajouta :

— Après les semences, je vais aller travailler au chemin. Jean et popa vont s'arranger. Tu viendras voir, la terre est belle à c't'heure !

— J'peux y aller juste le dimanche.

— M'as venir te chercher en voiture, dit Vital.

Je retournai battre le linge et plier les draps qui étaient secs. Mais la journée n'était plus la même que celle qui avait commencé le matin. Quelque chose d'indéfinissable s'était glissé en moi. De revoir Vital, tout d'un coup transformé en homme barbu qui rentrait plein d'assurance des chantiers, m'avait secouée. Je ne sais pas trop si c'était le souvenir de ce retour de mon père que nous avions tant et tant attendu ou bien la présence de Vital dans le paysage printanier qui en était responsable. Mais j'étais une personne nouvelle et Henriette s'est chargée de me le dire à sa façon.

— Si tu t'étais vu la face ! Il t'a joué un tour hein ? avec sa barbe. Mais il te mangeait des yeux, ça, c'est pas dur à voir...

— C'est le frère de mes amies, voyons, Henriette.

— Hé oui, ils sont tous les frères de quelqu'un. Mais ça change rien, ça. Frère ou pas, un torchon trouve sa guenille....

— Henriette ! Je te défends bien...

— J'en connais une qui va rêver ce soir ! Allez, viens qu'on plie les draps !

Notre travail a été interrompu par les garçons qui revenaient de l'école. Hector et Oscar se disputaient l'honneur de plier les draps avec moi. Le vent faisait gonfler ceux-ci et les enfants s'amusaient beaucoup en exagérant leurs gestes pour les faire gonfler de plus belle. Télesphore ne s'occupait que de Samson. Il lançait des bouts de bois au loin vers une petite butte et criait à Samson de les lui rapporter. Mais le chien se souciait bien peu des pièces de linge humide étalées dans l'herbe et c'est ainsi qu'il franchit à toute allure, le bâton dans la gueule, la distance qui le séparait de Télesphore. Et ses pattes pleines de boue laissèrent de belles traces sur les carpettes qui séchaient.

Je me suis fâchée noir et je les ai appelés :

— Télesphore ! Viens ici !

Les deux autres avaient abandonné leurs tâches un peu trop ménagères et s'affairaient à tailler au canif une branche de saule. Je les appelai aussi :

— Hector ! Oscar ! Ici ! Et tenez Samson tranquille !

Je les fis asseoir tous les trois près des piles de linge propre pour les gronder un peu. Mme Hébert était repartie vers la maison et Henriette remettait le linge dans les paniers.

— Vous avez tout sali les carpettes !

— C'est pas nous, c'est Samson ! s'écria Télesphore.

— Qui c'est qui va être obligée de relaver demain ? Hein ? J'ai besoin de vous pour m'aider à rentrer le linge ! Hector et Oscar, je vais vous donner un panier et tenez-le par les deux anses. Toi, Télesphore, tu t'occupes de Samson, sinon, en rentrant, je vous mets en pénitence ! dis-je en faisant des yeux terribles.

— En pénitence ! clama Oscar.

— C'est pas juste, intervint Hector qui tenait une longue branche souple. Nous, on veut aller à la pêche. Il faut qu'on trouve des perches !

— Comment ça, aller à la pêche ? As-tu la permission ?

— Ben... Je vais prendre du crin de la queue de Belle pour la ligne – Xavier m'a dit que je pouvais – et puis tu vois, j'ai une belle canne, là... je vais faire une belle, belle canne à pêche.

— Moi, ze sais où trouver des vers, clama Oscar de sa petite voix zézayante.

— On va demander à ton père, dis-je. En attendant, hop, on rentre le linge. Et puis, pas de bêtises avec Samson. Surveille-le, Télesphore, c'est toi qui es responsable ! Compris ?

Après avoir chargé les paniers, nous avons repris le chemin de la maison toute proche, les petits devant et Samson fermant le cortège. La journée au grand air nous avait ravigotés et les enfants sentaient comme nous qu'une nouvelle saison plaisante commençait avec ce jour de grande lessive. Parce qu'on allait déménager dans la cuisine d'été et que dorénavant on serait plus dehors que dedans. En quittant la rivière, on vit descendre trois canots avec des voyageurs, trois canots qui s'en allaient sans doute vers la Belle Rivière et les décharges du lac où se construisait la glissoire à bois. Je remarquai, à la pince du canot, la silhouette de Tommy, Tommy l'Indien, l'ami de M. Price. À les voir glisser hardiment sur l'eau, j'eus soudain envie de revoir le lac Saint-Jean, de revoir les berges sablonneuses et la nappe d'argent dont j'avais gardé le souvenir. Je dis à Henriette :

— J'aimerais ça aller en canot jusqu'au lac Saint-Jean !

— C'est bien versant, un canot. Tu serais mieux en chaland, dit Henriette.

— C'est plus beau, un canot. Ça vole ! répliquai-je.

— Tu demanderas à ton barbu qu'il t'emmène, hein ? me lança Henriette pour me taquiner.

Je n'ai pas relevé cette suggestion parce que, devant nous, les petits venaient de renverser le panier.

En rentrant, il fallait tout remettre en place, faire les lits et suspendre les rideaux. Même les hommes participaient à cette journée exceptionnelle. Xavier battait les tapis attachés aux pagées des clôtures et l'un des commis prêtait main-forte pour laver les fenêtres de la maison. Henriette s'est remise au fourneau et j'ai chassé les enfants et sorti du fond de moi ma voix pleine d'autorité :

— Vous l'avez méritée, votre pénitence. Allez vous asseoir sur la galerie et récitez vos prières !

La journée était loin d'être finie ; bien des choses me trottaient dans la tête, mais je n'avais pas le temps de m'y attarder. Tandis qu'Henriette entreprenait la cuisson du souper dans la cuisine d'été, j'ai sorti les fers que j'ai déposés sur le poêle. J'avais le temps de repasser les draps encore humides.

Je jetais un œil sur les enfants assis l'un contre l'autre avec Samson, qui semblait s'étonner de leur inactivité ; je les voyais, têtes réunies, qui discutaient. Je me doutais bien qu'ils faisaient autre chose que réciter leurs prières. Bientôt, ce fut Oscar qui vint demander pardon pour les trois et se fit messager :

— On peut-y aller à l'étable voir Xavier ? Hector a besoin du crin. On a fini notre pénitence. On a dit toutes nos prières.

— Es-tu bien sûr que t'as fini ? Tu diras à Télesphore d'attacher Samson la prochaine fois qu'on ira laver. Mais pour aller voir Xavier, attendez qu'il ait fini les tapis, comme ça vous ferez le train avec lui. Allez, ouste !

La porte de la cuisine d'été était grande ouverte sur la cour. Derrière la clôture, on voyait les têtes des petites feuilles bien alignées des plants que j'avais semés dès les derniers jours de mai. Déjà, ils sortaient de terre et le vert tendre de leurs premières pousses faisait plaisir à voir. L'été pouvait venir, la vie se remettait en marche. Je me suis mise à repasser les draps avec tout le calme qu'il me fallait pour laisser défiler dans ma mémoire ma rencontre avec les frères Ouellet. Tout en faisant glisser le fer brûlant sur la toile, je reprenais dès le début l'image de leur arrivée et le sentiment que j'avais éprouvé de ne reconnaître Vital que par sa voix. Est-ce qu'il avait changé tant que ça ? Il était plus grand, peut-être, plus musclé ? Et je reprenais le récit intérieur que je me faisais pour le seul plaisir de rire de ma propre surprise et aussi pour oser m'avouer que, chaque fois que j'étais en présence de Vital, les joues me rosissaient et quelque chose se troublait en moi.

Doucement, le fer aplatissait les plis du drap, qu'on avait tordu pour en extraire l'eau. Mes yeux suivaient distraitement le chemin du fer et je m'absorbais dans mon travail en humant l'odeur du linge mouillé et de la literie propre. En rangeant les draps et les nappes dans la grande armoire, je prenais soin de glisser des ramures de cèdre entre les piles. J'entendais madame refermer les fenêtres de la maison et s'écrier :

— Les vitres sont belles ! Ah ! que ça fait du bien ! Viens voir, Calixte, comme c'est joli ! J'ai décidé de changer la causeuse de place !

La semaine d'avant, une charrette venant de Chicoutimi avait livré une causeuse, un grand fauteuil pour deux tout recouvert de velours brillant et décoré de sculptures comme un banc d'église. Ah ! quelque chose de beau, je vous l'assure, comme on en voyait dans les catalogues et les images des feuilletons. Jamais je n'avais vu un tel meuble et jamais je ne m'étais assise dessus. M. Hébert l'avait fait venir de Québec exprès.

Le soleil déclinait rapidement dans le ciel et un petit vent frais soulevait les feuilles toutes neuves. La brunante arrivait et je me dépêchais de ranger le linge quand j'ai entendu japper Samson au loin. Bien vite, ses jappements se sont rapprochés, accompagnés des cris des enfants. Il ne me restait plus que les grandes taies à repasser. Puis je ferais la toilette des petits et ma longue journée serait presque terminée.

Les cris et les jappements persistaient. Levant les yeux du fer, je vis dans la porte Télesphore et Samson. Télesphore, les yeux affolés, avait la bouche ouverte mais pas un son n'en sortait. Oscar courait vers la maison en hurlant :

— Maman ! Maman !

Henriette attrapa Jean-Baptiste trébuchant sur Samson et en un éclair toute la maisonnée, alertée par les cris et les silences et pressentant la survenance de quelque malheur, abandonna tout et se précipita dans la direction indiquée par Télesphore.

La rivière étincelait des dernières lueurs du soir. Au milieu du courant, assez vif à cette époque, une longue perche de bois flottait au cœur des bouillons. Samson, assis au bord dans les joncs, lançait une longue plainte qu'il répétait sans cesse. De l'autre côté, quelqu'un mettait une chaloupe à l'eau. En balbutiant, Oscar dit :

— Hector est allé... à la pêche.

— Où ? a demandé M. Hébert.

Et Oscar a montré du doigt la canne qui s'en allait dans le courant.

C'était comme si une couverte épaisse s'était abattue sur chacun de nous ; la respiration nous a manqué. Le bébé s'est mis à pleurer dans les bras de sa mère. Je suis sûre qu'il avait compris, juste à l'épaisseur du silence, que la rivière des Aulnets venait de lui enlever son grand frère.

CHAPITRE 18

Le jour des secrets

Ce n'est qu'au petit matin qu'ils ont repêché le corps. Toute la nuit, des hommes, s'aidant de gaffes, avaient fouillé la rivière à bord de chalands. Les voisins avaient apporté des lanternes qu'ils avaient suspendues aux branches basses. Monsieur le curé était venu dès l'annonce de l'accident apporter son réconfort. Un grand silence régnait.

M. Hébert, les yeux secs, est resté debout toute la nuit, appuyé sur sa canne au bord de la rivière. Aux fenêtres de l'étage, une lumière brillait. De temps en temps une ombre relevait le rideau de batiste et le laissait retomber. Un silence plus lourd qu'à l'ordinaire enveloppait le village ; même les fêtards qui, à l'hôtel, célébraient leur retour des chantiers n'osaient ni chanter très fort ni même prendre un coup solide. L'aubergiste les força à quitter les lieux ou à louer une chambre et à cuver leur boisson dans le sommeil. Un deuil advenu dans la famille Hébert était un deuil ressenti dans toutes les maisons.

Moi, dans mon grenier, j'avais tant de chagrin que je n'osais pas m'approcher du petit carreau. J'avais le sentiment que la nuit ne finirait jamais, que jamais plus le soleil ne se lèverait. D'ailleurs, la pluie se mit à tomber et le martèlement des gouttes sur les bardeaux se mêla à mes larmes et je finis par m'endormir en me disant que le bon Dieu pleurait lui aussi en accueillant un petit ange de plus au paradis.

Quand on apporta Hector, on l'étendit sur le banc de quêteux. Ses cheveux mouillés collaient à ses tempes, ses mains tombaient mollement, les paumes inertes, les doigts gonflés d'eau. Un cri a déchiré l'air du matin :

— Hector, viens-t'en !

C'était Jean-Baptiste, qui venait chercher son grand frère pour jouer. Il ne comprenait pas ce qu'il faisait là allongé sur le banc.

J'avais du mal à détacher mes yeux de ce visage si pâle, si mou, dont la bouche restait muette ; j'avais toutes les peines du monde à étouffer le son de sa voix qui traînait dans les moindres recoins de ma mémoire, une voix déterminée qui répétait, soir après soir :

— Georgina, tu me racontes une histoire ? Une vraie, épeurante ?

Dans la maison flottait une odeur de brûlé qui a duré toute la journée. Ce n'était pas l'odeur de la mort. Non. Mais, à dire vrai, ce l'était peut-être. Dans les circonstances, j'avais eu de la chance, Mme Hébert ne m'avais pas disputée.

— Ne t'en fais pas, ma fille, c'est pas de ta faute, m'avait-elle dit avec un faible sourire.

Et j'avais rangé la taie froissée, avec son grand trou brûlé en plein milieu. Plus tard, on la découperait pour faire des essuie-mains. Plus tard.

Les cérémonies entourant la mort d'un enfant se font rapidement. Hector n'est resté que quelques heures allongé, revêtu de son costume du dimanche, les cheveux bien peignés, dans son petit cercueil de bois simple au milieu du salon.

Les gens sont venus, presque tout le village a quitté son champ, sa boutique ou sa cuisine pour venir à la grande maison. La plupart ne disaient rien. Seule la femme du boulanger a jeté en soupirant :

— C'est le premier de l'année.

Les femmes en tablier simple regardaient le petit visage et égrenaient quelques prières, les lèvres tremblantes. La parenté Hébert, il y en avait beaucoup ; ils sont venus ensemble, oncles, tantes, cousins du petit. Et puis, le cortège s'est mis en branle sous la pluie vers la chapelle tout en haut de la côte. Les écoliers, la tête basse, se sont joints à nous à la porte. Dans l'enclos réservé aux morts, sur la terre fraîche recouvrant la petite fosse, l'un des enfants a déposé un bouquet de sapinage et de pissenlits car il n'y avait pas d'autres fleurs. L'été commençait à peine ; pour Hector, les saisons étaient mortes.

Des gens sont restés pour manger. J'ai servi, débarrassé, lavé la vaisselle comme à l'accoutumée. Puis, il a fallu recommencer de vivre. Mais je ne pouvais pas. Mes membres étaient engourdis. J'avais le sentiment que mon cœur allait exploser.

À force de regarder la pluie couler le long des vitres de la cuisine, la digue a cédé. J'ai pensé que j'allais retourner à la terre, moi aussi, sous forme de gouttes salées qui sortaient de mes yeux comme un ruisseau en débâcle. Henriette prenait grand soin de ne pas cogner les chaudrons et se déplaçait en silence pour me laisser, seule, à mon chagrin. Au retour de la messe, elle m'avait embrassée, sans un mot ; dans ses bras forts elle m'avait serrée longtemps et m'avait murmuré :

— Au fond, c'est toi qui l'aimais le mieux.

Elle savait, elle, mère de deux enfants morts tout jeunes, ce que ça voulait dire. Mais moi, je n'avais plus le cœur à rien ; mon horloge continuait de sonner les heures, les jours s'effilochaient, les écureuils et les oiseaux faisaient un vacarme sans fin dans les arbres : je n'entendais rien. J'accomplissais mes tâches sans entrain et je me suis jetée dans la lecture comme dans le seul refuge qui me restait. Séverine m'avait prêté un livre de contes si étonnant sur les amours d'une jeune femme avec Trilby, le lutin de son âtre, que j'entrai dans l'histoire, je parcourus les collines venteuses et les criques rocheuses du lointain pays d'Écosse avec Jeannie et j'oubliai tout le reste.

Puis, petit à petit, malgré moi, la vie a repris. Il restait les autres. On a passé les vêtements d'Hector à Oscar et à Télesphore, comme ça se serait fait de toute façon. Tout doucement, Henriette m'a réquisitionnée pour semer les légumes du potager. Forcée d'observer la merveille des petites graines qui germent en cachette et surgissent un beau matin en lignées de navots, de choux et de patates, je me suis secouée. D'un seul coup, j'ai vu les feuilles luisantes qui bruissaient au moindre vent d'été, les prés jonchés de marguerites ; j'ai senti les résines des bois coupés qu'on brûlait, j'ai entendu le martèlement de l'enclume et le frissonnement des libellules au-dessus des marais. Les pommiers et les cerisiers resplendissaient de parfums sucrés. Les étourneaux et les corneilles avaient mis moins de temps que moi à se réveiller. Aussi, ils ravageaient les pousses neuves du jardin. D'une voix nouvelle, je lançai :

— Les enfants ! Venez, on va faire un peureux à corneilles !

On a mis toute notre ferveur à construire un épouvantail. J'ai été chercher Médard Fortin, le commis du magasin, pour qu'il nous fasse un bâti. Il ne s'est pas fait prier. Depuis le début de l'été, je le sentais rôder. Il n'était pas vilain ni ratou-reux. Je n'aimais pas sa maigreur, ses petits yeux gris et ses grands pieds, mais il était franc et gentil. Quand je lui deman-dais quelque chose qu'Henriette m'envoyait chercher pour la cuisine, il me le trouvait toujours. Le magasin était collé à la maison, alors c'était commode pour les commissions. Quand je passais devant la galerie pour aller acheter le pain chez le boulanger ou même pour me rendre à l'église, je sentais tou-jours dans mon dos au moins deux ou trois paires d'yeux qui me détaillaient. Et une de celles-là, c'était sûr qu'elle appar-tenait à Médard Fortin.

C'est pas déplaisant de se faire reluquer, mais ça dépend par qui. Y en avait des bien plus belles que moi et avec du bien, aussi. Médard ne faisait pas le tri, il regardait tout ce qui passait. C'était un garçon comme les autres ; mais il ne parlait pas fort, je ne savais pas ce qu'il pensait. Après avoir cloué et planté nos piquets dans la terre du jardin, il est resté là à nous regarder. Mais M. Hébert a appelé :

— Médard ! Attelle, on s'en va à Chicoutimi !

Pour habiller notre peureux, on a couru les guenilles. Les enfants ont frappé aux portes des voisins demander du vieux linge, des jaquettes usées, des jupons fripés, des culottes sans fond que le quêteux n'avait pas réclamés encore. On avait toute la paille voulue pour bourrer les vêtements, mais il nous manquait un chapeau. Oscar a déclaré :

— Moi, je sais où en trouver un ! Bougez pas, je reviens !

Et il a couru à l'étable décrocher la vieille casquette mitée que Xavier avait pendue à un clou. Accueilli avec des cris de joie par les petits, il a coiffé notre homme de paille en souriant. Je le regardais s'agiter en pensant : « Il a pris la place d'Hector ; c'est lui l'aîné maintenant. » Et mon cœur m'a fait mal.

J'ai tout tenté, cet été-là, pour oublier Hector. Le temps était radieux et j'emmenais les enfants au dehors le plus souvent possible avec Samson comme escorte. Des promenades, des pique-niques, tout était permis. J'ai taillé des sifflets, fait tourner des toupies, mais j'évitais les jeux d'eau et la rivière malgré la grande activité qui y régnait. Au temps des petits fruits, je les ai mis de corvée pour la cueillette des framboises et des gadelles. En approuvant ma gourmandise, Henriette m'a envoyée chercher du sucre et on a commencé les confitures. J'aimais tant les odeurs de fruits sucrés qui embaumaient la cuisine d'été! Je me suis mise à inventer des saveurs, mélangeant les fruits et ajoutant des feuilles de menthe ou des clous de girofle aux suaves bouillons rouges. Puis je remplissais les pots que j'alignais avec fierté dans les armoires.

Les samedis de la fin de l'été, rien ne me plaisait plus que d'aller au marché. On pouvait y vendre ou y troquer des veaux, des coqs, des cochonnets bien gras, de la laine fraîchement tondue et une foule de biens essentiels. Les paysans apportaient dès le petit matin, de leur terre à peine défrichée, des bottes d'oignons et de carottes; on transportait même quelquefois de la fromagerie du fromage frais et du beurre qui s'aplatissait au soleil. La ferme nous fournissait tout ça, mais j'y allais plus par curiosité que par besoin. Les vendeurs qui me fascinaient par-dessus tout étaient les Indiens. Ils venaient en famille et proposaient pour quelques pièces des objets déposés à leurs pieds sur des tapis de branchages et qui me séduisaient plus que tous les autres. C'étaient des bouquets d'herbes sauvages dont je ne connaissais pas les noms, des baies noires dans des paniers tressés, des récipients en écorce de bouleau, des balais entremêlés de fils rouges. Des poissons enfilés sur des branches sentaient bon la boucane et invitaient les mouches qui tournoyaient autour. Plus l'été avançait, plus l'assistance au marché grossissait. Il venait même des étrangers qui manipulaient attentivement les raquettes, les mocassins, les fourrures et surtout les canots, et en achetaient régulièrement, repartant sur la rivière avec leurs guides pour aller à la pêche. Souvent, c'était Tommy qui négociait les achats avec eux, Tommy aux yeux brillants. Je le voyais me regarder, lui aussi, qui se tenait avec les siens et causait à voix basse dans leur langue. Des femmes, assises par terre, tressaient en bavardant et en fumant la pipe. Parfois elles chantaient des ritournelles aux enfants qui s'échappaient tout le temps et couraient entre les charrettes.

J'aimais me mêler à ces gens; j'aurais aimé, moi aussi, proposer quelque chose juste pour le plaisir de discuter, de barguigner, pour apprendre car, plus encore que sur le parvis de la chapelle au sortir de la messe du dimanche, c'est au marché que se disaient les paroles qui avaient de l'importance. Mais comment offrir des choses qu'on n'a pas? Pourtant... je pourrais vendre des mitaines tricotées, des châles et pourquoi pas mes confitures? Voilà, je vendrais mes confitures et mes gelées roses! J'irais loin dans le bois ramasser les pommettes sauvages, dans les savanes cueillir les plus beaux bleuets et les atocas croquants! Je ferais des confitures merveilleuses et ma renommée s'étendrait tout autour du lac. C'est ainsi que je rêvais en écoutant les ragots d'une oreille distraite.

M. Hébert n'aimait pas le marché car il nuisait à son commerce, disait-il. On racontait que d'autres personnes allaient ouvrir des magasins à Hébertville. Les noms de Desbiens, Collard, Hudon s'échappaient des lèvres des badauds du marché. En écoutant ces rumeurs, je pressentais qu'elles dérangeaient M. Hébert et que la venue de la concurrence ne l'enchantait pas. Il ne serait donc plus le seul chez qui on venait chercher l'étoffe, les brosses, les ponchons de mélasse? Le marché, pour moi, ça remplaçait l'école, tant on y apprenait de choses.

Séverine et moi nous y retrouvions et faisions nos projets pour le lendemain. Parfois Marcellin venait de son canton avec les deux plus grands, Aliette et Barthélemy, et j'étais heureuse de les revoir, comme si leur présence me donnait la certitude d'avoir une vraie place, moi aussi, dans ces lieux.

Mais c'est un fameux dimanche de cet été-là qui a été pour moi le jour des secrets, le jour qui a fait basculer ma vie. Ce jour-là, après la messe, Séverine, ne pouvant plus me cacher la raison de ses émois, m'a confié :

— Georgina, tu le sais que tu es ma meilleure amie; je vais te dire quelque chose que tu dois me promettre de ne dire à personne.

— Je jure, répondis-je d'un air sérieux.

— Eh! bien, tu sais Ignace...

— Ignace Gauvin, celui des chantiers?

— Celui-là même. Il s'en va travailler à Alma, à la glissoire de M. Boulanger.

— Alors?

Séverine n'a rien ajouté, mais ses yeux se sont mis à pétiller comme une branchette de sapin au feu et ses joues à rosir. Et puis, tout d'un coup, j'ai compris, j'ai tout compris. Je lui ai saisi les mains et demandé :

— Tu as dit oui ?

— Moi, oui ; mais ça dépend de mon père. Ignace va faire la grand' demande après les récoltes.

— Ton père, qu'est-ce qu'il va dire ?

— Il s'est renseigné sur la famille d'Ignace et il ne trouve rien à redire. Alors, j'ai pas peur...

Je suis restée sans voix un moment, examinant mon amie Séverine, ma compagne de seize ans, qui allait devenir en moins de douze mois une promise et puis une épousée. J'en étais toute secouée. J'ai vite posé la question qui, à toutes les deux, meublait notre esprit.

— Tu l'aimes ?

— Je le sais pas. La semaine dernière, il est venu veiller. Il m'a touché le bras et ça m'a fait tout drôle. Je te jure, mes poils ont retroussé ! dit Séverine en pouffant de rire.

D'après moi, ce n'était pas que ça aimer quelqu'un.

— Quand on se promène au bord du champ parfois, poursuivit Séverine, il me dit des belles choses. Il va se faire une terre sur l'île, là-bas. Il s'en va déjà construire un campe pour l'an prochain, continua-t-elle ; c'est tout près du lac.

— L'aimes-tu ? répétai-je.

— Arrête de me demander ça tout le temps ! fit-elle, agacée. Il m'a dit que j'étais... que j'étais la plus belle fille qu'il connaissait. Il m'a dit qu'il avait besoin d'une femme comme moi, une femme qui n'avait pas peur de travailler dur pour se faire un beau règne.

Quelque part au fond de moi s'était installée une attente qui se faisait précise et vive puis s'atténuait mais restait toujours présente : elle découlait des quelques mots prononcés par Vital lors de notre rencontre le jour de la grande lessive :

— Je viendrai te chercher un dimanche.

Les charrettes allaient et venaient constamment. De temps en temps, je regardais leurs passagers pour voir si c'était lui. De semaine en semaine, j'avais fini par me dire qu'il avait oublié et puis, ce jour-là, tandis que la nouvelle de Séverine frayait son chemin en moi, je le vis, juché sur une planche, tenant les menoires du cheval qui allait au trot.

— Georgina! lança-t-il. Je suis venu te chercher!

Surprise, je regardai Séverine, qui sourit et me pinça le bras en murmurant :

— C'est à ton tour!

J'avais congé; j'avais toute la journée devant moi. Séverine s'en est allée, serrant son châle et son secret sur son cœur, et moi, encore abasourdie, comblée à l'idée de m'en aller loin, je suis montée au côté de Vital. J'avais hâte de revoir Flavie et Rosemarie, de reprendre le fil de nos liens que je ne voulais pas voir se défaire, ces liens fraternels soudés par la vie d'avant et les malheurs. J'étais heureuse d'aller vers elles et leur famille, parce que, en leur compagnie, je n'avais plus besoin d'être sur la défensive. Les Ouellet, ils savaient. On avait partagé tant de choses, et même la présence des parents, Léonie et Firmin, me rassurait car j'aimais croire qu'ils étaient de ma parenté, qu'eux aussi m'avaient quelque peu adoptée.

Je pense que Vital avait prévu d'attendre d'être rendu chez lui pour me dire ce qu'il avait à me dire; mais est-ce que ça lui brûlait les lèvres? Voulait-il être le seul à me voir réagir? Toujours est-il qu'on avait à peine franchi trois ponceaux qu'il a laissé le cheval avancer lentement et il m'a confié :

— Georgina, tu sais, j'ai commencé à travailler au chemin Kénogami.

Il ne me regardait pas. Il parlait en fixant droit devant et moi, attentive au printemps qui nous enveloppait, j'écoutais distraitement les mots qui sortaient de sa bouche. J'étais troublée de le sentir là, à mes côtés, émue au ton de sa voix et au plaisir de faire une vraie sortie pour mon jour de congé, ce qui était une rareté. Mais les mots «chemin Kénogami» me frappèrent, et ma mémoire engourdie se réveilla; d'un seul coup, je tendis l'oreille. Vital hésitait : on aurait dit qu'il avait perdu son entrain. Il fit une pause et puis, enfin, il continua :

— On est une grosse équipe, ça avance bien. Il y a deux jours, un gars avec nous a...

— A quoi ? demandai-je, alertée par son embarras.

— Ben, en cherchant des pierres pour boucher les trous, il a rencontré des Indiens qui trappaient qui l'ont aidé et puis, ensemble, ils ont découvert un...

— Un quoi ?

J'avais senti, à sa voix devenue grave et à ses balbutiements, que les mots qui s'en venaient portaient quelque chose d'épouvantable. Et entre la crainte et la curiosité, tous mes muscles se tendaient.

— Les restes d'un homme, dit Vital.

Et soudain, comme pour atténuer la brutalité de cette nouvelle, il se mit à énumérer des détails rassurants :

— La neige a dû le protéger, il a dû geler, ce n'est pas une mort souffrante, continuait Vital, qui semblait trébucher sur les mots tant il prenait de précautions.

Mon cœur toquait avec un bruit de tonnerre.

Il y a eu un long silence entre nous. Puis j'ai dit :

— Est-ce qu'on sait qui c'est ?

— Comment veux-tu ? Il est resté trop longtemps dehors, au froid, à moitié enterré. Deux, trois ans peut-être. Il ne reste rien pour l'identifier. Juste...

Il hésitait.

— ... juste un paquet d'os. C'est peut-être un Indien aussi. C'est eux qui l'ont rapporté ici dans leur traîneau. On a demandé de faire une enquête, mais je ne pense pas...

Je l'ai interrompu :

— Penses-tu que c'est lui ?

— On peut pas savoir, Georgina. On peut pas savoir pour le moment.

Les dernières paroles de Vital tournaient avec fracas dans ma tête. Mes questionnements interminables, sans cesse repris et reformulés pendant ces années, venaient brusquement de se dissiper comme une brume matinale emportant avec elle les derniers lambeaux d'espoir. Mais je voulais savoir. Il le fallait.

C H A P I T R E 19

Une pierre dans mon cœur

Tout était en place pour faire de ce dimanche un jour de bonheur, une fête comme il en arrivait peu dans l'année, et cette fois je pourrais le vivre au milieu des êtres chers que je mourais d'envie de revoir. Mais comment donc aurais-je pu me réjouir, me laisser aller à sourire, me permettre de bavarder avec mes amies quand j'avais une pierre à la place du cœur? Au fond, maintenant que j'y repense, aussi bien avoir été chez Ouellet, ç'aurait été pire autrement. Mais ça n'a rien changé à la douleur.

Dès mon arrivée à la maison, j'ai compris que tous savaient. C'était à eux, en premier, que Vital avait rapporté ce qu'il avait appris. Et si Vital était venu me chercher, je me disais que ce n'était pas, comme je l'avais cru, parce qu'il me trouvait de son goût mais juste parce que tous ensemble, mus par le désir d'atténuer ma peine en la partageant, les membres de la famille Ouellet voulaient m'entourer de leur affection. Cette idée effleurant mon esprit un instant augmenta encore mon désarroi, mais j'étais déjà suffisamment accablée par le doute, par le dégoût et l'horreur que la nouvelle m'inspirait. Chaque année, les débâcles et le dégel amenaient leur lot de drames et d'accidents, mais cette fois c'était de mon père qu'il s'agissait, c'était peut-être le corps d'Étienne qu'on avait trouvé rongé, pourri, déchiqueté, éparpillé sous les ramures d'un pin! Toutes les pires images de morts violentes et de blessures qui jalonnaient parfois mes lectures tourbillonnaient dans ma tête et mon esprit allait du refus au découragement. Je ne voulais pas m'abandonner au désespoir que je sentais tout près et, pourtant, je repoussais les paroles douces et les attentions de Léonie; en somme, je luttais farouchement contre moi-même. J'avais envie de hurler, de fuir, de me jeter du haut d'une falaise. Assise sur une chaise en face des trois hommes debout, je me suis mise à poser et à répéter des questions sans suite à Vital.

— Où ? Depuis quand ? Comment ? Qui l'a trouvé ? Qu'est-ce qu'ils en ont fait ? Où est-il ? L'avez-vous dit à maman ? Comment on va faire pour savoir si c'est lui ou si c'est pas lui ?

Les réponses arrivaient aussi vagues et rassurantes que possible. Et là, je me suis mise à pleurer. Pleurer de chagrin, bien sûr, mais aussi de rage et d'effroi tout en restant paralysée au milieu de ces gens que j'aimais sans pouvoir faire autre chose. Ça a duré longtemps ; je ne me souviens plus des paroles dites, entendues, rabâchées. Je me souviens juste de mon malheur, de ma douleur qui défilait lentement au fil de mes larmes.

Moi qui avais la conviction d'être devenue une grande, une adulte responsable, une fille pas trop étourdie à qui on confiait toute une ribambelle de marmots choyés, j'ai senti soudain que je redevenais une enfant. Les petits malheurs quotidiens et la tragédie de la famille Hébert m'avaient ébranlée, évidemment, mais je m'accommodais tant bien que mal de ma situation précaire, de l'éloignement de ma famille et de l'espèce de résignation à suivre le chemin tracé que les gens semblaient emprunter autour de moi. Qu'est-ce qu'ils avaient tous à subir, à accepter la fatalité ? Attendre et se soumettre... Attendre l'argent du gouvernement pour faire les chemins, laisser le curé les assommer de peur en énumérant les châtiments terribles que les manquements à la loi divine et les fautes d'obéissance allaient déverser sur tous ; attendre que les rivières coulent pour charrier le bois ; se soumettre aux embarras comme la pluie, la neige, le feu qui rongeaient constamment les espoirs et la confiance. Et quand tout allait plus mal, attendre encore et voir arriver les *boss* anglais qui parlaient dans une langue cassée qui aurait dû les faire bondir hors de leurs bottines ! Mais non, on laissait passer, fallait pas rouspéter, fallait pas se plaindre, fallait accepter son sort, remercier le bon Dieu de ses bienfaits.

Pourquoi donc était-il si difficile de vivre ? Pourquoi fallait-il se satisfaire de si peu de bonheur sur cette terre pour arriver un jour au ciel ?

Le malheur fondant sur moi me faisait tout à coup prendre conscience du fait que ma mère me manquait affreusement. Mes petits frères me manquaient. Mon père me manquait plus que jamais. J'étais toute seule pour affronter mon chagrin : jamais autant que ce jour je n'ai voulu retrouver les bras de ma mère. Mais elle, savait-elle ? Est-ce qu'elle avait commencé à oublier Étienne ?

Je redevenais une toute petite fille, je me revoyais chantant des ritournelles avec papa au bord de la clôture sous le vieil érable ; je revoyais grand-mère Marie-Rose me confiant son horloge ; je repensais à mes oncles, Victor, Florian, Siméon, Damase et Alexis, à mes tantes et à mes cousines. Pourquoi étaient-ils si loin ? Je pensais au fleuve, si beau, si vaste, si brillant, qui nous séparait. Je n'étais plus qu'une toute petite fille, un bébé qui pleurait parce qu'il avait besoin de sa mère. Je ne comprenais plus rien, je ne voulais plus rien comprendre.

Par la suite, j'ai essayé, sans le laisser paraître, de résister au découragement et j'ai décidé, puisque je n'avais envie de me confier ni à Henriette ni à Séverine, que la seule façon de mettre mes idées au clair dans ma tête était de les écrire. J'ai sorti un cahier d'écolier qui venait de je ne me souviens plus où et que je rangeais précieusement dans mon coffre en attendant le moment de lui livrer mes secrets et mes angoisses.

Mais je ne réussissais pas à écrire dedans. Sur les lignes mauves, je n'osais pas tracer mes pauvres misères. Dès que je tenais une plume trempée dans l'encre, les mots se défilaient, le manque d'habitude me faisait hésiter sur l'orthographe, sur le sens véritable des paroles qui me venaient à l'esprit. Et surtout l'idée qu'un jour, peut-être, quelqu'un trouverait ce cahier et lirait mes mots me crispait d'angoisse. Alors, je me suis contentée d'y glisser des feuilles séchées cueillies au bord des chemins, une ou deux feuilles rouges et craquantes de l'automne, une pensée découpée dans le journal. Je regrette aujourd'hui de n'avoir pas osé consigner maladroitement les sentiments qui m'agitaient dans ces moments difficiles. Je finis par le faire bien plus tard. Mais l'odeur de ces vieilles pages font resurgir aujourd'hui les mots que je n'ai pas écrits, car je les ai tant ressassés, tant roulés, tant secoués dans ma tête qu'ils ont dû s'imprimer dans ma mémoire mieux encore que ne l'aurait fait la plume.

J'aimais repasser. On me donnait des piles de linge humide, chemises, nappes, serviettes, jupons. J'aimais repasser, parce que tandis que mes mains bougeaient, ma tête, elle, restait alerte et libre de trier, assortir, examiner, éliminer, analyser les pensées bousculantes que les jours et les nuits ramenaient en moi. Je cherchais appui et consolation et comme je ne trouvais rien, c'était en interpellant celle que j'aurais voulu près de moi que je tentais de voir clair. Ainsi, ce jour-là, le lendemain de mon dimanche chez Ouellet, en faisant glisser silencieusement le fer chaud sur la toile, au-dedans de moi je criais.

«Maman! Maman! Viens à mon secours. Rappelle-toi comme on était amies pendant que papa était parti au chantier. Te souviens-tu de la nuit de ta fausse couche? Appelais-tu ta mère au fond de ton cœur toi aussi cette nuit-là? Maman! Maman! Console-moi, dis-moi que ce n'est pas vrai. Dis-moi que ce n'est pas lui qui est resté allongé toutes ces longues journées, ces longs mois, ces années, allongé sur la terre gelée avec la pluie, la neige, le vent, les feuilles sèches pour seule couverture. Et sa chair blanche comme celle du petit noyé qu'ont grignotée les renards, les ours, les corneilles, les mouffettes, les carcajous, les mulots, les rats, les vers... Maman! Tiens-moi la main, dis-moi que tu n'as pas oublié comment ses yeux bleus riaient même s'il était fâché ou fatigué. Et toutes ces chansons drôles qu'il chantait, t'en souviens-tu?

> La jeunesse est folle
> Hou!
> Et les vieux sont fous.

«Maman, j'ai mal! J'ai peur. Je ne veux pas que ce soit vrai, je veux qu'il soit juste parti aux États pour gagner dans les *factries* de quoi bâtir une grande maison blanche. Et toi, maman, as-tu jamais cru qu'il l'avait tué pour vrai, le Simard? Qu'est-ce qu'il t'a dit d'autre, le curé de ce temps-là, pour que ton sourire disparaisse de ton visage? Penses-tu à moi, maman, quelquefois? Sais-tu que je sais faire les meilleures confitures d'Hébertville comme grand-mère Marie-Rose les faisait? Tu vois, je sais faire ça, je retiens d'elle. Maman, prends-moi dans tes bras, je suis ta petite fille au cœur qui pèse comme une pierre, comme les pierres si lourdes qu'on a tant roulées dans le champ qui penche, là-bas à Rivière-Ouelle. J'ai la mère des pierres dans le cœur. Viens me chercher, maman, berce-moi pour que je ne sente plus rien... plus rien... »

Dès mon retour à Hébertville, je me suis évertuée à cacher, cacher toute apparence d'émotion, cacher le vrai et le faux, cacher que la nouvelle colportée au magasin, au moulin, dans les rangs des alentours et qu'on chuchotait partout me transperçait le cœur chaque fois que sa rumeur m'atteignait. Je tendais l'oreille à toute heure du jour pour tenter d'en savoir plus sur « les événements » dont tout le monde parlait. Je voulais savoir qui faisait enquête ; je voulais découvrir, sans dévoiler mes craintes, les véritables certitudes qui mettraient fin à ma détresse ; insatisfaite, je traînais autour des entrepôts et j'ai même été sans vergogne frapper à la porte du bureau de M. Hébert.

— Ma pauvre fille, prononça-t-il en me voyant. Le docteur a dit qu'on ne peut pas être certain ; tout ce qu'on sait, c'est que c'est un homme, plutôt grand.

— Est-ce que c'est un Indien ? demandai-je.

— Pas facile à dire. Il ne reste plus... commença-t-il.

Il fit une pause et reprit :

— Deschênes dit que c'est un gars de chantier parce qu'on a retrouvé, tout près de lui, le bout métallique d'un pied de roi que les bûcheux emploient pour mesurer les billots. Mais de quel chantier ? C'est pas aisé à dire, il y en a plusieurs par ici. Et beaucoup d'étrangers qui se perdent dans le bois. Il y a des travailleurs dans les chantiers qui n'ont pas de famille, des noms impossibles et qui viennent d'on ne sait où. Alors pour savoir...

Un commis était entré. Il ne disait mot mais me regardait. M. Hébert lui a fait signe de sortir et a poursuivi :

— S'il avait eu une marque sur lui, un doigt qui manque, quelque chose... Ton père n'avait pas un doigt de coupé ?

— Non, m'empressai-je de répondre, affolée.

— On ne sait pas non plus depuis combien de temps il est là. De toute façon, que ce soit ton père ou non, le curé va l'enterrer comme il faut. On va prier pour lui. C'est tout ce qu'on peut faire.

Mal à l'aise, M. Hébert m'a regardée et a esquissé un sourire, puis il a balbutié des condoléances assez gauches.

En sortant, le cœur gonflé d'une sourde rage, j'ai buté sur Tommy. Tommy le beau sauvage dont les regards me suivaient si souvent, même si je faisais semblant de l'ignorer. Mais je me rendais compte que, plus que jamais, tout le monde me regardait. Peut-être était-ce mon imagination ?

Depuis le dégel des cours d'eau, il y avait un grand va-et-vient de voyageurs au magasin. La construction de la glissoire à bois avançait et de plus en plus de familles arrivaient à Hébertville en quête de transport vers l'île d'Alma. Tommy était tout le temps près de la rivière et des entrepôts à organiser les transports en canot. D'autres Indiens travaillaient avec lui, mais il était bien évident que c'était lui qui menait ces gens, lui qui s'occupait des transactions, des prix, de l'état des embarcations. On l'entendait discuter, en français, en anglais et avec les siens dans sa langue, avec les commis. Quand il me voyait, il s'arrêtait et me suivait des yeux. Je crois même que les autres le taquinaient à ce sujet, mais son regard ne flanchait pas. Lorsqu'il m'avait suffisamment regardée, il reprenait ses affaires. Et c'était à mon tour de l'observer du coin de l'œil. Il était grand, droit ; ses gestes étaient vifs, son visage agréable sans barbe, il avait toujours un chapeau de feutre sur ses cheveux noirs. Je me demandais quel âge il pouvait avoir, dix-huit, vingt ans ? Je ne le voyais pas souvent sourire, mais la plupart du temps son regard et son attitude décidée prouvaient qu'une force l'habitait qui faisait de lui un décideur et un meneur, parmi ses compagnons qui me semblaient plutôt mous et nonchalants.

D'un seul coup, je me suis dit que lui devait savoir, lui qui connaissait les sentiers de la forêt mieux que les gens des villages. Était-il arrivé avant les travailleurs du chemin ? Avait-il lui-même déterré ces restes humains et trouvé sur place un objet, un indice ? Sans hésiter un instant je lui ai lancé :

— Tommy, c'est toi qui l'as trouvé ?

Tommy m'a regardée droit dans les yeux. Et moi, je me sentais prise par ce regard noir qui pénétrait en moi sans flancher, sans ramollir. Un regard qui vous immobilise par son intensité. Il a répondu :

— Pas moi, mais des gens de notre campement de trappage. J'ai été là. Je l'ai vu.

— Dis-moi qui c'était, Tommy. Dis-le-moi. Je veux savoir !

Il a baissé les yeux et il a affirmé :

— Tout ce qu'on sait pour sûr, chez nous, c'est que ce n'est pas un Montagnais. C'est un Blanc.

— Comment ça ?

— À cause, à cause..., balbutia Tommy.

— À cause de quoi ?

Il n'a pas répondu tout de suite. On aurait dit que, me regardant de nouveau, il prenait conscience de l'importance des mots qu'il allait prononcer. Mais, en même temps, il possédait des secrets, des secrets que peut-être il n'avait pas le droit de communiquer à d'autres qu'aux gens de sa nation. Alors, il a fini par murmurer :

— C'est un Blanc, c'est sûr.

À la rage qui m'habitait s'est ajoutée une profonde tristesse.

Alors, ça pouvait être lui. Étienne. Mon père.

Je suis restée là, immobile, sans pouvoir articuler une parole. Tommy a haussé les épaules en signe d'impuissance et, après quelques instants, m'a quitté et s'est dirigé vers ses compagnons. J'ai songé, par après, que tout cela lui était peut-être complètement indifférent. Mais moi qui avais osé l'aborder, chose qui m'aurait répugné auparavant, je constatais qu'un courant passait entre nous. Quelque chose d'indéfini me permettait de croire que Tommy avait de la compassion pour moi, même si je n'étais pas de sa race, et qu'il ne me voudrait jamais de mal. Curieuse impression dont je me souviens encore.

Je suis retournée à la maison sans avoir pu me soulager de cette incertitude pesante à propos de mon père. J'ai commencé à me dire que je ne saurais peut-être jamais la vérité, que personne ne saurait jamais la vérité et que je devrais vivre avec le poids du doute le reste de mes jours.

Henriette était la seule personne à qui j'aurais confié mon effrayant chagrin ; mais je refusais de lui parler de « ça » et elle respectait mon silence. Ce n'est que bien des années plus tard que j'ai compris combien Henriette m'avait aidée, au fond. Par chemins détournés, je lui ai posé des questions sur ces gens de l'eau et du bois, ces Indiens que nous voyions tous les jours et dont on ne savait rien. J'essayais de comprendre pourquoi ils me faisaient peur et m'attiraient en même temps. Et j'espérais apprendre quelque chose de ce Tommy dont le père était un sage, à ce qu'on disait, et de cette façon enterrer mon mal le temps d'une conversation.

— Pourquoi ne vivent-ils pas comme nous ? Où sont-ils ?

— Ils sont tout près, dans le bois. C'est leur monde, le bois. Tu sais bien qu'ils trappent et vendent leurs fourrures au poste, répondait Henriette d'une voix douce.

— Pourquoi ils restent là et ne viennent pas au village ?

— Ils sont là depuis bien avant nous. Ils n'en veulent pas des villages. Ils ont leur façon à eux.

— Mais ils sont pas des païens puisqu'ils ont une église et nous on n'en a même pas ! m'écriais-je. Alors pourquoi on ne leur parle pas ? Ils parlent français pourtant, et on ne leur parle pas ! Qu'est-ce qu'ils ont, Henriette ? Dis-le-moi ! Ils sont méchants ?

— Je ne sais pas comment te dire, Georgina, peut-être parce que je n'y ai jamais pensé et que personne ne m'a jamais expliqué à moi non plus. Ils sont là, les Montagnais, autour de nous et ailleurs, il paraît qu'il y en a d'autres qui parlent d'autres langues et qui sont de tribus différentes plus au nord. Des noms étranges : les Mistassins, les Cris. Mais ils ne sont pas pareils à nous. Ça, c'est certain. Dans l'histoire d'ici, il y en a eu des bons et des méchants ; mais tu as raison, même les bons qui vivent proche des Canadiens français, on en a peur. On en a toujours eu peur parce que... parce que je pense qu'on n'a jamais voulu vraiment les connaître. Et on finit par faire comme s'ils n'étaient pas là.

— Pourtant, on les voit, on les croise. Je les vois tout le temps. J'en ai déjà rencontré dans le bois avec mon père...

Aussitôt prononcés, j'ai regretté ces mots qui venaient de sortir de ma bouche. Henriette n'a pas bronché. J'avais tellement peur que la conversation s'engage sur le chemin des inévitables colportages. Mais Henriette n'a rien dit. Elle s'est contentée de me regarder et de me sourire. Tout doucement, elle a continué :

— Peut-être le plus simple, c'est de les laisser tranquilles et de les laisser vivre à leur façon. S'ils sont heureux comme ça...

— Est-ce qu'on le sait s'ils sont heureux ? Quand ils voyagent en canot, ils doivent être contents, non ? Moi, ça me ne déplairait pas d'aller en canot jusqu'au lac. Ça fait long-temps que je ne suis pas allée au lac...

Encore une fois, l'image de mon père qui nous avait emmenés, Ferdinand et moi, sur la piste indienne me revenait. Henriette a laissé sa pâte un moment et, les mains enfarinées posées sur son tablier, elle a murmuré :

— Tu sais, Georgina, c'est peut-être mieux que ça finisse comme ça pour ton père.

Le sang m'est monté aux joues et j'ai relevé la tête d'un coup. Comment savait-elle ? Elle a poursuivi en me forçant à la regarder dans les yeux, et dans les siens je voyais rouler des larmes :

— Être toujours en fuite, c'est peut-être pire pour un homme accusé. Même si on n'a rien fait. On finit par devenir une cible pour les chasseurs, toutes les sortes de chasseurs. Le bon Dieu décidera.

Je me suis levée brusquement, laissant rouler les pommes sur le plancher. Henriette m'a accueillie dans ses bras et m'a serrée fort fort. Le temps d'un éclair, j'ai profité de sa chaleur et de sa compassion : mon cœur s'apaisait, car je trouvais là un amour qui remplaçait un peu celui de ma mère.

Sans un seul mot, j'ai recommencé à peler les pommes pour la compote. Un long silence a suivi qui a envahi la cui-sine d'été où nous étions. On n'entendait que les mouches et les guêpes tourner autour des fruits. Puis Henriette a proposé :

— Demain, on devrait aller aux bleuets. Tu emmèneras Oscar et Jean-Baptiste. On va commencer les confitures. Tu les fais bien mieux que moi. Tu demanderas une poche de sucre à Médard.

Mais le lendemain, ma tante est arrivée avec Marcellin. Anna, la sœur de Félicité, est venue de Roberval avec son mari Onésime, que je n'avais jamais vu. Le docteur est venu de Chicoutimi. Ils se sont enfermés dans le bureau de M. Hébert avec le curé et ont signé des papiers. J'ai su que Tommy aussi avait discuté avec eux. Au dire de ma tante, il a même signé son nom au bas d'un document en même temps que le contre-maître d'un des anciens chantiers. Le document confirmait le décès d'un homme qui, *selon toute vraisemblance* – ces mots-là étaient écrits en toutes lettres – était Joseph Étienne

Bonenfant, autrefois du rang 3, canton de Métabetchouan. Je n'en savais pas plus à l'époque, parce que M. Hébert m'avait dit que faire une enquête, demander à un magistrat de venir jusqu'ici, c'était trop compliqué et trop coûteux. Et puis, il avait laissé entendre qu'en sa qualité de maire et de maître – après tout, j'étais sa servante – il conseillait aux gens de la famille d'abandonner, étant donné les accusations de meurtre qui pesaient sur lui. Mélore et Marcellin avaient jugé que ça valait mieux, en effet. Ma tante m'a raconté ce que je sais. Elle avait décidé dans sa tête que le disparu était bel et bien son frère Étienne. Et, à force d'arguments et de paroles consolatrices, elle avait fini par me convaincre que mon père ne reviendrait jamais. J'avais accepté sa mort un peu par lassitude et longtemps, longtemps, au fond de moi, je lutterais de toutes mes forces pour ne pas y croire.

Ce jour-là, je me suis murée dans mon silence ; je n'ai voulu ni entendre, ni voir, ni participer à la cérémonie. Pour moi, tout était fini. Marie-Éléonore insistait pour que je vienne à la chapelle, que j'assiste à ce que je ne pouvais pas nommer puisque ce n'était ni un enterrement ni un vrai service religieux. Rien qu'une mise en terre un peu à l'écart de l'enclos des morts car, malgré la charité chrétienne que recommandait le curé, il y avait le doute qui demeurait sur l'état de grâce ou de péché du paquet d'os.

Le secours des prières, des paroles sacrées, je n'en voulais pas. Pour la première fois de ma vie, j'exprimais un refus. Un refus venu du fond de moi, si fort, si indiscutable que c'était comme si tous les traits du caractère d'Étienne Bonenfant, sa détermination, son entêtement, avaient subitement été transférés en moi, sa fille, celle qui garderait dorénavant cet héritage particulier et le transmettrait à sa lignée. J'étais investie d'un pouvoir, celui de ne pas m'écraser devant l'autorité ni devant ce qu'il était d'usage d'appeler les convenances. Cette certitude apaisante n'a pas cessé de germer en moi depuis ce jour.

Mais ma tante, à mon insu, avait parlé aux Hébert. Ils me donnaient congé pendant quelques jours pour aller me reposer et digérer mon chagrin. Henriette allait m'attendre pour les confitures. J'étais contente de partir. J'avais envie de changer d'air. Quand Marcellin a attelé devant le magasin, les paires d'yeux étaient toutes là au rendez-vous. Celles de Médard, de Xavier et de bien d'autres qui n'étaient sans doute pas venus par hasard. À peine étions-nous éloignés de quelques pas que j'ai vu se dresser sur le bord de la rivière la silhouette de Tommy, immobile, un aviron à la main. Un canot chargé de marchandises attendait à ses pieds. Il nous regardait. En chemin j'ai demandé à Mélore :

— Est-ce que quelqu'un a averti maman ?

— Une lettre est partie de la Grande Baie sur le vapeur.

— Moi aussi je vais écrire.

— Je pense qu'elle sait déjà, a dit ma tante.

Marcellin, qui n'avait pas ouvert la bouche, a ajouté :

— Les nouvelles voyagent vite. Surtout celles-là.

▼

J'avais beau avoir l'impression d'émerger d'un naufrage, il faisait bon se laisser conduire sur le chemin avec Mélore et Marcellin. Mon cœur se réjouissait malgré moi de tout ce que je voyais et entendais. L'air sentait bon l'herbe coupée, le feu de bois et la gomme de sapin. Autour de nous, les prés et les champs parés de blés mûrs et de foins déjà entassés en meules rondes faisaient planer sur les choses un climat de satisfaction devant le travail accompli et une sensation de bien-être. Le ciel était plein de bruits : cris des travailleurs, chants d'oiseaux et froissements d'insectes au-dessus des savanes dont les mousses bleuissaient sous le soleil ardent. Rien ne me semblait plus invitant que cette route enfin sèche et carrossable, bordée de buissons et de fleurs simples, blanches ou roses, que des nuages d'abeilles et de mouches couronnaient. Je ne pouvais m'empêcher de soupirer d'aise en laissant toutes ces manifestations, ancrées dans le cours de cette belle saison, m'apaiser et me réconforter. Je redécouvrais la splendeur de l'été et je me permettais d'oublier tout le reste.

Tout au long du chemin, nous n'avons pas prononcé un mot, hormis les salutations aux gens que nous croisions. Nous avions sans doute trop d'émotions à trier et à mettre en ordre en plus d'éprouver un immense besoin de nous mettre en paix, moi encore plus que les autres, avec tout ce que nous venions de vivre. Ce qui me faisait le plus mal, c'était de comparer ma situation à celle que m'offrait la nature. Là, tout fructifiait, tout ce qu'on avait semé donnait et même ce qu'on n'attendait pas. Les feuilles aux branches, les poissons dans les rivières, la terre grasse, les buissons regorgeant de baies sauvages, les insectes bourdonnants, les oiseaux ivres de chants, le soleil et la pluie, infatigables... Tout vivait avec une intensité farouche et moi, au lieu de cela, je dégringolais. Et pour cause ! Mes rêves les plus chers s'écroulaient un à un. Ainsi, je n'avais pas encore eu le temps d'assimiler la nouvelle selon laquelle Flavie Ouellet deviendrait pensionnaire au couvent de Chicoutimi pour poursuivre ses études ! Elle irait jusqu'en neuvième année et obtiendrait un diplôme, ce qui lui permettrait d'enseigner. Maintenant, cette information prenait tout son sens et ravivait ma douleur.

Et, en plus, ce qui me brisait le cœur tout à fait, c'était la pensée que jamais plus je ne devais attendre mon père. Jamais plus je ne tendrais l'oreille la nuit, me demandant s'il était là quelque part, caché dans les aulnes au bord de la chute et qui veillait de loin sur moi. Je me sentais complètement hors de cette poussée de vie autour de moi, je me sentais sèche et terne, sans sève au-dedans de mon corps, sans une seule chanson dans le gosier.

Mais aussitôt arrivée, la tendresse et l'exubérance des petits m'a chavirée et le bonheur a recommencé à devenir possible. J'étais la reine de la fête et Aliette, devenue grande, se demandait peut-être à quelle grande occasion on devait ma présence. Bientôt, toute au plaisir de retrouver sa tendresse et sa franche admiration, je me mis à jouer, à parler, à raconter des histoires et le temps passa. Puis je pris le temps de constater que les défrichements étaient avancés sur la terre de Marcellin, que des cabanes s'élevaient tout autour, des champs s'étendaient à droite, à gauche, des voitures, tirées par des chevaux ou des bœufs, circulaient sur le chemin, les arbres cédaient petit à petit la place à la colonie. La forêt était forcée de reculer. Et dans notre ancien rang à nous, comment c'était ? J'eus soudain une folle envie d'aller voir, d'aller vérifier par moi-même si nous avions laissé une marque, si le petit coin de cette terre perdue pour moi m'appartenait encore un peu.

— Marcellin, le chemin est fait pour aller là-bas ?

— Là-bas, où ?

— Bien... la terre où on était avant, dans le rang 3.

Marcellin me regarda avec curiosité.

— Chez vous ? Sûr que le chemin est fait. Sais-tu que là où vous étiez avant, ça va devenir une autre paroisse bientôt ? Il paraît que ça va s'appeler Saint-Jérôme. Beaucoup de monde a défriché par là. C'est un nommé Larouche qui reste... euh... là où vous étiez, à c't'heure. Il a travaillé bien fort.

— Je voudrais juste aller voir... La maison est encore là ?

Mélore lança un regard à son mari et dit :

— On pourrait y aller tous ensemble... on irait aux bleuets !

Mais je l'ai interrompue :

— Je voudrais y aller toute seule. C'est pas si loin, d'ici, il me semble.

— Il y a notre voisin qui doit aller tout proche de là, dimanche ; il a de la parenté dans le coin ; il pourrait t'emmener.

— Tu vas t'en aller déjà ? s'enquit le petit Barthélemy. Pourquoi tu restes pas toujours avec nous ?

— Il faut que je retourne à Hébertville, chez nous, dis-je en hésitant.

C'était la première fois que je disais « chez nous » en parlant d'Hébertville.

— Je veux aller avec toi ! s'écria Aliette.

— Tu es sûre que tu veux retourner tout de suite ? m'a demandé Mélore, qui berçait le bébé, Charles-Aimé. Mme Hébert t'a donné congé, Georgina, profites-en.

— Plus je reste longtemps, plus je m'ennuie après.

— Tu peux revenir, tu sais...

— Je sais, Mélore.

▼

J'étais très surprise de voir qu'il y avait un vrai chemin qui menait à notre rang. Tout avait tellement changé que j'avais de la misère à reconnaître ce qui avait été mon domaine, sauvage et lointain, un lieu à la fois si prometteur et si dépourvu, où nous étions livrés à nous-mêmes. Il y avait des terres défrichées partout et des maisons là où, dans mon souvenir, la forêt couvrait tout. Quand mon pilote, le colon Fabien Néron, m'a dit : «C'est ici chez Larouche!» en faisant ralentir le cheval, j'ai mis un moment à comprendre comment cette maison pouvait avoir été la nôtre. Dans le mur de planches sèches et grises, on avait percé une autre fenêtre et on avait ajouté une rallonge. Et puis, tout autour, il n'y avait plus un seul arbre. Je suis restée bouche bée. Je n'osais pas demander d'aller en faire le tour car je voyais une femme et des enfants assis sur un banc devant la porte. Ils se reposaient puisque c'était dimanche.

— Alors, vous descendez?

Qu'est-ce que je leur dirais, à ces gens? Pourquoi étais-je revenue? Je n'osais pas m'approcher d'eux, sachant pourtant que je serais bien accueillie. J'avais peur de lire le bonheur sur leurs visages, moi qui restais immobile, tremblante, assaillie par tant de souvenirs. Une subite envie de revoir «ma» grosse roche au bord de «mon» ruisseau m'a fait réagir :

— Allez un peu plus loin, là... je vais descendre.

J'ai sauté en bas de la charrette et j'ai filé vers le sous-bois qui, heureusement, ressemblait encore à celui d'avant. Sans mal, j'ai pris la direction du ruisseau, le cœur toquant fort. Les repères posés par Étienne avaient disparu, les frênes, les bouleaux avaient poussé : je ne pouvais pas ne pas me retrouver. Je pensais qu'il me suffirait d'entendre le bruit de l'eau et j'y arriverais. Mais l'été avait été terriblement sec, les récoltes en avaient souffert, j'en avais même pâti, au village. Aussi, le seul bruit était celui de mes pas écrasant les craquias et les herbes séchées. Puis, enfin, je l'ai vu, à peine large de quelques pieds, roulant tranquillement sur les roches plates. Ah! qu'il était petit! Était-ce mon souvenir qui l'avait magnifié ou la sécheresse avait-elle réduit ses proportions et le débit de l'eau? Je n'en savais trop rien; des yeux, je me mis à chercher ma roche : à gauche, à droite. Elle était là! Ronde et moussue, aussi grosse que la mère des pierres de mon enfance... ma grosse roche.

Quel apaisement de rester assise dessus, dans le silence! Je m'ancrais de toutes mes forces à ce petit morceau de patrie, me doutant bien que j'en avais besoin pour édifier tranquillement mon attachement. Ma pierre, ma grosse roche, c'était elle qui fonderait ma mémoire, elle, rien qu'une pierre dure et indestructible, à l'image de celle qui m'alourdissait le cœur.

Et tandis que je demeurais immobile, presque heureuse, j'entendis un bruit dans les branches. Levant les yeux, je vis une silhouette se détacher des buissons. Quelqu'un venait !

Ce n'était pas une bête mais un homme. Je voyais un chapeau, des épaules, une démarche qui me rappelait quelqu'un. Et puis, dans cette chaleur bruissante d'insectes, il a levé la tête et son regard s'est porté sur moi. Aussitôt un grand sourire a éclairé son visage et je n'ai pas pu m'empêcher de crier mon étonnement :

— Tommy !

Il s'est approché doucement, ralentissant sa marche pour ne pas m'effrayer. Il souriait toujours et moi, je restais assise sur ma roche. Il avait un couteau de chasse à la ceinture, pourtant je n'avais pas peur de lui. Debout devant moi, il ne disait rien mais n'arrêtait pas de sourire. Puis, très bas, il a murmuré :

— Je savais que tu viendrais ici...

Ses yeux noirs brillaient à l'ombre de son chapeau de feutre. Sa présence, en ce lieu secret, m'étourdissait. Comment pouvait-il savoir que je viendrais ici ? Je me suis levée pour partir. Il a fait un pas vers moi et dit :

— Aimerais-tu ça aller au lac en canot, Georgina ? Je pourrais t'emmener un autre dimanche... on pêcherait la ouananiche...

Aller au lac ! En canot ! Et avec Tommy ! C'était trop, je ne savais plus quoi faire, quoi répondre.

Et là, dans un éclair, il m'a saisi le bras. Il m'a tirée et serrée contre lui, son visage tout proche du mien. Il a murmuré dans mes oreilles :

— J'aime la couleur de tes yeux, Georgina ! Bleus, bleus comme les eaux du lac. *Uashekantuapu miam shakaikan... miam shakaikan.*

Les mots étranges résonnaient à mes oreilles. *Shakaikan... shakaikan*, qu'est-ce que ça voulait dire ? Je sentais l'odeur de sa peau, de ses vêtements ; je percevais les muscles de ses bras qui m'enserraient et, malgré ma surprise, je laissais ses lèvres se rapprocher des miennes. Soudain, d'un geste brusque, je me suis détachée et j'ai couru hors d'haleine vers la route qui menait à Hébertville.

CHAPITRE 20

Le dernier novembre

Séverine préparait ses épousailles. Il n'était pas de mise d'en parler à tout venant, mais à moi, son amie, elle ne cachait pas son excitation. Il fallait, bien sûr, suivre les règles établies, se faire pardonner de partir au loin en redoublant d'ardeur au travail des moissons et dans la maison. Dans une famille, lorsqu'une fille se mariait, on utilisait un bien curieux vocabulaire : on disait «perdre une fille» ou «la donner», car il ne s'agissait pas de combler des désirs ou des envies. La dot ou la parcelle de terrain n'entrait même pas en ligne de compte, car les seules richesses que possédaient les pauvres gens étaient leur force physique et leur jarnigoine. Tout était une question de bras ; si Ignace Gauvin, en se mariant, allait en avoir deux de plus pour le seconder dans les épuisantes tâches qui l'attendaient, du côté de chez Séverine Hudon du rang Saint-André, c'est la plus jeune sœur qui devrait faire le travail pour deux avant que les plus petites grandissent. Chez elle, deux grands frères venaient d'abord et huit frères et sœurs ensuite. Une fois Séverine en allée, la chaîne des bras se reconstituerait, mais tout ça demandait réflexion de part et d'autre. Ce qui importait avant tout, c'était l'état des récoltes, le nombre de têtes de bétail, le nombre d'arpents encore à défricher et la quantité de bois à couper pour l'hiver. C'est pourquoi, maintenant qu'elle était promise, Séverine devait attendre. Toujours attendre : que l'hiver soit passé, que les chantiers de coupe et la drave soient finis, que le curé donne son approbation et publie les bans, que le champ de patates soit dessouché, que le grain soit rentré.

Chaque dimanche, je recevais un autre chapitre de ses confidences et je donnais mon avis sur les choses à mettre dans le coffre que Séverine apporterait là-bas, près du lac, où elle partirait s'établir. Je participais à sa joie et à ses inquiétudes, mais en même temps je la jalousais.

En novembre, Ignace Gauvin rejoindrait pour la dernière fois le chantier de coupe des Price dans le haut du canton. Lors de son retour, en avril, les choses allaient prendre une autre tournure. Là, il ne serait plus question d'attendre ou de lambiner, car justement il faudrait vite partir, se bâtir un campe avant l'hiver et se mettre sous les ordres de MM. Gagné et Boulanger au carrefour des décharges vers le nord. Ignace serait manœuvre et la grande glissoire à bois se construirait avec ses coups de hache et de marteau à lui et bientôt, grâce à des milliers de billots qui descendraient vers le Saguenay, on aurait le temps de se faire une terre, un lieu pour vivre, peut-être même un semblant de bonheur en ce monde. Le novembre d'après, Ignace et Séverine seraient installés chez eux, dans le premier rang sur l'île d'Alma, un couple, et qui sait s'ils ne seraient pas déjà parents d'un poupon ? Comment ne pas envier mon amie ?

Les derniers beaux jours achevaient et les contremaîtres faisaient leurs provisions pour les chantiers, ce qui permettait aux cultivateurs d'écouler leurs maigres surplus. Aussi, le marché du samedi grouillait de monde et les marchandises de toutes sortes s'étalaient sur les planches et au fond des charrettes. Mais M. Hébert s'opposait ouvertement à ce que les *foreman* s'approvisionnent ailleurs que dans son magasin. On entendait ses protestations jusqu'au fond de la cuisine, mais dans ce gros bourg, personne ne tenait compte de cette contrainte exprimée avec autorité : il fallait survivre, même endetté en permanence. Déjà que la famille Price exerçait son emprise, que le curé choisissait ceux ou celles qui iraient enseigner dans les écoles de rang et gérait la vie des familles ! Devait-on maintenant accepter que le marchand et maire dicte lui aussi à chacun sa conduite ? Même moi qui n'avais pourtant rien à espérer d'eux, je comprenais que c'était les mains de ces hommes-là qui détenaient tout le pouvoir au village et peut-être bien dans tout le pays. Il ne me serait pas venu à l'idée de trouver ça saugrenu, de me demander pourquoi Mme Hébert ou la maîtresse d'école, Mlle Deschênes, et les colons eux-mêmes n'avaient pas un mot à dire, car c'était dans l'ordre des choses et sans doute la volonté de Dieu. Un vent de liberté soufflait pourtant et le marché continuait d'exister. Car on avait besoin de plus que du lard et de la farine pour les hommes de bois, ça prenait de bons chevaux et une vache par ci par là, pour le lait. Et ça, le marchand Hébert n'en faisait pas commerce.

J'ai eu ma part dans cette chicane qui faillit bien me coûter ma place. Je m'étais mis dans la tête que j'irais vendre au marché les confitures de bleuets, d'atocas, les gelées de fruits que j'avais faites. Je me disais que c'est moi qui avais cueilli les fruits, ajouté mon savoir-faire, surveillé la cuisson, sans parler de l'art de mettre en pots. Mais ce projet arriva à l'oreille du chef de famille et il s'indigna de ma conduite.

— Ma fille, ce que tu cuisines sous mon toit m'appartient. Si tu veux vendre nos confitures, tu le feras au magasin! Et les profits reviendront au magasin!

Moi qui me voyais déjà rentrer du marché les mains pleines de pièces sonnantes, je baissai la tête.

— Tu es à notre service, aussi tu n'as pas à te mettre à... à... commercer!

L'affaire s'est terminée là et le marché a continué sans moi. La pluie est venue, les arbres ont perdu leurs feuilles et, le matin, une brume épaisse flottait sur le pays, annonçant les grands froids. Rien n'était plus beau que cette couverture magique, comme un voile sur les choses, les arbres qui semblaient flotter au-dessus de la terre; j'avais l'impression d'entrer dans un conte quand j'allais au poulailler ou chercher de l'eau avant le lever des enfants. Je m'imaginais que les fées, les lutins allaient surgir de la brume pour m'entraîner dans leurs rondes, mais Samson, en jappant, brisait mon rêve et je reprenais mes tâches avec un reste de frisson et de déception.

C'était l'époque de la chasse et des dernières pêches avant la glace, des derniers passages des voyageurs en canot vers le lac. Les bûcherons avaient besoin de raquettes, de mitaines aussi, de pièges à castors et à rats musqués, d'herbes pour les coliques, et les Indiens leur offraient tous ces produits qu'ils échangeaient contre d'autres. Les sauvages, en quête de voyageurs à transporter ou à guider sur les pistes des forêts, allaient et venaient autour du magasin. Souvent, ils jouaient avec les enfants et, en attendant les clients, ils aidaient à décharger les voitures de leurs marchandises sur la galerie. Je voyais Tommy fréquemment; devant les autres, il ne s'approchait plus de moi. Il ne me parlait pas. Il se contentait de me regarder. Un samedi, tandis qu'il était là au milieu des femmes accroupies par terre derrière leurs paniers à vendre, il taquinait avec une branchette de sapin un petit garçon d'environ quatre ans qui ne cessait de lui tourner autour. Quand je passai près d'eux, le babillage s'arrêta net; tous les regards se fixèrent sur moi et m'escortèrent. L'enfant, lui, continuait de rire de sa petite voix perlée. Qu'il avait donc un joli visage! Une peau basanée, une abondante chevelure noire et un sourire qui aurait gagné les cœurs les plus endurcis. Il aurait pu représenter un ange sur les images pieuses tellement il était beau, mais les anges étaient toujours des blondinets frisés à la peau pâle et jamais des sauvages... Tommy saisit le petit par les épaules, l'orienta dans ma direction et dit :

— C'est mon petit frère. Il s'appelle Henri.

Je lui ai tendu la main mais il a pris peur, il s'est jeté dans les bras de Tommy en enfouissant sa tête dans son cou. Je pensais à l'invitation que m'avait faite Tommy d'aller jusqu'au lac en canot. L'automne était trop avancé maintenant, car les familles indiennes quitteraient bientôt les abords du village pour aller trapper les animaux à fourrure dans la forêt. Mais au temps doux, oserais-je accepter? Avait-il oublié? Qu'est-ce qu'on dirait si je partais, seule avec un Indien, en canot? C'était impensable : je perdrais ma place cette fois, pour sûr. Mais l'idée me séduisait et, malgré mon désarroi, les paroles de Tommy me revenaient souvent en mémoire. Restait en moi la souvenance de la couleur des eaux du grand lac et je savais qu'il disait vrai : *miam shakaikan*. Il fallait que je parle de tout ça à Henriette.

▼

J'ai assisté au départ de Vital et d'Ignace. Ils se connaissaient, comme il se doit entre jeunesses qui viennent de la même vieille paroisse. Mais ils étaient bien différents, je le constatais. Vital me donnait l'impression de n'avoir jamais assez de place dans le monde. Il me faisait penser à mon père.

Je savais par ses sœurs qu'il avait de grandes ambitions. Jean Ouellet, son frère aîné, lui, restait sur la terre cet hiver.

— Ah ! oui ? Pourquoi donc, ton père manque de bras ?

— C'est pas ça ; il défriche pour lui. Papa a obtenu un lot à quelques arpents de chez nous. C'était un squatter qui l'avait commencé. Cet hiver, faut qu'il brûle ses abattis. C'est ce qu'il faut parce que... il va se marier au printemps...

Lui aussi ! Je n'ai pu éviter le regard de Vital et j'ai baissé les yeux. Mais, mon émoi passé, ma curiosité a pris le dessus.

— Avec qui ?

— Bien, j'aime mieux pas le dire à c't'heure.

Il n'a pas prononcé un mot de plus. Nous étions intimidés l'un en face de l'autre.

— Est-ce que le chemin Kénogami est fini ? ai-je demandé.

— Bien non, pas encore. Ça n'avance pas vite. Il faut traverser bien des savanes, c'est long faire des ponts.

Je les ai regardés s'éloigner sans plus rien dire, l'un avec son secret, l'autre avec sa promesse de bonheur qui allait le nourrir durant ces longs mois à venir. J'avais bien assez de mes blessures à soigner – la noyade d'Hector, la mort de mon père, le choix de Flavie qui m'apparaissait comme une trahison – je songeais qu'il me faudrait l'hiver entier pour apprivoiser mes peines. Henriette m'incitait à la prière et à la dévotion, mais je n'y arrivais pas. Mon âme devait être si entortillée dans les rancœurs et mon cœur si lourd de chagrins accumulés que je ne parvenais pas à trouver un réconfort dans les paroles d'humilité et de pardon. Je n'avais rien, rien à me reprocher ; je trouvais plutôt que le bon Dieu m'accablait d'une façon exagérée. Et je ne l'avais pas mérité.

Les jours ont continué à se succéder et l'automne, à mourir doucement au gré des pluies et des vents qui secouaient les feuilles et les lançaient dans les airs. Les enfants allaient à l'école et les chasseurs guettaient le gibier ; on voyait des perdrix se jucher tout près de la maison et des chevreuils venir brouter les derniers blés qui traînaient dans les vieux sillons. Le froid se faisait de plus en plus mordant. On calfeutrait les fenêtres et on se préparait pour les froidures.

Alors, j'ai laissé l'hiver venir et m'engourdir doucement. La neige a remplacé la brume un beau matin. Ce jour-là, debout à la fenêtre de la cuisine, j'ai laissé les larmes couler, comme si j'avais attendu la saison morte pour me pencher sur mes catastrophes. Je me disais que, durant ce temps d'arrêt où l'on se terrait au coin du feu, les mauvaises nouvelles ne réussiraient plus à m'atteindre.

Mme Hébert donnait des ordres tranchants et semblait de plus en plus impatiente. Aussi je tâchais d'éviter de faire des bêtises et je compris un soir, en la voyant s'asseoir pour le repas en face de son mari, que les sauvages allaient passer. Quels sauvages? Qui avait inventé cette expression? La maternité – comme d'ailleurs la mort et tout ce qui avait quelque rapport avec les transformations et les déchéances du corps – était un sujet dont on parlait tout bas en jetant un coup d'œil à la ronde, à croire que le mot cachait des vérités épouvantables. Donner la vie à un enfant restait un acte secret, caché, entaché de mystères inquiétants, et pourtant les porcelets et les veaux naissaient, il me semble, de la même façon. C'était dans mes romans feuilletons que j'apprenais le nom des parties de l'anatomie : les cuisses, le ventre, les seins. Enfantement, grossesse, sans parler de saignements, étaient des mots que jamais personne n'avait osé prononcer, certainement pas en ma présence en tout cas, et je me faisais une idée approximative de leur signification. Car je serais morte de honte de demander à quiconque des explications. Et pourtant, Séverine me le confirmait, on savait tous et toutes ce que voulaient dire baiser, désir, amour. Et, bien sûr, noces, baptême, enterrement : des mots vides évoquant des cérémonies mais jamais des situations vécues et des sensations physiques, sinon celles qui recouvraient les terribles images coupables du péché. Mais alors, que venaient donc faire les sauvages dans les chambres des maisons de bois lorsqu'une femme enfantait?

Le tablier de ma patronne me semblait décidément bien large pour une si petite personne. Je me doutais bien qu'il y aurait, d'ici peu, un nouveau-né dans la maison, mais personne n'y faisait allusion et je me résignais à garder pour moi mes réflexions.

Avec l'arrivée de la neige, il m'a semblé que l'hiver était moins triste que l'été, sans doute à cause de la lumière que le ciel étale sur tout et parce que la neige a une façon de recouvrir de blancheur les choses sales et noires comme les troncs brûlés qu'on n'a plus envie de voir. Et puis, plus on s'en allait vers le premier de l'An, même si j'avais encore le cœur bien fragile, plus j'avais envie de me laisser emporter par l'atmosphère contagieuse des réjouissances qui s'annonçaient.

Alors, je me suis lancée dans les préparatifs des fêtes en y mettant tout mon cœur. Depuis longtemps, j'avais recopié dans les journaux et les gazettes des devinettes et des poésies que je me proposais de montrer aux enfants : je les avais tant répétées que je les savais par cœur. Mais il fallait jouer la séduction, car madame n'apprécierait peut-être pas qu'une petite bonne se mêle de donner un complément d'éducation à sa progéniture. Je fis donc garder le secret aux enfants, qui ne demandaient pas mieux que de venir répéter dans la chaleur de la cuisine, assis en rond autour de moi et gâtés par Henriette qui cédait toujours, en souriant, un petit bout de pâte par-ci, une galette à demi brûlée par-là.

Les plus vieux, à qui la maîtresse avait donné congé, quémandaient sans cesse des permissions de leurs parents pour aller glisser, jouer dans la neige, et je n'arrêtais pas de les habiller et de les déshabiller. L'hiver avait rendu le village si joli : j'aimais les longs glaçons scintillants qui pendaient des toits gonflés par les enveloppes blanches, les grelots qui résonnaient au passage des attelages et ces montagnes de neige qui recouvraient les berges de la rivière sommeillant sous une épaisse couche de glace.

Un jour où les trois plus grands, les joues rougies par le froid intense, se dévêtaient justement près du poêle de la cuisine, monsieur entra en coup de vent et me dit :

— Rhabille les enfants et emmène-les chez Lebel. Ils vont coucher chez eux avec toi. On viendra te chercher demain.

Je restai interloquée, me demandant la raison de cette agitation subite. Henriette avait déjà tout compris : elle appelait les plus jeunes qui couraient dans la maison et mettait de grandes bassines d'eau à chauffer. Avant que je puisse dire un seul mot, j'entendis monsieur lancer dehors :

— Tommy ! Tommy ! Va chercher Mme Basilish en raquettes. Ça presse. Tu la ramènes tout de suite...

239

Cette Indienne était la sage-femme la plus réputée des environs; je devinai facilement que madame «allait acheter», et comme il était de coutume, les enfants devaient quitter la maison tandis qu'allait s'accomplir cette naissance. Il ne fallait pas qu'ils entendent les cris et les gémissements, personne ne devait savoir comment allait entrer dans le monde cet enfant, car tout se passerait derrière la porte close en la seule présence de Mme Basilish. Les voisins alertés étaient dans le secret, mais à moins d'un grand malheur, aucune des voisines ne pointerait son nez dans la maison Hébert. M. Hébert lui-même se retirerait dans son bureau pour attendre.

Je soupçonnai alors que l'expression «le passage des sauvages» venait de là, de la présence de ces femmes qui savaient quoi faire et comment faire, car il n'y avait pas de docteur qui pouvait venir porter son assistance à une femme en train d'accoucher. Et les Indiennes, souvent sages-femmes à leurs heures, mettaient au monde les enfants des autres et les leurs n'importe où, en plein bois, sous la tente, dans un canot. Je me surpris à repenser à ma mère, à cette nuit passée ensemble dans l'attente et l'angoisse, une nuit où j'avais à peine entrevu les signes de la douleur et tenté de comprendre les mystères de l'enfantement.

Dans la maison, soudain, régna une atmosphère empreinte de peur et de clandestinité, comme si la naissance d'un enfant, pourtant louée par tous comme un bienfait et une récompense, était un mal incontrôlable et horrible à l'image d'un grand feu ou d'une pluie torrentielle. Il fallait à tout prix soustraire cet événement à la vue et à l'écoute des enfants! Je subissais, comme je l'avais toujours fait, cette précipitation malsaine qui se manifestait par une brusquerie et des chuchotements impatients de la part des adultes présents. D'ailleurs, je compris beaucoup plus tard que ma mère, ma grand-mère et moi-même détenions un grand pouvoir dans le seul fait d'être capables d'enfanter. Mais ce bonheur avait été habilement détourné de sa simple réalité et de sa fonction naturelle par les mâles qui revendiquaient tous les autres pouvoirs et misaient sur des siècles de soumission féminine et de principes guerriers.

Et moi, comme les autres, je tolérais cette peur tout en constatant que, cette fois, le divin n'avait pas accès à la chambre de Mme Hébert. Le curé n'était pas loin, bien sûr, l'enfant deviendrait l'enfant de Dieu, mais pour l'instant, c'était une affaire de femmes et elles seules devaient y voir. Le bon Dieu devait attendre à la porte pendant que, tenant haut la lanterne, je menais les enfants passer la nuit chez les voisins, ce qui les enchantait.

Le lendemain matin, c'est Henriette qui est venue nous chercher et les enfants, très intimidés, ont fait la connaissance de leur nouveau frère, ce qui suscita d'amusantes réflexions et aussi un émerveillement silencieux.

Eugène, le bébé, se rendant peut-être compte qu'il venait de perdre sa place privilégiée auprès de sa mère, nous fit une surprise aussi grande que celle de la nouvelle naissance. Débarrassé de ses lainages, il se mit aussitôt à marcher seul au milieu de la grande pièce d'en bas. Oscar le vit en premier :

— Hé ! Papa ! Regarde, Eugène marche !

Un nouveau garçon et les premiers pas de l'autre, quelle fête ! La maisonnée résonna de rires et d'exclamations.

Avant de reprendre le cours normal des choses, on fit baptiser le dernier-né. Dès le lendemain, malgré la neige qui tombait en gros flocons, le compérage gravit la côte pour se rendre au baptême à la chapelle. Il n'y eut aucun son de cloche pour signaler cette cérémonie, car il n'y avait ni clocher ni cloche. Et ce n'est qu'au retour à la maison qu'on apprit le nom du petit : Hector.

Cette nouvelle me fit terriblement mal. Je ne pus me retenir et je fondis en larmes. Comment les Hébert pouvaient-ils remplacer si vite dans leur cœur et leur mémoire le garçon dont je regrettais encore la présence enjouée et affectueuse ? Bien sûr, ce n'était pas mon affaire, mais j'avais le cœur brisé.

Ému, peut-être, de mon chagrin, M. Hébert précisa :

— Il s'appelle Charles Hector !

Au fond de moi, je savais bien que cet enfant ne remplacerait jamais mon Hector à moi. Et mes larmes continuaient de couler quand j'entendis la marraine dire :

— Ah ! qu'il va bien chanter, celui-là ! Il a bien crié, tiens !

Car on disait que si un bébé pleure lors de son baptême, il chantera bien plus tard. Mais je pensais à une autre croyance qui voulait qu'on ne donne pas à un nouveau-né le nom d'un enfant mort, sous peine de le voir mourir à son tour. Cette pensée fit redoubler mes larmes et je m'enfuis à la cuisine confier ma peine à Henriette.

▼

Le temps des fêtes commandait des réjouissances, et même dans notre village si éloigné des vieilles paroisses, toutes les femmes se démenaient, ne ménageant aucun effort d'invention pour arriver à mettre les petits plats dans les grands. Les visites, les veillées, les repas revêtaient un caractère quasi sacré : les familles étaient si unanimes dans leur désir de recréer la chaude ambiance des traditionnelles rencontres annuelles que bien des conventions s'abolissaient d'elles-mêmes. Ainsi, lors des grands jours, plus rien ne séparait les notables des engagés et des serviteurs. Ils s'assoyaient à la même table et mangeaient du même pain. Car presque toutes les familles, même les plus modestes, avaient des serviteurs : un garçon, vague cousin ou orphelin du rang, une fille en surplus qui accomplissait tous les gros travaux, bien souvent sans gages. Ils faisaient partie de la famille. Les liens de tous ces gens, qui se serraient les coudes pour créer la colonie naissante, étaient donc très forts malgré quelques petits accrocs ici et là. Aussi c'est à moi que furent adressés les compliments sans arrière-pensée après que Télesphore eut lancé sa devinette à son père :

— Papa ! J'ai une devinette pour toi.

— Vas-y, mon fils !

— Euh... bien, que dit le pain quand il dit....

— Non ! Télesphore, fis-je pour l'interrompre, car il allait donner la réponse avant la question. Recommence.

Tous les yeux sur lui, Télesphore recommença tandis que le silence se faisait autour de la table.

— Que dit le pain... quand on le mange ? reprit l'enfant, tout sourires, en me regardant et en saisissant une miche dont il croqua la croûte à belles dents comme pour illustrer son propos.

Je lui fis un signe de tête. M. Hébert réfléchit et demanda l'aide de sa femme. Les autres autour de la table, y compris M. le curé, cherchaient dans leur mémoire mais ne trouvaient rien.

— Il dit : « Il fait noir dans ton ventre ! » lança Oscar.

Et tous les convives se mirent à rire. Mais Télesphore, sérieux comme un pape, hocha la tête de gauche à droite.

— Non, ce n'est pas ça. Alors, papa ?

— Je ne sais pas ce que dit le pain, dit le maître de maison.

— Maman ?

Mme Hébert, à son tour, fit signe que non de la tête. Alors, Télesphore me lança un petit coup d'œil et dit doucement, pour laisser durer le plaisir :

— Il dit : minu ! Pas minou, MINU !

Il y eut un instant de silence et puis Télesphore, radieux, éclata de rire et toute la tablée fit de même.

Après, les plus grands, Oscar et Jean-Baptiste, récitèrent leurs poésies et obtinrent un grand succès.

Je me sentais presque comme une grande sœur et le chagrin de ne pas pouvoir accéder au titre de maîtresse d'école s'estompait grâce à la place que je m'étais taillée en prêtant attention à l'éducation des petits, ce qui me venait tout naturellement. Pour la première fois depuis mon arrivée chez eux, M. Hébert me remercia presque avec chaleur :

— Georgina, tu es aussi bonne que Mlle Deschênes !

Et Dieu sait qu'il savait ce qu'il disait, car c'était lui qui, avec le curé, l'avait choisie pour enseigner dans la première école du village.

Le regard que me lança le fils aîné de M. Hébert, celui qui, depuis la mort de sa mère, vivait chez une tante et allait au séminaire, me fit rougir. Lui, un étudiant fréquentant des gens de la ville, se pouvait-il qu'il se pose des questions sur moi ? Moi, je m'en posais donc sur lui ! Car je savais que, comme moi, il lui manquait un parent. Il était orphelin de mère, et ses tantes se chargeaient de lui et de sa sœur sur la côte, là-bas. Mais pourquoi revenait-il ici à chaque congé ? Aimait-il donc mieux sa famille du Lac-Saint-Jean que celle de Nicolet ? J'avais de la misère à le croire. Je le vis approcher la carafe de vin d'un verre et le remplir. Puis il me l'offrit en disant :

— Bonne année, mademoiselle !

Je restai abasourdie par tant d'égards, car jamais on ne m'avait appelée « mademoiselle » ni donné du vin à boire. Le cœur battant, je trempai mes lèvres dans le vin. Autour de moi, les enfants venaient réclamer mes félicitations et m'exprimer leur joie en criant des «bonne année, grand nez». Dans l'espace d'un court instant, j'étais devenue une personne respectable, une petite bonne pas trop bête, récompensée de son travail par l'affection des enfants, et même applaudie avec bienveillance par les grandes personnes réunies. Je bus mon vin tout doucement en réfléchissant à la chance d'être là. Charles Hébert ne me quittait pas des yeux ; il me mettait mal à l'aise. Aussi, lorsque j'eus fini mon verre de vin, sans penser à toute la vaisselle que j'avais à laver, je proposai aux enfants d'aller glisser. Il restait quelques heures de jour avant la noirceur. Et, à ma grande surprise, Charles, qui avait à peu près mon âge, s'écria :

— Moi aussi, j'y vais, mademoiselle...

— Georgina ! hurla Oscar. On va descendre la grande côte !

— Samson ! cria Télesphore, viens-t'en !

▼

La période des fêtes achevait. Les journées se déroulaient dans la bonne humeur et les tâches abondaient, et pour la première fois depuis longtemps, la crainte et les petites hontes qui m'empêchaient de me sentir bien tout au fond de mon cœur s'étaient évanouies.

Avant de repartir pour ses études, Charles m'avait parlé à plusieurs reprises. Il tenait ses distances, mais on aurait dit qu'il me considérait comme une vraie personne, et même qu'il avait plaisir à me regarder. En fait, je le trouvais un peu guindé et bien moins beau que Vital Ouellet ! Mais lui, c'était un monsieur, un garçon instruit qui allait peut-être devenir un prêtre ou un notaire ! Ce qui me plaisait quand il me parlait, c'est qu'il riait et faisait des blagues. Ah ! que j'aimais ses sourires et ses mots d'esprit qui me laissaient époustouflée. C'est étonnant comme de simples paroles peuvent raccommoder l'état d'une personne et donner de nouveau le goût de vivre ! Je commençais à espérer en l'avenir et à me réjouir d'être là, enfin, dans une famille qui m'appréciait.

Je pensais à ma mère, là-bas sur la Côte-du-Sud, et je me rappelai cette conversation entendue malgré moi il y avait bien longtemps, entre Mélore et Félicité, au temps où les choses allaient mal. Je m'en souvenais comme d'hier. Ma mère avait dit :

— Si Georgina se mariait...

Je songeais que cela pourrait peut-être se réaliser. Et je pourrais dire à ma mère de prendre une goélette et de venir me rejoindre avec Ferdinand et Louis-Edmond ! Ainsi, nous serions de nouveau réunis, nous les Bonenfant.

Mais le vent a tourné un après-midi où j'étais rentrée à la maison avec les enfants, les mains et les joues gelées et les vêtements tout trempes. Le postier était passé déposer le courrier qu'il apportait de Chicoutimi. Le lendemain, il lui faudrait repartir à pied pour Roberval avec les missives de M. Hébert. Il avait laissé une lettre pour moi. Une lettre qui venait de loin et qui avait mis des semaines à se rendre jusqu'ici. Ça faisait si longtemps que je n'en avais pas reçu ! Je brisai le cachet sans attendre d'être déshabillée et me réfugiai dans un coin pour la lire.

> Ma chère fille,
>
> C'est Ferdinand qui t'écrit. Il sait faire aussi bien que toi maintenent. Louis-Edmond aussi a commencé l'école. Ton oncle Victor a un gros troupau à c't'heure. Et trois enfants.
>
> Mais je viens te dire le nouveau. Depuis le mois d'octobre on est déménagé dans le rang de l'anse. Je me suis mariée avec Joseph Bérubé, le veuf et on reste ici. La maison est grande et il y a quatre enfants à s'occuper.
>
> Je pense à toi qui reste là-bas. Si tu voulais revenir, il y a de la place. Joseph a une bonne terre à lui. Il est un bon père pour tes frères, Ferdinand va faire les labours avec lui au printemps. J'espère que tu es contente chez Hébert. Moi, j'essaie d'oublier le passé et les malheurs mais je ne t'oublie pas. J'aimerais ça que tu sois avec nous.
>
> Je t'envoie mon affection,
> Ta mère Félicité
>
> P.s. en souvenir de l'arbre du rang que tu connais, Ferdinand.

Quelque chose a filé entre mes doigts et est tombé par terre. Quelque chose qui était dans la lettre. Je me suis penchée et je l'ai ramassé : c'était une samare. On appelait ça une hélice ; mais plus tard, j'ai su que le vrai nom était « samare ». Elle venait de là-bas, de l'arbre que j'avais si bien connu.

CHAPITRE 21

Le fond des choses

À force de regarder la neige tout au long de mes longues journées d'hiver, j'ai percé un secret, un secret qui m'a menée très loin, très profondément au cœur des choses qui échappent d'ordinaire à l'observation courante. Ce secret était si important pour moi que je me suis enfin décidée à l'écrire dans mon cahier.

> *Aujourd'hui j'ai découvert que la neige n'est pas blanche. Elle est bleue, rose, verte ! La neige change de couleur, change de forme et d'humeur. Elle est une chose vivante comme nous les humains et je l'ai vue de mes yeux ce soir devenir bleue, mauve et même violette.*

tiré du cahier, en date du 12 janvier 1861

Si le souvenir de cette découverte s'est un peu estompé aujourd'hui, il n'en reste pas moins que je n'ai jamais pu regarder la neige de la même façon après cet hiver-là. Encore aujourd'hui, j'associe la neige de janvier et ses couleurs changeantes à une forme de désespoir dans lequel la lettre que j'avais reçue m'avait plongée.

Il faut avouer que la neige était la seule chose, la seule présence vivante – si on peut dire – à laquelle j'avais tenté pendant des jours de me rattacher en imaginant que moi aussi, comme mon père, j'irais me coucher lentement sur elle ; je la laisserais me couvrir de ses caresses dans un silence si doux que je m'endormirais sans cauchemars en sa compagnie et je pourrais rêver à mon gré et ne plus jamais subir les heurts et les chavirements qui m'avaient enlevé tout désir de vivre. Mon corps, sous sa couverture froide et chaude en même temps, délicate et protectrice, capterait tous les bruits assourdis, il reconnaîtrait mieux que jamais les pattes souples des lièvres et des martres qui, ne fuyant plus les odeurs ennemies, chuchoteraient à mes oreilles de longs discours merveilleux. Je m'unirais au monde des arbres et des buissons que je croyais pourtant connaître mais, cette fois, les mystères des sèves et des respirations souterraines me seraient révélés. J'entendrais mieux que jamais ce vacarme des ruisseaux, des rivières, des lacs et du grand fleuve filant, jaillissant, ronflant de ses vagues lumineuses et brillantes, avec le reflet de la lune sur lui comme autrefois, et rien ne serait plus doux que d'aimer de mille façons réinventées ce monde où la vie, la mort, les chants, les saveurs et les odeurs, cailloux, écorces et miettes s'entrelacent et où jamais les lettres n'arrivent pour troubler la lente progression de l'existence. Moi aussi j'allais partir en voyage avec mon père bien-aimé et nous pourrions encore longtemps marcher dans l'herbe haute le long des clôtures de perches et chanter nos chansons préférées.

Des jours durant, je me suis posé mille fois les mêmes questions : «Comment Félicité avait-elle pu ainsi abandonner tout espoir ? Comment avait-elle pu surtout choisir un tel chemin vers le bonheur ? Ah ! Félicité ! Justement ! Comme son prénom devait lui peser ! Ou peut-être n'y pensait-elle même pas ?»

En fait, ce qui me torturait le plus, ce qui faisait monter une rage énorme en moi, c'était le doute, la pensée que peut-être elle l'aimait aussi, elle l'aimait un peu, elle l'aimait plus qu'Étienne, ce Joseph Bérubé ! Non, ce n'était pas possible, je ne voulais pas de cette pensée, que je chassais avec fureur. Heureusement, au moins, qu'elle n'avait pas dit à Ferdinand de signer, à la fin de la lettre, «Félicité Bérubé», je ne l'aurais pas supporté ; à vrai dire, cette lettre m'incitait encore une fois à me demander : «Pourquoi une femme perdait-elle donc son nom au profit de celui de l'autre ? Est-ce qu'elle devenait sa propriété ? »

D'avoir tracé ces premiers mots dans mon cahier m'avait donné du courage et procuré un curieux plaisir. J'ai continué de le faire. Et maintenant, en relisant ces paroles tracées avec maladresse, je sens réavivées toutes les interrogations qui m'agitaient alors.

Aimer, qu'est-ce que ça veut dire ? Est-ce qu'il se peut que les traces laissées dans tes veines par ceux et celles de ta lignée te prédisposent à aimer mieux que d'autres ? Qu'est-ce que ça prend pour aimer quelqu'un et surtout être aimé ? Et moi, les Bonenfant et les Michaud m'ont-ils légué ce qu'il faut ?

écrit dans le cahier un dimanche en février

Il est vrai que j'étais à la fois jalouse et déçue de mon amie Séverine, qui s'en allait au-devant de son Ignace les yeux fermés. J'avais l'idée qu'elle ne savait même pas si elle l'aimait ou non. Mais, en même temps, je l'approuvais de partir avec un garçon comme Ignace ; c'était quand même mieux que de rester chez elle à torcher ses petits frères et ses petites sœurs. Peut-être. Qu'est-ce qu'une fille pouvait faire d'autre ?

La seule voie qui s'ouvrait à une fille était de se marier et d'élever des enfants, à moins que personne ne veuille d'elle. Alors là, c'était pire que pire, rester sur le carreau et besogner pour les autres, avec la certitude que pas un seul être n'a jamais eu le moindre désir de ta personne ! Mes grands-mères, ma mère, la maîtresse que j'avais peu fréquentée, nous avaient proposé, à nous les filles, des modèles qui prônaient avant tout le dévouement et le renoncement en vue de la vie éternelle. Ce que je me demandais avec inquiétude, c'était pourquoi les notables comme les fils du vieux gentilhomme Price, ses fils qui venaient ici se dévouer pour que nos billes de bois descendent la rivière jusqu'à leurs bateaux, se dévouer pour donner beaucoup de travail aux pauvres gens et fournir de l'argent pour construire une église, ne semblaient pas promis au mêmes destins que les gens d'ici. Il y avait de ces différences cachées sous les mots que je ne cessais de ressasser.

J'étais jalouse de Séverine. Je pensais à ce qu'elle allait vivre : « Elle va s'en aller ailleurs toute seule avec lui, et il n'y aura pas gros de monde pour lui dicter sa conduite. Chanceuse ! Elle va commencer une famille, un noyau qui ira en s'agrandissant. La chance qu'elle a, c'est d'aller s'installer sur une île au bord de la décharge où l'eau bouillonne. Je donnerais cher pour être à sa place. Je sais que seuls les canotiers d'expérience arrivent à franchir les rapides où l'eau s'en va en grondant sur les rochers, à la rencontre de l'eau de la grande rivière. » C'est étrange comme l'eau me faisait rêver et combien captivaient mon attention les couleurs du monde alentour.

Avant, sur les cartes de l'école de Rivière-Ouelle, j'aimais détailler les océans, les lacs, les rivières: leur eau était bleu pâle. Mais l'eau n'est pas bleue. Je le sais. Je l'ai vue, celle du fleuve sous la coque de la Marie-Chanceuse. Elle est noire. Elle dort sous les glaces. Bientôt, l'eau noire va se remettre à courir.

tiré du cahier, en date du 7 mars

Le souvenir de ma traversée du fleuve refaisait surface. J'enviais Séverine, non seulement parce qu'elle allait se marier et entrer dans une espèce de confrérie mais aussi parce qu'elle allait partir, aller ailleurs. Ailleurs. Ce mot m'avait toujours fascinée et plus encore le fait de partir, juste de s'en aller quelque part, pour la minute de volupté où on sent que les liens qui nous tiennent se détendent, s'étirent et lâchent. J'avais des frissons rien que d'y penser.

Séverine venait de moins en moins souvent à Hébertville. Elle avait une grosse besogne à abattre chaque jour; et elle en remettait, de façon à se faire pardonner son départ de la maison familiale. Elle était toujours pressée, c'est elle qui faisait les achats au magasin et ses frères s'impatientaient en l'attendant avec la voiture pour rentrer. On avait bien peu de temps pour se parler. Même le dimanche, elle filait après la messe.

Nos rapports avaient changé : je la sentais agacée par mon attitude et surtout par les questions que je lui posais. Un jour elle s'est fâchée et m'a dit d'un ton rêche :

— Ce n'est pourtant pas si extraordinaire que ça de me marier et de m'en aller avec mon futur à Alma quand il aura fini de construire le campe ! Tout le monde le fait, et puis il y a plein de filles de notre âge qui attendent ça : ma cousine Élodie, à quinze ans elle est partie. Aubéline, celle dont le mari s'est noyé, en a épousé un autre pas longtemps après, elle avait juste dix-huit ans. Son nouveau mari était resté avec huit enfants sur les bras. Qu'est-ce qu'un homme peut bien faire tout seul sur une terre avec des enfants ? Les femmes, c'est fait pour servir et aider les autres.

Je n'avais qu'elle comme amie. Il fallait que je fasse attention de ne pas la perdre. Alors, je refoulais mes commentaires sur les gens du village, mes réflexions sur la place des filles dans nos familles. On parlait d'autre chose, des cheveux frisés, par exemple, car Séverine enviait beaucoup les miens.

Et, bien sûr, elle me parlait d'Ignace. Ah ! mais, attention, il fallait éviter de causer de sentiments. Sinon, elle se cabrait et me lançait :

— Ah ! que tu peux être fatigante avec ça !

Je gardais donc à l'intérieur de moi une foule de doutes, de frustrations et d'inquiétudes, qui me pesaient à force de s'empiler. Il est vrai que Séverine le trouvait d'adon, son futur ! Mais ce n'était pas pour les bonnes raisons. « Il a des mains larges comme des pelles, disait-elle en parlant de lui ; et quand il enlève son chapeau – ce qui n'est pas souvent – il dévoile des oreilles un peu, pas mal... décollées. » On riait ensemble de ce détail anatomique. Je me souviens qu'on s'est longtemps interrogées sur l'hérédité de ces traits physiques ; en ricanant, on détaillait l'image un peu floue de sa progéniture à venir, toute une ribambelle de marmots avec les oreilles décollées de leur père et les cheveux raides de leur mère.

Séverine m'avait annoncé – et c'était là une nouvelle de grande importance – que sa mère allait lui acheter un chapeau, un vrai, un chapeau de magasin.

Parfois, au cours de nos échanges, je lui répétais un conte entendu de la bouche des nombreux passants et visiteurs de la maison Hébert. Je me souviens de lui avoir conté celui du roi qui voulait marier sa fille au plus brave de ses sujets. Séverine adorait m'écouter. Dans ces histoires, il y avait toujours un roi qui décidait pour tout le monde. Moi, je me demandais pourquoi rien n'avait changé depuis ces temps où les rois régnaient sur des royaumes fabuleux ; et tandis que j'égrenais les péripéties de ces contes, je pensais : « D'où vient aux hommes ce pouvoir de décider de tout, même de celui qu'une fille doit épouser?» Séverine n'aimait pas, je l'ai dit, que je remette en cause le cours normal des choses. Si j'avais le malheur de reprendre à haute voix ces interrogations, elle me regardait comme si elle avait honte de moi et s'en allait, me laissant seule à ruminer mes déceptions.

— L'autorité paternelle, c'est sacré! me lança-t-elle un jour. Ça vient de Dieu à la naissance et ça va direct aux gars.

— Es-tu bien sûre de ce que tu dis là?

— Georgina, tu poses trop de questions. Tu me fais peur, des fois!

Pourtant, j'en avais accompli, moi, du travail d'homme. Quand on était restés tout seuls, l'hiver, j'avais fendu du bois, j'avais scié les bûches. Mieux que Ferdinand. Séverine refusait d'y réfléchir.

— Es-tu folle? Scier du bois, c'est de l'ouvrage d'homme, s'écriait-elle.

Mais moi, je ne voyais pas de différence. Travail d'homme ou de femme, il y avait des travaux essentiels à la survie et peu importe qui les exécutait.

> *Je serais capable de faire des tâches d'homme. Je saurais construire des ponts, tracer des chemins. La grosse ouvrage, ça s'apprend. Il faut de la force, bien sûr. Et pour filer, rapiécer, laver, tricoter, balayer, qu'est-ce qu'il faut?*
>
> tiré du cahier, en date du 15 mars

Un jour, dans la rue, j'ai rencontré Marie-Anna, la plus âgée des sœurs de Séverine, celle qui, à onze ans, allait reprendre la place de fille aînée que sa sœur lui laissait. Déjà, elle se promenait la tête haute et les yeux pétillants, fière de son nouveau statut. Je m'approchais d'elle avec plaisir pour la saluer et prendre des nouvelles de Séverine. Soudain, en me dévisageant, elle me demanda de sa voix encore enfantine:

— Toi, Georgina, tu vas rester vieille fille, hein?

Je n'ai su quoi répondre. Elle ne se rendait sans doute pas compte combien sa question me blessait.

▼

À cette époque, j'ai pris une grande décision : celle de ne plus envoyer mes gages à ma mère à Rivière-Ouelle. Tant qu'elle était veuve et seule pour élever mes deux petits frères, je n'aurais jamais osé lui refuser le peu que je gagnais. Mais depuis la lettre, la situation n'était plus la même.

> *Avant j'étais la fille d'une veuve. Maintenant ma mère s'est mise en ménage mais moi, je n'ai pas de père ni de mari. Je suis presque une orpheline. Ça ne me sert à rien de pleurer sur mon sort. D'une certaine manière, je suis libre; je peux faire ce que je veux. Aller jusqu'au lac en canot, par exemple.*

> tiré du cahier, en date du 22 mars

Une force nouvelle me poussait à agir en réclamant en silence un peu plus d'indépendance, même si Séverine n'approuvait nullement mes déclarations. Je ne voulais pas faire de grands éclats mais, le temps venu, je me proposais de suivre des chemins nouveaux et de ne pas reprendre sans mot dire les mêmes tracés que suivaient toutes les femmes. Je me mis à faire des projets, à m'inventer une destinée extraordinaire. Je rêvais, bien sûr, et plus concrètement, je surveillais la venue du colporteur avec l'idée de m'acheter un col blanc, neuf, peut-être bordé d'une fantaisie ou d'un ruban de satin. J'avais fait des économies pour ça. Et, surtout, j'avais décidé de chercher à revoir Flavie avant qu'elle s'en aille à Chicoutimi, pour nous raccommoder ; je ne voulais pas qu'on soit fâchées, car je savais qu'il ne servait à rien de lui garder rancune. Elle avait de la chance, et je m'en réjouissais. Moi aussi j'en aurais de la chance, un jour.

▼

Encore une fois, quand l'eau des rivières s'est libérée des glaces, tout le village s'est mis à espérer l'arrivée des gars des chantiers. Aussitôt la rumeur colportée, Séverine est devenue tout excitée.

Et, un bon jour où je m'attendais à les voir défiler au village, c'est Tommy que j'ai vu surgir, lui et d'autres canotiers qui allaient bientôt reprendre leurs voyagements vers le lac. J'étais dehors avec les enfants quand il est apparu. Un court instant, sans le voir, je me suis sentie regardée. Et comme de fait, en me retournant, je l'ai vu qui m'observait. Les enfants, qui l'aimaient bien, se sont mis à crier :

— Tommy ! Tommy !

On s'est parlé, comme ça, quelques mots entrecoupés de cris d'enfants et de longs silences. C'était la première fois que je le voyais depuis ce qui s'était passé dans le troisième rang. J'aurais pu paraître offensée et refuser de lui adresser la parole mais, en y repensant, je comprends que j'étais à la fois attirée et repoussée par lui. Je savais que mon désir de retourner au lac, en canot, passait par lui et, en même temps, une peur sourde me portait à étouffer ce désir parce que je savais bien qu'il essaierait encore de m'embrasser et je ne savais plus si je le souhaitais ou non. Un refus net aurait été si simple ; mais enfoui très loin au-dedans de moi reposait le sentiment que Tommy n'avait peut-être pas dit tout ce qu'il savait à propos de la découverte des restes de mon père. Un baiser serait-il le prix à payer pour en savoir plus ?

— Quand il fera chaud, je t'emmènerai au lac en canot. Tu veux ? me demanda-t-il.

— Au lac ! Au lac ! Au lac ! reprirent les enfants.

— Je veux y aller ! dit Jean-Baptiste !

— Moi aussi ! renchérit Télesphore.

— Oui, dis-je. Je veux bien. J'amènerai les deux plus grands avec la permission de leur père.

Il fut un peu surpris de ma réponse ; et moi, j'étais très fière d'avoir trouvé cette façon d'accepter son invitation, mais plus que tout, je jubilais à l'idée d'aller, enfin, au lac en canot.

Ce n'est que bien plus tard que j'ai compris pourquoi, de retour des chantiers, Vital ne me faisait pas de façon. Je l'ai croisé plusieurs fois près du moulin et, au lieu de venir me parler, il restait dans son coin sans me dire un mot. Et je me suis mise à croire que j'étais une bonne à rien, que personne ne voudrait jamais de moi. Je m'étais peut-être imaginé des choses. Je me disais que, dans son rang à lui, toutes les terres étaient occupées et ça ne devait pas manquer d'action au temps des semailles et des récoltes. Il avait dû avoir déjà reluqué les filles des alentours et peut-être même fait son choix parmi elles lors des veillées entre voisins. Et si jamais personne ne voulait de moi, qu'est-ce que je deviendrais ?

Si je reste vieille fille, je devrai être servante toute ma vie, ça serait un beau gaspil. Depuis mon arrivée ici, à Hébertville, tout mon sentiment allait vers Hector... je m'en rends compte aujourd'hui, il était comme mon fils à moi. Je l'aimais très fort. Mais c'est d'un autre amour que je voudrais : est-ce que c'est possible de vivre tout son règne sans que l'amour vienne te visiter ?

extrait du cahier, en date du 20 mai

Le fiancé de Séverine, Ignace Gauvin, m'abordait volontiers quand il venait au village. C'est lui qui m'a éclairée sans le vouloir sur le comportement de son compagnon de chantier. Un jour, il me dit :

— Pis, Georgina, vas-tu le marier, ton sauvage ?

J'étais interloquée. Je balbutiai :

— Pourquoi tu dis ça ?

— Il paraît... il paraît...

— Il paraît quoi ? lançai-je, furieuse.

Mais Ignace ne disait rien. Pressé de questions, il finit par avouer que Vital, qui m'avait vue le jour de son retour en train de serrer la main de Tommy, s'était persuadé que ce geste était une promesse entre lui et moi. J'étais bouleversée de penser qu'une banale poignée de main pût prendre une telle importance sous le regard d'un autre. Puis, il changea de sujet.

— Le temps du bûchage, Georgina, tu ne sauras jamais comme c'est long et combien on s'ennuie. Moi et Vital, pendant les longs dimanches, on essayait de se débarrasser de nos poux, on lavait nos hardes en jasant. Ah ! on s'ennuyait. Rien à faire... juste se faire aller la langue et le souffle sur un harmonica. On s'en est raconté des peurs !

Je le laissais décrire la dureté de la vie des camps, la saleté, et le comportement emporté de certains bûcherons, les concours d'abattage et les jalousies qui s'ensuivaient, l'isolement, l'ennui. J'écoutais d'une oreille distraite. Bientôt, son discours commença à résonner de ses espoirs de s'en aller construire la dalle, du plaisir de filer vers du neuf et de se marier. Mais les paroles prononcées à propos de Vital demeuraient en moi et ne faisaient qu'augmenter mon désarroi face à la vie.

Plus tard dans la cuisine, en m'efforçant de choisir des sujets anodins en apparence, j'ai demandé à Henriette s'il y avait des Blanches de par ici qui avaient épousé des sauvages. Mais elle me répondit que c'était plutôt le contraire : des hommes de chez nous se mettaient en ménage avec des Indiennes et parfois même partaient vivre dans le bois. J'essayais de m'imaginer dans la peau de la femme de Tommy Raphaël, vivant sous la tente l'hiver dans les territoires où sa famille trappait. J'avais du mal à y songer sans un frisson. Certains soirs, j'ébauchais des solutions, je prenais hardiment sur papier des décisions qui orienteraient ma vie future.

> *Je pourrais aussi partir pour Alma. Ce serait facile de dénicher une famille qui a besoin de quelqu'un. M. Hébert ou Tommy sauraient m'en recommander une. J'y retrouverais Séverine. Mais elle, là-bas, sera femme de colon avec du bien et moi, je ne serais toujours qu'une fille engagée, sans famille, sans rien. Il me semble pourtant que je n'ai pas mérité ça. La vie est méchante.*

tiré du cahier, en date du 27 mai

Sur le plancher, devant la petite fenêtre, j'avais posé une vieille tasse de granit remplie de terre et dedans j'avais enfoui la samare de Ferdinand. Je l'arrosais tous les soirs. Elle avait germé et, déjà, deux petites feuilles vertes montraient leur tête. C'était comme si j'avais recréé un petit morceau du rang de l'Éventail dans mon grenier poussiéreux. Je me demandais où je pourrais bien le planter quand il aurait grossi. Je pensais que les épinettes seraient étonnées de le voir arriver au milieu d'elles, un vrai arbre du Bas-du-fleuve avec ses feuilles qui montrent leur doublure argentée dans le vent. J'avais envie de le planter dans un lieu qui serait à moi et où il vivrait longtemps. Mais où ?

CHAPITRE 22

Le départ de Séverine

Séverine avait fini d'attendre. Un bon matin, à sept heures, sa vie nouvelle avait commencé. Dans la chapelle glacée, on n'avait pas chaud ; le poêle venait juste d'être allumé. Sous mon vieux manteau, je cachais le beau col blanc avec une toute petite bordure de dentelle que j'avais acheté du colporteur. Ignace était un peu raide dans son veston noir. Séverine avait son air des grands jours, c'est-à-dire les joues rougies, les yeux brillants, les cheveux bien attachés en arrière et un chapeau de printemps, un chapeau de paille avec un ruban bleu. Les membres des deux familles se tenaient droits, plutôt intimidés ; j'aurais aimé que Marcellin et Mélore soient présents, Séverine était sa cousine à lui après tout, mais quitter sa terre un jour de semaine au printemps, c'était impossible pour un cultivateur. Ça m'aurait fait un peu comme une famille. Quand j'ai entendu la voix de mon amie prononcer un «oui» d'une voix mal assurée, j'ai été émue.

Par ce petit mot, elle venait de basculer dans un autre monde ; je ne partagerais plus ses secrets, rien ne serait plus pareil. Entre nous maintenant, il y avait un homme, son mari. J'avais envie de pleurer. Je me sentais à l'écart, mais, quand on est sortis après la messe, Séverine m'a embrassée devant tout le monde. Ça m'a fait du bien, ça m'a remis le cœur d'aplomb. J'avais ouvert mon manteau pour montrer mon col blanc, parce que je voulais qu'elle voie que j'avais fait des frais pour elle. Je ne pouvais pas suivre la noce jusque chez eux, on m'attendait à la maison. Ce n'était pas mon jour de congé, alors je devais m'en retourner. Mais je savais bien que la fête ne serait pas longue, juste un petit repas vite avalé et pas de musique. À midi, les nouveaux époux allaient partir avec tous leurs effets pour s'installer là-bas dans la cabane qu'Ignace avait construite.

Le soir venu, ils seraient déjà chez eux, si tout allait bien. Mais j'avais promis de venir la voir s'embarquer.

— Je serai là à midi pour ton... euh... pour votre départ.

J'avais lancé un coup d'œil au mari bien entouré de ses parents et de ses frères et sœurs. Il m'avait souri en me disant :

— Elle va s'ennuyer de toi, c'est sûr, Georgina. Penses-tu que je vais pouvoir jaser avec elle aussi bien que toi ?

— Jamais ! On était les meilleures placoteuses d'ici ! avais-je répliqué en riant.

— Oh ! mon Dieu, va falloir que je m'y mette, avait pouffé Ignace.

À midi, il y avait un petit attroupement au bord de la rivière, sur le plat, passé le moulin. Depuis le début du printemps, beaucoup de gens transitaient par Hébertville pour se rendre à Alma. Le pauvre tracé d'hiver, plus court, était impraticable à cause des savanes et des ruisseaux en crue, alors on prenait la route de l'eau pour éviter les portages. Des familles entières, qui étaient venues de loin, attendaient que sonne l'heure du départ. Les canotiers patientaient en fumant leur pipe. Tommy était du nombre.

C'était une bonne journée pour voyager. La rivière était haute et il y aurait beaucoup d'eau pour remonter la Belle Rivière jusqu'au lac. Le vent était doux, le voyage serait calme, sauf peut-être dans les remous de la petite décharge. Si je pouvais penser comme ça, c'est parce que Tommy m'avait montré les rapides, au loin, le jour où j'étais allée en canot jusqu'au lac. C'était un dimanche où Séverine achevait de coudre et de mettre en ordre les éléments de son trousseau, et moi je restais là, désœuvrée, toute seule à perdre mon temps. M. Hébert avait refusé la permission pour ses fils et il s'était même indigné que je puisse, moi, songer à faire une telle excursion. Mais il n'avait pas osé vraiment me l'interdire.

J'avais parcouru la rivière des Aulnets, puis la Belle Rivière jusqu'au lac. À la pointe du canot, le petit frère de Tommy, Henri, babillait. Le sauvage était arrivé avec lui sans une explication, et j'avoue que sa présence m'avait rassurée. Il était beau et j'avais du plaisir à le regarder tremper ses doigts dans l'eau, beaucoup plus à l'aise que moi dans l'embarcation fragile qui filait à vive allure. Quand on était arrivés au lac, j'avais eu le souffle coupé comme la fois avec mon père. Pour les autres, peut-être, un lac grand comme ça, c'est une chose qu'on finit par ne plus voir à force de le regarder tous les jours. Mais moi qui en rêvais depuis si longtemps, j'étais muette de bonheur. J'avais eu envie de raconter à Tommy comment les Indiens avaient retrouvé mon petit frère perdu, mais j'avais changé d'avis. Je m'étais contentée d'emplir mes yeux des couleurs, des reflets, des mouvements de l'eau et du ciel si vaste sur nos têtes ; un vent léger s'était levé et toute l'étendue d'eau s'était mise à se creuser en petites montagnes échevelées. Le bruit que faisaient les vagues sur les rives éloignées m'enchantait.

Tommy ne m'avait plus parlé de la couleur de mes yeux, mais il s'arrêtait de temps en temps de pagayer pour me regarder sans dire un mot. Le petit frère se tenait tranquille à la pince du canot. Puis, l'embarcation s'est avancée assez loin pour que je puisse voir les rapides de la décharge. C'est là que Tommy m'avait parlé du danger qu'il y avait à les franchir. « Seuls les bons canotiers traversent les rapides. Les colons qui vont s'installer sur l'île vont passer par là », m'avait-il informée. De cette décharge nous parvenait un grondement continu, le bruit envoûtant du déferlement de l'eau sur les rochers, qui me ravissait. Puis, on est rentrés, car le vent augmentait et des averses se préparaient.

En me hâtant vers la rivière, je souriais pour moi toute seule en songeant que je pourrais suivre dans mon esprit le trajet qu'emprunteraient Séverine et Ignace. Je me souvenais des berges vertes de la Belle Rivière et, surtout, du grondement des rapides. Aux abords de la rivière, j'ai vu tout de suite Séverine, sans son chapeau mais avec, à ses pieds, le coffre qui contenait toutes ses possessions. Dans un gros linge de toile, elle tenait un pâté que sa mère lui avait cuit pour son premier repas dans son nouveau logis. Je me sentais assez tiraillée entre la tristesse des adieux et l'excitation des départs, mon regard allait des uns aux autres. J'entendais les appels, les dernières recommandations qui fusaient de toutes parts. Des enfants, contenant mal leur agitation, couraient sur la rive en bravant les réprimandes de leurs parents. Deux gamins délurés, insouciants et pleins d'entrain, s'amusaient comme des fous en zigzaguant entre les groupes de gens. Petit à petit, les canots se remplissaient. On arrimait les sacs et les coffres. Les passagers viendraient en dernier.

Séverine attendait son tour. Elle m'envoya la main. Soudain, j'ai compris à quel point, malgré nos divergences d'opinion, son absence allait me peser. Avec qui allais-je pouvoir me rouler dans l'herbe en allant aux bleuets? Avec qui trouverais-je plaisir à imaginer des princes charmants, à rire des travers de tout un chacun, des notables du village? Je me précipitai vers elle. Mais l'un des petits garçons, qui courait frénétiquement avec les autres gamins, fonça droit sur moi. Sa casquette vola dans les airs et on se retrouva par terre tous les deux. Je n'avais pas de mal et je voulus le retenir mais, apeuré, il se releva à toute vitesse en m'évitant. Il s'enfuit la tête nue.

Dans la foule, une voix pressante s'éleva :

— Philippe! Dollard! Venez-vous-en!

Je ramassai la casquette dans l'herbe et allai vers le groupe où se trouvait, accroché aux jupes de sa mère, l'enfant qui me regardait approcher en tremblant. Je lui tendis sa casquette en souriant et la mère, une belle femme aux yeux rieurs, me dit :

— Ils sont tellement excités! Excusez-le.

— Il n'y a pas de mal, madame. Vous allez à Alma?

— C'est ça. Ça fait longtemps qu'on voyage; on a marché tout le chemin depuis La Malbaie. Les enfants ont hâte d'arriver.

Le père, un grand gaillard, s'empara des derniers paquets et deux grandes filles le suivirent.

— Viens-t'en, Démerise, on part! dit-il.

La mère enfonça la casquette sur la tête du petit et lui tint la main en disant :

— Philippe, tu fais mieux de pas la jeter à l'eau! Tu peux dire merci à mademoiselle.

Le petit n'osa pas lever les yeux vers moi et marmonna quelques mots, mais le plus grand, sans doute moins effarouché par tous ces étrangers, me sourit et me tendit la main comme un homme. Je m'empressai de la saisir et lui demandai :

— Comment t'appelles-tu?

— Dollard Bergeron. J'ai sept ans.

— Eh! bien, Dollard Bergeron, je te souhaite un bon voyage!

Je les regardai partir sur la rivière. Ce petit garçon, dont je sentais encore la main chaude dans la mienne, m'avait touché le cœur avec son regard assuré et son sans-gêne. Il avait l'âge d'Hector, les mêmes gestes, les mêmes yeux ardents et la même mine fouineuse. Avant d'aller retrouver les Gauvin, je ne pus m'empêcher d'adresser au bon Dieu une petite prière : «Ô mon Dieu, faites qu'il ne se noie pas, ce petit garçon-là, dans les rapides!»

Les canots partaient un à un. C'est Tommy qui menait le convoi. J'ai embrassé Séverine une dernière fois et je les ai regardés s'éloigner, elle et lui, en route vers ce que la vie leur réservait. Allais-je la revoir? Quand? J'étais triste, il me semblait que je n'avais plus beaucoup de joies à espérer. J'entendis à peine ses dernières paroles :

— Écris-moi!

Je me souviens que ce soir-là j'ai raconté aux enfants Hébert une longue, longue histoire, mi-vraie mi-inventée, où deux petits frères Bergeron bravaient les mille périls de la petite décharge du lac et arrivaient sur leur lot du rang Neuf accueillis par une famille de ratons laveurs qui faisaient la fête avec eux en dansant au clair de lune la nuit durant.

▼

Le temps filait. Un nouvel enfant était né chez ma tante Mélore et j'avais obtenu un congé pour aller au baptême, car j'avais été choisie comme marraine. C'est moi qui le portais dans mes bras tandis que le prêtre versait l'eau sur sa tête. Le bébé, une petite fille, reçut le prénom d'Élodie. Elle était toute chaude dans mes bras et je savourais le plaisir de sentir une famille autour de moi, même si je pensais encore, de moins en moins souvent il est vrai, à ceux qui restaient sur la Côte-du-Sud. Je n'osais avouer à personne, surtout pas à ma tante, que parfois je pensais à mon père Étienne, à ses rêves évanouis, à cette terre qu'il avait voulu posséder. Une profonde tristesse m'envahissait quand ces pensées me tournaient dans la tête et j'avais toutes les peines du monde à les chasser, car loin, enfoui loin au plus profond de mon être, vivait l'espoir infime que mon père ne soit pas mort après tout et qu'un jour je retrouve sa trace quelque part. Inconsciemment peut-être, je refusais de croire à la réalité ; à cette époque, je pense que personne n'aurait pu, même avec des documents signés par les autorités en place et des preuves irréfutables, éteindre cette faible lueur tapie dans mon cœur.

En effet, ma tante évitait de parler de ma mère, du temps d'avant, de la parenté restée là-bas. Sa famille était maintenant au Lac-Saint-Jean et on aurait cru qu'elle voulait oublier jusqu'à ses attaches familiales, peut-être à cause de l'accusation de meurtre qui pesait toujours sur la mémoire de son frère. Ou peut-être aussi voulait-elle aider à cicatriser ma plaie et me redonner le goût du bonheur ?

Depuis quelque temps, les lettres circulaient mieux et je savais que des nouvelles de Rivière-Ouelle parvenaient à Mélore ; pourtant, malgré mon insistance, ma tante ne me révélait rien. Je voulais savoir, entre autres choses, si ma mère s'entendait bien avec les filles de son mari, si ces dernières étaient jolies, adroites et dociles, si mes petits frères parlaient de moi quelquefois et si, dans le cœur de ma mère, je gardais encore une petite place. Mais rien de tout cela ne m'était dit et je restais avec mes doutes.

> *Qui suis-je pour ceux de Rivière-Ouelle ? Ne suis-je plus qu'un nom, une réminiscence, deux bras sur lesquels il ne faut pas compter pour aider aux foins, celle dont la présence n'est que dans le souvenir ? Certains soirs, peut-être, Ferdinand demande à maman : « Te souviens-tu quand Georgina a rencontré un ours au Lac-Saint-Jean ? »*

écrit dans le cahier le 5 juin

Il est vrai que j'avais choisi avec un surprenant aplomb de rester ici. Mais durant ces jours où le temps doux me portait à la nostalgie, ma mémoire me renvoyait les images de mon enfance et celles-ci menaient toujours à mon refus. Mon refus de repartir avec ma mère et les garçons. Peut-être m'étais-je trompée ? Jusqu'à maintenant, je n'avais rien regretté mais, depuis, ma détermination s'était mise à vaciller. Mes attaches d'ici, Falvie, Séverine, se dénouaient lentement ; j'étais tiraillée entre la mélancolie et un vif sentiment de liberté. Je me sentais libre parce que j'étais toute seule et que je pouvais décider de ma vie mais, en même temps, cette liberté m'effrayait et je savais que tôt ou tard j'en souffrirais ; et j'avais une peur secrète d'être obligée, un jour, de me résigner et de sacrifier mon désir d'indépendance.

Si je retourne à Rivière-Ouelle, je m'ennuierai d'ici. Et je serai un peu comme une étrangère, après toutes ces années. Que faire ? Si mon père avait été là, lui, il aurait su me conseiller.

tiré du cahier, en date du 10 juin

Henriette avait la solution facile :
— Tu vas bien te trouver un bon gars, ça sera pas long, tu vas voir. Après, tu auras pas le temps de t'ennuyer !
Après ? Après quoi ? À part Tommy, qui s'intéressait à ma petite personne ? Je n'avais pas de nouvelles de Vital et je me forçais pour ne pas y penser. Pourtant, au village, il passait de plus en plus de gens ; à la maison, dans les rues, tout bougeait. On construisait de nouvelles maisons, le moulin à scier marchait fort. On était débordés à la maison Hébert. Et comme l'inspecteur d'école allait bientôt passer, sans prévenir, bien sûr, les enfants étaient survoltés. Je faisais répéter leurs leçons à Oscar et à Télesphore. Les fêtes se succédaient : la Fête-Dieu, la Saint-Jean ; je participais à tout, mais j'avais mal quelque part en dedans de moi, je me sentais seule et inutile, comme un brin de paille à la dérive sur la rivière.
Et voilà qu'un jour de plein été, en rentrant à la cuisine, je trouvai Henriette avec un sourire accroché aux lèvres.
— Tu as de la visite !
— De la visite, moi ? Ce n'est pas dimanche...
— Deux demoiselles.
— Où sont-elles ? demandai-je, étonnée.
— Elles sont venues voir M. Hébert et elles sont reparties en haut vers l'école. Elles t'attendent au moulin.
Mon cœur s'est mis à battre. Mais pouvais-je m'absenter de la maison ? Henriette me dit :
— Vas-y vite, je m'occupe des enfants.

J'ai couru au moulin et avant même d'arriver je les ai reconnues : c'étaient Flavie et Rosemarie ! Elles ne m'avaient donc pas oubliées ! Et ma jalousie de Flavie n'avait peut-être pas tout à fait éteint notre ancienne amitié ?

Ce furent de belles retrouvailles. En fait, j'étais si contente de les voir que j'oubliai tout et, en les embrassant, je pleurai d'émotion. Et tout d'un coup, une lueur s'est allumée dans ma vie monotone, une lueur chaude d'amitié et de fraternité. Rosemarie parla en premier :

— Georgina, on a un paquet de grosses nouvelles !

Mais moi, j'avais un paquet de questions à poser et, dans le temps de le dire, on parlait toutes ensemble.

— Quoi ? Quoi ? Racontez-moi.

— D'abord, j'ai eu mon diplôme ! lança Flavie.

Une flèche d'envie me traversa mais je la chassai hors de moi.

— Je commence l'école dans un mois, Georgina, Tu te rends compte ? Et sais-tu où ? continua-t-elle.

— Non.

— Bien, ici, pas loin, à l'école du rang Saint-Isidore. M. Hébert me l'a confirmé après-midi : c'est lui qui m'a choisie. Je serai tout près, on se verra tous les jours !

Je n'en revenais pas. Surtout qu'elle ait déjà une fonction d'enseignante.

— Mais c'est pas juste ça, la nouvelle. On en a une plus grosse ! dit Rosemarie.

Elles se turent pour laisser durer le plaisir de l'attente, même si elles frétillaient d'impatience.

— Dites-le-moi ! suppliai-je.

— Eh ! bien, dit Rosemarie en rougissant, je suis venue t'inviter à mon mariage ! Faut que tu viennes !

— Quand ça ? À qui ?

Je saisis les mains de mes amies et on s'assit sur une pierre. Ma joie, mon émotion, mes chagrins, tout se mélangeait. Rosemarie se mariait ! Avec quelqu'un que je ne connaissais pas, un jeune homme du rang voisin de chez eux. Il s'appelait Armand, Armand Rossignol.

— Attends de le voir ! reprit Flavie, moqueuse ! Frisé comme... comme toi !

Rosemarie se trémoussait d'excitation. Son bonheur se lisait sur son visage, sur ses joues empourprées. Elle avait l'air d'une enfant espiègle ; elle faisait plaisir à voir.

— Il chante au moins, ton Rossignol ? dis-je pour la taquiner.

D'un coup, je voulais tout savoir. J'avais envie que toute cette complicité joyeuse qui nous avait unies dans notre enfance nous envahisse de nouveau. Bientôt on plongea, toutes trois, dans un tourbillon de paroles. On avait tant à se dire qu'entre deux aveux et un fou rire, on n'arrivait plus à reprendre notre souffle. Flavie racontait son année au couvent de Chicoutimi, décrivait les attitudes sévères des sœurs, ses joies, ses découvertes. Rosemarie révéla quelques petits secrets sur son fiancé, ses projets d'installation et moi... moi, je me contentais d'écouter en sentant petit à petit ma tristesse, mon désarroi s'envoler comme feuilles au vent. Flavie, Rosemarie, plus jolies que jamais, ricaneuses et complices, elles étaient ma famille au fond ! Elles étaient mes sœurs, et je pouvais partager avec elles toutes mes angoisses. Soudain, je n'avais plus de peine, je n'avais plus peur, je ne voulais plus partir d'ici ni perdre cette chaude amitié. J'avais envie de vivre. Enfin, Flavie me dit :

— Je t'ai apporté une surprise.

Elle se leva et se dirigea vers les chevaux et les charrettes qui attendaient près du moulin. Dans l'une d'elles, il y avait un gros coffre. Flavie grimpa, ouvrit le coffre, fouilla dedans et en sortit un objet qu'elle serra sur elle avant de sauter par terre.

— Regarde.

Elle me mit dans les mains un petit livre, qui ne m'a jamais quittée. J'ai lu le titre sur la couverture : *Émaux et camées*.

— C'est de la poésie. Je suis sûre que tu vas aimer ça.

Mais je n'ai pas eu le temps de faire éclater ma joie parce qu'à ce moment quelqu'un nous a interpellées en venant vers nous. Une voix que je reconnaissais. Et c'est ce jour-là, je ne l'oublierai jamais, le jour du livre, que le cours de ma vie a changé. Quand j'y repense, j'entends de nouveau nos rires et le bruit de la chute des Aulnets qui nous écoutait peut-être. Je récite encore de mémoire le poème que ce souvenir ravive.

Tout près du lac filtre une source
Entre deux pierres, dans un coin
Allègrement l'eau prend sa course
Comme pour s'en aller bien loin.

Combien de fois par la suite, assisse sur le cran au bord de la rivière, je réciterai les strophes de ce poème en me rappelant cette journée !

C H A P I T R E 23

Les yeux bleus

En même temps que l'été, on aurait dit que mon âme s'ouvrait à la lumière. Durant les semaines qui avaient précédé ma rencontre, tout m'avait semblé gris, terne, sale, poussiéreux, sans grâce – les chaussures pleines de boue, les vêtements salis, les trottoirs de bois usé, les clous rouillés, le chien crotté, les linges souillés – tout, tout ce que je voyais tous les jours s'accordait avec la grisaille de mon esprit, de mon âme, même les gros nuages gonflés qui roulaient au-dessus des prés, me rappelait le motton logé dans ma gorge, comme une boule qui m'oppressait et s'enfonçait chaque jour un peu plus profondément dans mon corps en l'étouffant. Et voilà que soudain je remarquais au bord des chemins, dans les bordures des prés, dans les fossés les couleurs de l'été. Elles ont déferlé sur moi, comme une marée prend d'assaut une plage de galets : l'orangé des épervières, le rose des épilobes, le violet des salicaires, le bleu des chicorées, le jaune des boutons d'or et, avec eux, tous les verts des feuilles et des brins d'herbe. J'étais plongée dans un déluge de couleurs vibrantes, et ça me faisait l'effet d'être une aveugle qui recouvre la vue.

Les couleurs n'étaient qu'un signe, un indice de mon état. C'était à cause de la voix, oui, de la voix, mais il y avait un sourire et un regard qui avaient aussi opéré ma métamorphose. Je n'étais plus la même personne depuis cet après-midi où Firmin et Vital avaient rejoint les filles près de la charrette stationnée devant le moulin. Toutes les commissions étant faites, il leur fallait rentrer. J'avais constaté que Firmin avait grisonné ; il m'avait embrassée et serrée peut-être un peu fort dans ses bras. Pensait-il à son ami Étienne en m'accueillant ?

Chargés de nouvelles assurances d'amitié, nos adieux furent brefs. On allait se revoir bientôt, moi et les filles, c'était certain.

Vital ne fit pas de grands gestes ni ne prononça de paroles qui
auraient pu trahir sa pensée ou son sentiment. Je me rends
compte aujourd'hui combien nos vies à tous étaient depuis
toujours empreintes de gêne et de pudeur. On ne manifestait
jamais ouvertement une envie ou un dégoût, ni pour quelqu'un
ni pour quelque chose. On cachait sous une apparente froideur
– qu'on confondait avec les « belles manières » – nos opinions
et nos coups de cœur sans s'en étonner puisque c'était la règle.
Parfois, entre femmes, les confidences ouvraient des portes. Et
justement ce jour-là, au milieu du va-et-vient du moulin, sous
les yeux des villageois, Vital n'a rien dit, rien fait. Il m'a juste
regardée avec franchise et timidité. Mais ce regard a suffi.

Il a suffi pour que mon corps comprenne, avec les batte-
ments de mon cœur qui s'accéléraient, et pour que ma tête
dise : « Oui, le voilà. » Peu de choses visibles, en somme, mais,
comme une évidence, j'ai su que c'était lui que je voulais. Lui
qui savait plus de choses sur moi que je n'osais me l'avouer, lui
dont la voix me faisait vibrer, lui dont la présence me rendait
frémissante dans l'attente d'un geste. Je savais, grâce aux
conversations avec ses sœurs, que ses penchants allaient plutôt
vers l'aventure que vers l'existence obligée et patiente du colon
sur sa terre. Parfois je songeais à Séverine, qui aurait désavoué
ces audaces ; moi, au contraire, je sentais mon intérêt et ma
souffrance augmentés par elles.

À partir de ce jour, le monde a été différent. Je crois que
tous les gens autour de moi ont compris qu'il s'était passé
quelque chose. Quoi ? Je n'en sais rien, mais tout à coup les
chemins n'étaient plus boueux, les visages n'étaient plus ren-
frognés. Même les genoux écorchés des petits Hébert ne
m'inspiraient ni dégoût ni peine mais une espèce de jubilation.
J'avalais avec un curieux appétit toutes les couleurs et les
odeurs de l'été et, en conséquence, même la vaisselle, le ménage, le train-train me souriait. Henriette, en me regardant du
coin de l'œil, répétait sa litanie :

— Crains pas, tu vas t'en trouver un...

Et pour une fois ses prophéties me faisaient rire. En fait,
tout me souriait. Toute ma détermination se concentrait sur une
seule chose, une seule : j'irais au mariage de Rosemarie. Je
quitterais ma place si l'on ne m'accordait pas le congé néces-

saire, mais j'irais. Il le fallait. Toutes mes énergies s'orien-
tèrent vers ce but : le 20 juillet, je serais présente au mariage
de mon amie Rosemarie Ouellet avec Armand Rossignol !

*Vital Ouellet me plaît. Vital Ouellet est celui que mon cœur
désire. Mais son cœur à lui est peut-être déjà pris ? Pourtant
Flavie n'a rien laissé entendre à ce propos. Dois-je faire les
premier pas ? Qu'est-ce que je vais lui dire ? Voudra-t-il de
moi ?*

extrait du cahier, en date du 30 juin

Et j'y suis allée. Je suis restée deux jours à fêter au milieu de
cette famille que j'aimais tant, et je me suis réjouie du bonheur
de Rosemarie qui s'en allait vivre au lac à la Croix, tout près
d'ici, tout en taisant les voix intérieures lancinantes qui me
harcelaient : «Et moi ? Et moi ?» Entre filles, on a chanté, on a
parlé. On a aussi dansé avec les garçons. Lui, je l'ai épié toute la
journée ; on s'est frôlés, on s'est souri ; une fois, Flavie m'a surprise en train de regarder dans sa direction, et je pense qu'elle
avait déjà tout compris. J'ai beaucoup dansé et plusieurs fois on
s'est retrouvés face à face. Je n'osais pas en demander plus, car
je voyais bien toutes les belles filles des rangs d'alentour l'inter-
peller, des filles dont les bottines brillaient et dont les corsages à
plis étaient bien plus jolis que le mien. J'essayais de chasser
cette pensée de mon esprit, mais elle revenait toujours et la
musique des violoneux n'arrivait pas à l'arracher de ma tête.
Après une danse endiablée, on s'est assis à plusieurs sur la
galerie. Au bout d'un moment, il ne restait plus que nous. Lui et
moi. Me passant le gobelet d'eau fraîche, il dit :
— Georgina, heureusement que tu es venue au mariage de
ma sœur...
Pourquoi disait-il «heureusement» ? Pensait-il «heureusement parce que je voulais te voir» ? Mon cœur toquait fort
quand j'ai répondu :
— Je n'aurais pas manqué le mariage de Rosemarie pour...
— ... tout l'or du monde !
— C'est ça.
On a ri ensemble. On a remarqué tous les deux que de l'or,
par ici, il n'y en avait pas gros. Et que moi, en tout cas, je n'en

avais jamais vu. Et là, dans la noirceur qui commençait à tomber, il a commencé à me dire une foule de choses. Dans la maison, la danse avait repris, les tapeux de pieds et de cuillers s'en donnaient à cœur joie, mais Vital parlait tout bas, sans se soucier du vacarme. Les mots sortaient de sa bouche comme une rivière. Je ne me souviens pas de tout ce qu'il a dit parce que la musique en emportait des morceaux et que je n'osais pas me rapprocher de lui pour mieux entendre. Je regardais ses mains qui s'agitaient et qui traçaient des formes dans l'air ; je n'osais pas regarder son visage, ses lèvres qui bougeaient, ses yeux qui avaient une couleur de sable brûlé de soleil. Il a parlé d'un homme qu'il avait rencontré aux chantiers, un fameux charpentier qui, en dix jours, transformait un bouquet d'arbres en maison. Plus il parlait, plus il me communiquait l'ardeur et l'adresse de ce Labrie qui avait l'œil juste, qui savait agencer les pièces, les tailler juste comme il fallait pour qu'elles s'emboîtent l'une dans l'autre.

Pourquoi me parlait-il de cet homme ? Je voulais tant qu'il me parle de lui, de moi, de nous, mais après j'ai compris qu'en me parlant d'Élisée Labrie, il me disait sa passion et ses espoirs pour l'avenir. Ses paroles résonnaient en moi et je revoyais la corvée de construction de notre maison d'avant, au temps où la vie de famille semblait immuable. Et puis ma rêverie s'est arrêtée net quand il a dit :

— Moi aussi, je vais partir.

Là, je me suis carrément retournée vers lui et je l'ai regardé en face. A-t-il saisi mon émoi juste par mon regard ? Tant pis, je n'avais plus rien à perdre. Était-il ému lui-même ? Toujours est-il qu'il prit une de mes mains dans les siennes. Je balbutiai :

— Où ça ?

— Je vais aller travailler avec lui.

— Qui, lui ? Je ne sais pas de qui tu parles, lançai-je retirant ma main, exaspérée et torturée par le chagrin que je sentais monter en moi.

— Mais oui, tu sais, reprit-il doucement en penchant sa tête vers moi. Je viens de te le dire. Élisée Labrie, le menuisier-charpentier, m'a offert un contrat. Je vais aller travailler pour lui et apprendre tout ce qu'il sait !

Je voyais ses yeux tout près des miens, je voyais les paillettes d'or de ses prunelles, je sentais son haleine et j'observais les lèvres roses cachées sous sa moustache. Petit à petit, je me suis efforcée de me calmer et j'ai demandé :

— Où tu t'en vas ?

— Sur l'île d'Alma.

— À la même place que Séverine et Ignace ?

— Bien oui, pas loin. Mais je ne veux pas juste construire la glissoire et les ponts comme Ignace. Ce que je voudrais, c'est construire des maisons, des églises, en pierre, en brique ; je veux tout savoir, tout apprendre et, pour ça, je pense qu'il va falloir que je voyage ailleurs, aller voir dans les villes les grosses bâtisses.

Je le regardais sans un mot. Il parlait de partir d'ici une première fois et de partir encore plus loin ensuite ; j'en étais étourdie. Il me semblait que toute ma vie tournait autour de ce seul mot : partir. Mais était-ce vraiment de ma vie qu'il s'agissait ? Ce n'était, après tout, que de la sienne. J'ai laissé les paroles de Vital s'élancer au-dessus de nous et faire leur chemin. Je devais avoir des larmes dans les yeux, je ne sais plus. Ses mains, qui serraient de nouveau les miennes, étaient nerveuses et chaudes.

— Georgina, t'es pas une fille tout à fait comme les autres... commença-t-il.

J'avais envie de répondre : « Ah ! non ? Et qu'est-ce qu'elles ont donc, les autres ? »

— Je ne viens pas souvent à Hébertville, c'est vrai, mais où est-ce que j'irais pour te voir ? J'ai jonglé à ça bien des fois, c'est pour ça que je suis content que tu sois venue aux noces de ma sœur. Parce que, au lieu d'aller veiller dans la cuisine des Hébert, je pensais que je pourrais te parler ici.

Est-ce que j'avais vraiment le choix d'écouter ce qu'il avait à me dire ? Ils avaient tous un rêve à réaliser, Séverine, Ignace, Rosemarie, Armand, Flavie ; et lui, Vital, la bougeotte aux pieds, il s'en allait aussi. Je songeais que jamais je ne ferais partie de sa vie, je n'avais été qu'une vague amitié sur son parcours. Moi, je resterais là et, de minute en minute, je me sentais plus triste et plus accablée. Mais la conversation a pris une tournure bien différente de celle à laquelle je m'attendais.

— Je me suis dit que tu allais comprendre, toi. Tu vois, Georgina, poursuivit Vital, je les ai assez vus descendre les rivières, tous ces billots de pin. Des arbres entiers, des billots de vingt pieds qui, sortis du moulin, s'en vont, s'en vont... Sais-tu où ils s'en vont? Hein, Georgina, sais-tu où ils s'en vont?

Tout à coup, il avait l'air en colère. Son front, où perlaient des gouttes de sueur, était devenu rouge. Il saisit un mouchoir dans sa poche pour s'éponger le front et le cou et même sa barbe qu'il avait noire et fournie.

— Tous les madriers s'en vont sur des bateaux et à Québec ils sont vendus. Les Anglais les emportent loin, nos arbres, très loin pour construire des mâts, des planchers, des tonneaux qu'on ne verra jamais. Et nous, qu'est-ce qu'on en retire? Juste assez de pièces au fond de sa poche pour s'acheter un chapeau une fois par année. Je ne veux pas passer ma vie à regarder glisser des billots sur l'eau, Georgina!

Il saisit son chapeau de feutre qu'il avait posé par terre et se l'enfonça sur la tête. Ses mains étaient devenues des poings fermés qui martelaient ses genoux.

— Je ne veux pas servir les Anglais toute ma vie. Quelque part, il doit y en avoir des pins qui ne leur appartiennent pas.

Je me demandais un peu où il voulait en venir. Il allait à Alma où il ne verrait que ça, des billots qui glissaient dans la dalle. J'avais l'impression que ce n'était pas à moi qu'il parlait. Alors, refoulant ma profonde déception, j'ai demandé :

— C'est ça que tu voulais me dire?

— Non, c'est pas ça. Et puis oui, c'est ça. Je pense que tu sais comprendre des choses qu'il m'est difficile d'expliquer. Ce que je veux te dire, c'est que, oui, je vais aller à Alma, construire et réparer la glissoire avec le bois de nos arbres, et encore regarder glisser des billots sur l'eau ; ça ne m'excite pas plus qu'il faut. Mais pendant ce temps, je vais tout apprendre de Labrie. Et quand je saurai construire tout seul, je vais construire d'autres choses, ici ou ailleurs. Des bâtisses qui vont rester debout longtemps, dans des endroits qui seront à moi, pas aux Anglais ; des lieux avec des arbres qui pousseront pour moi, pas pour s'en aller en Angleterre. Ça va prendre un peu de temps, je le sais... et puis... eh bien, Georgina, je voudrais que tu viennes avec moi, là-bas.

— Pourquoi faire ?

— Georgina, si t'as pas encore compris, c'est parce que tu veux pas !

Il s'est arrêté de parler et a lâché mes mains. Entre nous s'est glissé un silence, un silence lourd de désirs non exprimés. Je n'osais pas lever la tête. J'attendais, avec mon cœur qui cognait un bruit d'enfer dans mes oreilles, j'attendais que Vital mette en paroles claires et vibrantes ce que je voulais entendre. Le silence durait. Allait-il croire à un refus si je ne disais rien ? Mais un refus de quoi ? Je pouvais me tromper.

Enfin, il m'a forcée à le regarder et, les yeux droits dans les miens, il a dit doucement :

— Je veux que tu sois ma femme, c'est bien simple. Ça serait plaisant de vivre avec toi le reste de mes jours parce que je le sais depuis toujours : c'est juste avec toi, Georgina, que je pourrais m'accorder. Je ne peux pas cacher le sentiment que j'ai pour toi. C'est pas commode, une fille comme toi, libre de faire ce qu'elle veut ! Comment est-ce que je pourrais aller, comme il est de coutume, faire la grande demande à tes parents ? C'est vrai que je peux toujours écrire à ta mère. Ou bien aller à Saint-Jérôme voir ta tante et ton oncle. Mais c'est toi que ça concerne plus qu'eux, alors, je te fais la petite demande, voilà ! La petite et la grande ensemble ! Georgina, est-ce que tu voudrais de moi ? Je prends une chance de te poser la question. À moins que tu aies décidé de marier ton sauvage...

▼

Il y a des fois où je me demande comment c'est fait dans un cerveau. Les pensées qui y passent, les images qui surgissent, qui les appelle ? Pourquoi arrivent-elles tout à coup sans prévenir ? Au moment où j'entendais ces mots que secrètement j'avais tant espérés, voilà que d'autres mots, presque identiques, prononcés par d'autres lèvres, s'étaient mis à défiler dans ma tête. J'entendais les intonations différentes, la voix plus rauque qui tremblait un peu elle aussi. Je revoyais la silhouette nerveuse debout devant moi sur la berge sablonneuse du lac et sur le visage de Vital se superposait le visage lisse, la peau basanée, les longs cheveux dans le vent et les yeux de Tommy, les yeux noirs comme des charbons et brûlants de ferveur et de mystère.

— Il y a beaucoup de choses qu'on comprend quand on chasse, tout seul, dans le bois, avait-il dit. Je t'emmènerai.

Un moment j'ai hésité, je l'avoue ; je me sentais frondeuse, indépendante et libre de faire ce que je voulais. Et j'aurais pu, par provocation comme par défi, épouser Tommy et quitter le village pour le suivre, lui, le beau sauvage, et apprivoiser avec lui tout le savoir que j'entrevoyais dans sa façon d'être, tout ce que l'intimité vécue avec l'eau et la forêt nous révèle. Mais malgré mon penchant, j'avais dit «non». J'avais trop peur : peur de tout ce que j'ignorais de lui, de sa langue inconnue, de sa race, de ses habitudes de partir chasser sur des territoires qui me semblaient affreusement isolés, même de son odeur de bête des bois. La présence de Tommy déclenchait en moi une angoisse, une gêne qui ressemblait à s'y méprendre à un émoi amoureux. J'avais aussi peur de moi-même, peur de regretter de lier ma destinée à un sauvage, à un de ceux-là dont on disait autant de mal que de bien. Et je me décevais moi-même, furieuse de ne pas avoir assez de force pour faire à ma tête tout en reconnaissant que ma décision s'imposait seule. Il est arrivé souvent, par la suite, que ce soit mon corps qui réponde à la place de ma tête. Mais à ce moment-là, il m'aurait fallu une réserve d'amour plus grande pour balayer toutes nos différences et elle faisait sûrement défaut.

J'avais fixé mon choix. Je lui avais dit qu'il n'était pas celui que j'attendais et puis, bouleversée par mes propres hésitations, je m'étais sauvée en courant et j'étais revenue auprès du petit Henri, avec lequel j'avais fait ricocher longtemps des cailloux plats sur l'eau bleue scintillante de soleil.

Bien sûr que j'ai dit oui à Vital, et la première personne à qui j'en ai parlé, ce fut Henriette. Je lui devais bien ça, depuis le temps qu'elle me prédisait la venue du prince charmant et qu'elle tentait de me convaincre de laisser la Providence prendre soin de moi. Je lui en ai pas parlé seulement pour la faire taire mais pour qu'elle me conseille sur la façon la plus convenable d'annoncer mon départ à M. Hébert.

Après, j'ai écrit à ma tante Mélore, et puis à ma mère, en faisant semblant de lui demander sa permission pour me marier. Et j'ai attendu que Flavie prenne possession de son école dans le rang Saint-Isidore pour aller la voir. Son frère ne lui avait rien dit, mais elle savait. Nous avons ri ensemble à l'idée que nous passerions du vocable de « sœurs » à celui de « belles-sœurs » !

— C'est bien plus beau ! s'était écriée Flavie en m'embrassant.

Le reste du temps, eh ! oui, ça je m'en souviens, le reste du temps on aurait dit que les gestes de ma vie quotidienne s'accomplissaient tout seuls sans que j'y participe ; comme si la mécanique des tâches fonctionnait si bien que je pouvais quitter mon corps et m'abandonner à ce que j'aimais le plus : rêver à mon mariage et à ma vie future avec Vital. Mais je ne faisais pas que rêver ; je m'occupais des préparatifs, je rangeais mes affaires, je lavais, je repassais, je tricotais, j'emplissais mon coffre. À défaut de dot, j'apporterais du linge propre, un col de toile blanche presque neuf, une horloge et un érable vivant ! Vital était déjà parti. Il reviendrait à Noël et on repartirait ensemble tous les deux.

Je suis certaine que papa serait content que j'épouse Vital Ouellet. Ça me fait rire de penser que Léonie et Firmin vont devenir mes beaux-parents. Je ferai partie de leur famille, pour vrai, et ça me réjouit. J'ai tant souffert ne plus en avoir. Retrouver une famille m'enlève un gros poids de sur le cœur. Mais il m'en reste encore un qui ne partira peut-être jamais. Je n'ose même pas l'écrire ici mais peut-être qu'un jour, il partira; un jour, je saurai ce qui est vraiment arrivé à mon père.

inscrit au cahier en date du 20 juin

J'étais heureuse de me marier en hiver : j'aimais cette saison. Et puis, c'était tellement plus simple pour voyager. La neige, les ruisseaux et les rivières gelées permettaient de circuler sans difficulté entre Hébertville et Alma. J'emporterais mes affaires dans un traîneau mieux qu'en canot. Dans son pot de terre, la samare de Ferdinand avait poussé et ressemblait déjà à un petit arbre. Après l'horloge de grand-mère, c'était ce à quoi je tenais le plus. Je l'abriterais dans mes bras, s'il le fallait, toute la durée du voyage, mais je l'emporterais et je le garderais vivant à l'abri du gel. Le printemps venu, je le planterais dans la terre de là-bas, sur le lot qui serait enfin à moi, à nous, et je m'étais juré que cet érable-là, jamais il ne partirait flotter sur la décharge ou la glissoire vers les bateaux anglais. Jamais !

▼

Malgré ma joie profonde, j'étais triste à l'idée de quitter mon grenier, mon village, la maison et l'univers qui gravitaient autour. Henriette me prodiguait de nombreux conseils inutiles que j'écoutais distraitement ; mais elle m'encourageait au bonheur en m'entourant d'une franche affection. Jamais on n'avait été si unies ; je pensai soudain qu'elle aussi allait beaucoup me manquer. Les enfants Hébert me manifestaient hardiment leur attachement. Oscar et Télesphore, me considérant un peu comme une des leurs puisque je prenais volontiers part à leurs jeux et leur racontais des histoires, refusaient carrément que je parte. Télesphore avait lancé :

— Tu peux pas te marier. T'es trop petite !

M. Hébert ne se mêlait pas de ces choses, ni plus ni moins qu'avant, mais madame, elle, qui était grosse encore, m'avait dit gentiment :

— Ah ! Georgina, ton mari va manger des bonnes confitures, le chanceux !

Et puis, elle avait voulu savoir ce que j'allais porter le jour de mes noces.

— Ma robe de tous les jours, madame, je n'en ai pas d'autres.

Alors, elle m'avait entraînée avec elle dans sa chambre et elle avait ouvert une armoire.

— Attends un peu, je vais voir si je n'aurais pas quelque chose pour toi. Viens. Regarde : si tu la veux, je te la donne, m'avait-elle dit en sortant une robe de crêpe bleue avec un nœud de satin au col. Je suis sûre qu'elle t'irait...

La surprise me faisait bégayer :

— Ah ! non, madame, je... ne...

— Allez, Georgina, prends-la, je ne la mettrai plus, tu me vois bien la taille. Ce sera ton cadeau de noces ! Je vais m'ennuyer de toi, Georgina, et les enfants encore plus. Oscar et Télesphore sont venus me demander s'ils pouvaient partir avec toi à Alma, ajouta-t-elle en riant. Tu pourras revenir nous voir quand tu voudras.

▼

L'automne a filé vite et la neige est arrivée. L'hiver a engourdi un peu le village puisque le moulin a arrêté de tourner et que les labours ont cessé. Mais, dans l'air craquant, les traîneaux et les carrioles passaient sans arrêt. Ma vie n'était qu'une interminable attente. Et Vital est venu enfin, quelques jours à peine avant la date fixée pour notre mariage et notre départ. Juste le temps de le regarder à nouveau ; le temps de me le réapproprier, le temps de remettre à leur place les détails de son allure que ma mémoire avait pourtant si bien emmagasinés. Il était pareil. Il n'avait pas changé. Pas vraiment. Lui non plus, assis dans la cuisine des Hébert, il ne disait rien. Il me regardait, il souriait. Et moi, je me disais que je rêvais, mais mon émoi était réel ; je me sentais plus vivante encore assise à ses côtés, j'avais envie de lui plus que jamais. Le soir, dans mon grenier glacé, je remerciais le Ciel de m'avoir donné la présence d'esprit de répondre « oui » car tout, au plus profond de mon être, me confirmait que j'avais bien fait.

C'est sans doute la dernière fois que j'écris dans ce cahier. Je me marie demain. Je n'aurai plus besoin de confier à ces pages mes espoirs et mes doutes. Mais est-ce qu'on peut tout partager avec son mari ? Sait-on jamais.

veille de mon mariage, le 7 février 1862

Le matin de mes noces, le ciel était clair et, à ma fenêtre, j'avais eu un regard amusé pour les toits encapuchonnés de frais par la neige tombée la nuit. « Un bon présage, avais-je pensé. Tout blanc, tout neuf, pour commencer une vie nouvelle. » J'ai fait mes adieux aux enfants pendant que Flavie, qui avait retardé l'heure des classes exprès, Henriette, Mélore m'attendaient pour m'accompagner à l'église. Mes effets, rassemblés sur la galerie, étaient prêts. Les deux commis qui épiaient mon départ par la fenêtre m'ont saluée de la main. On a monté la côte à pied toutes les quatre en se serrant l'une contre l'autre. À sept heures, le matin, il y a toujours un petit vent froid qui fait frissonner.

L'église était déjà ouverte et elle était glaciale. On venait de remplir le poêle et le feu ronflait doucement. Sur les chaises d'en avant, Firmin et Léonie me souriaient. Même Rosemarie avait fait le voyage et sa présence me remplissait de chaleur. Je me sentais comblée. Il n'y avait personne d'autre dans la chapelle. Le bedeau a refermé la porte et je me suis avancée vers Vital debout près de l'autel. J'avais refusé de donner le bras à quelqu'un; puisque mon oncle Marcellin ne pouvait pas venir, je pouvais très bien marcher toute seule vers celui à qui j'allais m'unir.

Tout de suite j'ai remarqué les deux grands chandeliers et les cierges allumés. C'est maman qui avait insisté et payé pour qu'on les allume. Moi, j'avais payé le curé Hudon, une piastre pour la messe, mais maman avait payé pour les cierges : ça coûtait soixante centins par cierge. Une grosse dépense, mais pour mon mariage, ça valait la peine.

La messe s'est déroulée très vite, je ne m'en souviens plus. J'ai écouté les prières en latin, répondu «oui» à la question posée par le curé et, dans le temps de le dire, Vital avait glissé un anneau à mon doigt. Je flottais comme dans un nuage voguant au-dessus de la terre et, quand la messe a été finie, Vital a pris mon bras et l'a serré fort en m'entraînant vers la sortie. J'avais confiance en mon destin et j'étais rassurée par la présence des miens même si je sentais que rien, plus jamais, ne serait pareil. Inconsciemment, je savais que ce jour de février où je m'étais mariée serait le repère qui trancherait ma vie en deux : désormais il y aurait la vie d'avant ce jour-là et tout ce qui viendrait après. Je ne me doutais pas encore à quel point c'était vrai.

On est sortis de l'église ensemble et, après des embras-sades, chacun est allé de son côté, nous inondant de souhaits et de vœux divers. Henriette avait la larme à l'œil. On s'est mis à descendre la côte vers le cœur du village, moi et Vital en dernier avec son père, quand est arrivé par un sentier qui venait du bois un traîneau qui s'est immobilisé à quelques pas de nous. Sautant à terre, deux passagers, habillés de fourrures, se mirent à courir vers nous, le plus petit en criant : «Georgina! Georgina!» Je reconnus Tommy et son petit frère. D'un seul coup, mon cœur bondit. Qu'est-ce qu'il voulait? Son apparition soudaine me fit craindre quelque violence de sa part. Était-il jaloux de Vital? Et s'il allait le battre? Je me serrai contre mon mari. Le petit Henri trottina vers nous et s'arrêta. Puis Tommy, d'un geste, poussa légèrement son petit frère et celui-ci me tendit un paquet d'écorce de bouleau en disant :

— C'est ton cadeau.

Je ne savais que faire. Vital détacha son bras du mien et je regardai Tommy, qui restait impassible et silencieux.

— Prends-le, murmura Vital.

Je pris le paquet.

— Ouvre! Ouvre! lança le petit Henri en trépignant dans la neige.

J'interrogeai Vital du regard et il me fit le signe d'accéder au désir de l'enfant. Je dégageai l'écorce et découvris en rougissant de plaisir la plus jolie paire de mitaines de peau bordées de fourrure. Les manchettes étaient brodées de fleurs et de feuilles de couleur : au milieu, il y avait un G, un G pour Georgina.

Je les enfilai et, regardant Tommy, je pris ma voix la plus douce pour dire :

— Je te remercie, Tommy. Elles sont superbes.

— Ça ne vient pas de moi, dit Tommy, qui tenait Henri par les épaules comme s'il voulait l'empêcher de venir plus près.

Un léger tremblement dans sa voix m'alerta. Firmin s'était rapproché. Un drôle de silence nous entourait. Je levai les yeux des mitaines et demandai :

— Ça vient de qui?

Tommy fit un geste du menton en m'indiquant le traîneau derrière lui. Vital et lui s'étaient regardés sans animosité, me semblait-il.

Je sentis qu'il se passait quelque chose qui m'échappait. Nous étions tous les cinq silencieux, debout dans la neige, tandis que les autres avaient déjà descendu la côte et nous criaient de les rejoindre. Je me sentis subitement entraînée par Firmin et

Vital, qui se tenaient de chaque côté de moi, et je me retrouvai près du traîneau devant lequel les chiens s'agitaient en jappant.

Henri quitta Tommy et fonça vers le traîneau en criant :

— *Nuta ! Nuta !*

Et soudain, là où j'avais cru voir un amas de fourrures, quelqu'un se leva et se tint immobile devant moi sans dire un mot. À qui fallait-il que je dise merci pour ce cadeau ? Je ne comprenais pas pourquoi Vital tenait tant à ce que je voie cet homme ni pourquoi lui m'offrait des mitaines brodées. Et tout à coup, sous le bonnet de poil de cet homme debout, je distinguai deux yeux bleus dans un visage envahi par une épaisse barbe. Des yeux que j'aurais reconnus n'importe où parce que c'étaient les yeux de mon père.

CHAPITRE 24

Une si brève rencontre

Ma rencontre avec mon père fut d'une brièveté désespérante quand on songe à tout ce qu'elle pouvait représenter d'espoirs tus et de prières muettes enfin comblées. En faisant des efforts, j'arrive à sortir du flou de mon souvenir les moments qui précédèrent cette rencontre, mais il est bien évident que mon petit bonheur simple bascula dès l'instant où, malgré un énorme bonnet de fourrure qui cachait une grande partie de son visage, je reconnus son regard.

Je me rappelle avoir ressenti une émotion si vive, un choc si violent que j'ai cru en mourir. Cent questions enchevêtrées, mille pensées incohérentes surgirent dans mon esprit en même temps que je fus envahie par une vague d'amour. Puis, une angoisse sourde m'étreignit lorsque je vis Firmin et Vital, silencieux, se mettre au guet légèrement à l'écart. Tommy avait aussi poussé Henri vers le chemin, si bien que nous étions seuls, mon père et moi, seuls l'un en face de l'autre. Je n'arrivais pas à croire que la personne que je voyais devant moi était vraiment Étienne Bonenfant. Il fallut qu'il se décoiffe, qu'il me sourie et enfin qu'il me parle pour que je finisse par le croire.

Pourquoi avait-il mis tant de temps à venir me voir ? D'où sortait-il ? Pourquoi ? Je ne savais plus où j'en étais ; je n'osais ouvrir la bouche ni faire un geste. Après ce qui m'a semblé une éternité, mon père m'a serrée si fort dans ses bras que j'ai failli étouffer. Avec cette voix que j'aimais tant, il a murmuré tout bas à mon oreille en scandant les syllabes comme si mon nom avait du mal à sortir de sa gorge après toutes ces années :

— Geor-gi-na ! Geor-gi-na !

C'était bien lui. Je pleurais doucement, blottie contre sa poitrine, et le monde s'est arrêté de tourner. Les yeux fermés, je me suis laissé bercer de contentement. C'était une dose de bonheur très forte à avaler en l'espace de si peu de temps, pour moi qui en avais si peu l'habitude. J'aurais pu rester ainsi longtemps, mais le village s'animait : on entendait les grelots d'une carriole qui grimpait la côte. Tout bas dans mon oreille, mon père dit :

— Ne dis jamais... ne dis rien à personne, Georgina. Fais-moi ce serment de ne jamais dire à personne que tu m'as vu...

À travers mes larmes, j'acquiesçai sans demander d'explications et me dégageai de son étreinte pour mieux l'examiner.

Son visage ressemblait-il toujours à celui que j'avais gardé intact dans ma mémoire ? Était-il plus maigre ? Des rides s'étaient-elles creusées ? Comment était son nez avant ? J'observais chaque trait de son visage, je tentais d'évaluer sa carrure sous le capot de grosse laine et, d'un seul coup, son allure et ses gestes me redevenaient familiers et je retrouvais l'image de mon père qu'une espèce de dévotion et un bien grand chagrin avaient contribué à préserver intacte.

— Mais où vis-tu, papa ? lui demandai-je, pressentant confusément que mon père n'était pas libre d'aller et de venir, que peut-être quelqu'un le retenait quelque part dans une cachette au fond des bois.

— Pas très loin d'ici, répondit-il. Mais... je ne viendrai plus. Juste ce matin, je voulais te voir, tu comprends ? Et te dire que je suis content... pour toi et Vital. Tu seras heureuse, j'en suis sûr. Promets-moi...

J'étais si soulagée de sentir mon cœur s'alléger petit à petit du poids que sa terrible absence avait causé que j'étais prête à tous les sacrifices. Je n'avais pas encore eu le temps de comprendre vraiment l'enjeu de cette rencontre ni ses conséquences.

— Je promets... mais, me dépêchai-je d'ajouter, papa, les autres ?...

Les grelots se rapprochaient. Tommy et Henri s'avancèrent, les chiens se levèrent d'un bond et les trois prirent place sans tarder dans le traîneau qui fila vers le sentier forestier. Avant de partir, avec un doigt sur ses lèvres, mon père avait scellé pour ainsi dire les miennes sur le secret de son retour.

Qu'est-ce qu'il y avait à comprendre ? Pourquoi ne viendrait-il plus, puisqu'il était vivant ? Vivant ! Je les regardais disparaître au loin, secouée par la rapidité avec laquelle tout s'était passé et me sentant impuissante à le retenir. Je redescendis la côte en tremblant avec Firmin et Vital. Et comme un caillou lancé en plein front, une interrogation surgit dans mon esprit. Avais-je rêvé ou bien entendu que Henri avait crié « papa » ?

Ce n'est que bien plus tard, une fois assise aux côtés de mon mari dans la *sleigh* qui m'emportait vers Alma, que je réussis à me calmer et à mettre de l'ordre dans mes pensées. Vital gardait le silence. On était passablement éloignés d'Hébertville quand il commença de me raconter ce qu'il savait. Le cheval suivait la route sans qu'on doive s'en préoccuper et moi, je laissais parler Vital sans l'interrompre, car je n'avais plus la force même de poser des questions.

Peut-être que je ne me souviens pas exactement de toutes les paroles qu'il m'a dites mais ses révélations ne se sont jamais effacées ; plus encore, à mesure que Vital me les dévoilait, je mesurais combien il lui avait fallu de force de caractère et de détermination pour garder si longtemps ces secrets qui, somme toute, me concernaient plus que lui. Et mon amour pour lui augmentait d'autant plus.

« C'était au chantier, tu te souviens, l'année où nous y étions tous : moi et Jean, ton père et le mien. Par hasard, le *foreman* m'avait chargé de ramener le cheval au camp avant la tombée du jour et j'ai entendu des éclats de voix derrière les quelques arbres qui s'élevaient encore à un croisement. Je ne savais pas qui c'était et je ne tenais pas spécialement à le savoir, mais je suis tombé sur eux. L'un en face de l'autre, ils étaient dans un état de rage effrayant : lui, le gros Célestin Simard, un violent qui faisait peur à tout le monde et menait le diable dans le chantier, et devant lui, ton père. Tout le monde savait que Simard cachait de la boisson et qu'il faisait du chantage à ses compagnons d'équipe en les menaçant de toutes sortes de brutalités. Il falsifiait ses mesures de coupe aussi. Ton père était bien malchanceux de se retrouver à bûcher avec lui. Il y a eu une bataille. Simard a crié en roulant avec lui dans la neige : "Mon enfant de chienne, m'as te tordre le cou !" puis, j'ai juste vu Étienne se relever, prendre sa hache et s'enfuir entre les arbres. Sur le coup, j'ai à peine compris ce qui se passait tant j'avais hâte de retrouver le chemin du camp avant la grande noirceur. Ce n'est pas bien drôle de rester sans abri la nuit dans le bois, en plein hiver, et j'avais la frousse. J'ai voulu appeler Étienne, lui dire de rentrer avec moi, mais je n'ai rien fait : je me suis approché et j'ai vu le Simard, le crâne fendu en deux. Il était déjà mort. Ah ! là j'ai eu peur, j'ai eu vraiment peur, et je ne savais plus si je devais le dire et à qui. Au camp, on ne s'inquiétait pas trop encore du retard des deux hommes et moi, je n'osais pas parler. J'étais l'un des plus jeunes et, que veux-tu, on me laissait bien peu de place. Je n'en menais pas large. En plus, on ne peut rien cacher dans un camp de bûcherons, Georgina. On vit les uns sur les autres et on ne peut pas ouvrir la bouche que tout le monde entend ce que tu dis ! Alors, j'ai fini par faire sortir mon père dehors et je lui ai tout raconté. Lui aussi a mis du temps, après, à annoncer la nouvelle aux autres. Mais on s'était entendus pour ne pas parler de... de ton père et de ce que j'avais vu, moi. Il n'y avait pas de doute, ton père venait de tuer Simard.

« Le reste, tu le sais...

« Depuis ce jour, je n'avais plus envie de retourner bûcher. Le pire a été quand je t'ai annoncé pour le squelette qu'on avait trouvé. Tommy Raphaël nous avait avertis... et cette fois-là j'ai vu le chagrin dans tes yeux, tu étais tellement boule-versée ! Je te voyais pleurer et mon chagrin était aussi gros que le tien. Et puis, ça me décourageait parce que je pensais que, après ça, tu ne voudrais jamais de moi. J'étais celui qui venait te dire que ton père était mort. Et pourtant, ce que je voulais plus que tout, c'était d'éviter de te faire de la peine. Les mois qui ont suivi, j'ai été tellement malheureux... »

Je comprenais enfin pourquoi mon père devait se cacher et le sens de la promesse qu'il avait exigé que je lui fasse. S'il se montrait, on le pendrait peut-être. Sans dire un mot, je me serrai contre Vital et je laissai en silence la somme des informations que je venais d'apprendre creuser son chemin en moi. Les patins filaient sur la neige et je sentais qu'au long du chemin j'abandonnais à Hébertville mon passé malheureux, ma vie semée de déceptions, de malheurs et de quelques grandes joies. Désormais, je serais en paix avec ce passé et, sans l'oublier tout à fait, je m'efforcerais de tout recommencer à neuf.

Pourtant, quelques questions me torturaient encore. Je demandai à Vital :

— Pourquoi Henri a-t-il appelé mon père *nuta*? Je sais que ça veut dire « papa ». Est-ce que mon père l'a adopté ?

Vital hésita et dit :

— Étienne vit chez les Montagnais. Sa femme... euh... celle avec qui il vit est la veuve de Malek Raphaël.

Je sursautai et m'écriai :

— La mère de Tommy ?

— Oui, fit-il. Et Henri...

— ... est mon petit frère ?

J'étais abasourdie par cette nouvelle. Vital reprit :

— N'as-tu jamais remarqué les yeux d'Henri ?

Je réfléchis. Henri, ce petit garçon si beau, si turbulent, que j'avais souvent côtoyé et caressé ! Je repassais dans ma mémoire les détails de son visage, son visage d'enfant montagnais qui séduisait tant ceux qui le voyaient, moi y compris. Et je m'aperçus soudain que cette séduction tenait en partie à ce que, contrairement à toute attente, dans cet ovale parfait aux pommettes saillantes et à la peu basanée brillaient deux yeux bleus !

J'ai compris alors que mon père avait fait le choix d'une autre vie ; j'ai compris le sens des paroles qu'il avait prononcées plus tôt, à savoir qu'il ne reviendrait plus vers moi, non pas parce que l'envie lui en manquait mais parce que son autre famille réclamait ses soins et son affection. En plus, il risquait trop à côtoyer les gens des villages, qui finiraient par découvrir son méfait. J'étais tiraillée entre l'amour que j'éprouvais pour lui et le dégoût qu'il m'inspirait de nous avoir lâchement abandonnés. Et puis, tout d'un coup, j'ai décidé de mettre un terme à ces élucubrations et volontairement j'ai cessé d'explorer dans ma tête, en les imaginant, tous les faits et gestes qui avaient peut-être présidé aux décisions que mon père avait prises. Je me sentais affreusement bouleversée de laisser errer ma pensée autour de telles évidences et de si douloureuses découvertes. Mais je me dis enfin que c'était sa vie après tout et que moi, dorénavant, j'en avais une devant moi qui s'ouvrait et dont j'allais m'occuper.

Je me blottis contre Vital et je lui souris. Dans le fond, je constatais que c'était à cause de lui et aussi grâce à Tommy

que je pouvais aujourd'hui aborder la vie avec un entrain re-
nouvelé. Je leur en serais éternellement reconnaissante. Sous
la chaude fourrure, je serrais mon petit érable tout près de mon
cœur ; nous allions bientôt arriver chez nous.

CHAPITRE 25

Les grosses besognes

Ma première vraie maison, que je m'étais plu à imaginer, n'était en fait qu'une cabane de planches. Mais son apparence rudimentaire, la pièce unique en bois rude, ne m'avait pas tellement étonnée car, au fond, je m'y attendais. Une douce chaleur régnait à l'intérieur et je remarquai en ouvrant la porte, en ce jour d'hiver, que deux personnes occupaient les deux seules chaises droites. Vital avait-il omis de me dire qu'on ne vivrait pas seuls ? Mon cœur a chaviré et j'ai figé net tandis que les personnes, que je distinguais mal à cause de la faible lumière, se levaient pour venir vers moi. C'étaient Séverine et son mari, Ignace. Que d'émotions en les retrouvant ! Ils avaient chauffé le poêle et apporté une marmite de soupe. Avec le morceau de pain que j'avais grignoté en chemin, ce serait mon repas de mariage. Mais, aussitôt, j'avais ouvert mon coffre et sorti mon trésor : un pot de confiture de framboises et de gadelles. Ce fut un véritable festin, entrecoupé de rires et de confidences. Séverine était grosse ! Le bébé naîtrait en mai ! C'était beaucoup d'émois pour une seule journée !

Les premiers mois, je m'en souviens comme d'hier, toute mon activité se résumait à aménager la cabane qui nous servait de logis et à prendre en mains la vie courante, juste pour nous deux. La première chose que Vital avait faite avait été d'installer une tablette dans le coin de la pièce pour recevoir mon horloge. Elle n'avait cessé de tenir le temps qu'une petite journée. Je l'ai remise en marche, soulagée d'entendre son tic-tac, car je crois que je ne l'aurais pas supporté si elle avait flanché.

Je savais depuis le début qu'il me faudrait refaire les gestes de mon enfance passée sur une terre à défricher, repartir à zéro. Mais j'étais prête à tout. Les quatre dernières années, j'avais vécu dans un village prospère où tout allait de soi :

l'eau à la pompe, un jardin de terre grasse débarrassée des souches, une vraie rue et des gens, des gens à saluer à toute heure du jour. Et maintenant quand j'y repense, je me dis que les mouches noires et les maringouins avaient presque déserté les lieux où la forêt avait laissé sa place aux maisons et aux champs. Je les avais oubliés mais eux, ah! non, ils étaient fidèles, ils nous attendaient dès les premières chaleurs. Un vrai massacre de chair fraîche.

J'ai donc repris les grosses besognes sans rechigner parce que je me sentais bien, contente de mon sort et avide de tout. Vital m'aidait : son enthousiasme, sa détermination me donnaient du courage et de l'énergie et, cette fois, j'étais chez moi. Ce coin de terre, cette cabane tellement rustique, c'était mon royaume à moi.

Il peut sembler franchement contradictoire que malgré notre préoccupation constante de vider notre lot de ses arbres, moi, aux premiers signes du printemps, j'aie planté mon érable, à quelques pieds de la maison, et que je l'aie entouré d'une cage faite de harts, de peur que les bêtes ne me le mangent. Mais il était vivant, il avait survécu à tous les chambardements, il allait grandir et il semblait apprécier son nouveau sol ; sous mes pas, il enfonçait ses racines dans la terre avec délices, comme moi... Juste de le regarder pousser me rendait heureuse.

À part les besognes du ménage, j'avais découvert bien d'autres choses. Quand on ne sait pas encore ce que ça veut dire, on imagine ou on invente des états d'âme, des situations où la vie à deux est un lit de roses et où le moindre petit accroc se règle par un baiser. Mes lectures m'avaient souvent fait rêver dans ce sens. J'avais cru que s'aimer effaçait tous les défauts et réduisait à néant toutes les différences. Un baiser ne règle pas tout, ça, je l'ai constaté. Et il y avait toujours le monde des hommes et celui des femmes, deux mondes différents où la vie conjugale signifiait : autorité d'un côté et soumission de l'autre. Mais, heureusement, Vital ne m'a pas déçue. Il était bien comme je l'avais cru : non pas buté dans sa force et dans son autorité de mâle mais toujours prêt à partager ses émotions et ses doutes et à m'aider à surmonter mes peines. Ce qui me plaisait par-dessus tout, c'est qu'il voulait tout savoir, tout apprendre pour ensuite se tailler une place dans le monde. Et ce n'était plus seulement une terre et une maison qu'il voulait pour moi, pour nous, c'était bien plus que ça. J'avoue que parfois il m'effrayait en me traçant un destin qui menait au-delà de toutes les frontières du pays. Il nous inventait une vie fabuleuse, non pas comme celle des contes où la magie intervient, mais qui existe grâce à l'ardeur et à l'ingéniosité. Car c'était ça qui le différenciait des autres, c'était bien ça : il ne voulait pas se contenter de prêter ses bras, toute sa vie, à des maîtres anonymes : des Anglais, des gouvernements, des compagnies. Sa vision de l'avenir exigeait qu'il soit adroit, autonome et déterminé : il voulait que je sois d'accord avec ces objectifs, même si on ne pouvait encore les assimiler à des lieux précis ou à des réalisations concrètes. Il avait confiance en la vie : on était jeunes et on rêvait. Et, en l'écoutant, j'étais émerveillée. Et je l'aimais encore plus ; parce que je savais qu'il arriverait au but qu'il s'était fixé. J'allais tout faire pour l'aider.

Séverine, elle, s'enfonçait toujours plus profondément dans son rôle d'épouse, tracé d'avance ; malgré ma joie de la revoir, je constatais tous les jours que nous n'étions pas du même modèle. Toute la journée, elle attendait que son Ignace revienne et elle s'ennuyait atrocement. Alors, elle partait en visite, suivant les sentiers à peine tracés entre les habitations. Mais, pauvre elle, elle ne me trouvait pas souvent ! Car pendant l'absence de Vital, les beaux jours, je partais seule vers l'eau, le canot sur les épaules. En effet, Vital avait un petit canot, léger et maniable, et il m'avait appris à m'en servir. Sans le dire à personne, j'enfilais un de ses vieux pantalons et mes bottes sauvages et je partais retrouver l'eau bouillonnante des rivières ; je poussais même parfois jusqu'au lac à travers la multitude de petites îles. Je savais faire attention aux remous et éviter les rapides, et jamais je n'étais si heureuse que lorsque je pagayais sur l'eau. Dès que je sentais que l'eau était trop vive sous moi, je rebroussais chemin, car je connaissais par cœur les accidents et les noyades qui causaient de grands émois dans la petite colonie. Parfois, je n'allais que m'asseoir au bord d'un cours d'eau pour m'emplir la tête de son murmure.

Je crois que, depuis ma tendre enfance, la mémoire du fleuve était entrée en moi et je n'y pouvais échapper. Quelque part au fond de moi était né ce goût de l'eau, de sa musique et de son mystère. Le fleuve, mon fleuve, je ne l'avais pas vu depuis longtemps, mais quand je me trouvais sur une rivière ou sur le lac, la même sensation d'espace éprouvée sur les rives de la Côte-du-Sud me remplissait de bonheur. C'était seulement sur l'eau que le mur des arbres qui s'élevait partout ailleurs n'avait plus prise, j'avais toute la grandeur du ciel pour moi; plus rien, pas un tronc, pas un obstacle ne m'empêchait d'en savourer l'immensité. De la même façon, le lac Saint-Jean comblait toutes mes envies, et c'est pourquoi j'y allais si souvent. Séverine était indignée de ma conduite. Elle me surprit un jour au retour d'une de mes excursions.

— Si on te voyait, accoutrée comme tu es!

— Il y a juste toi qui me vois, Séverine. Veux-tu venir avec moi demain?

— Tu es folle! Vital doit pas être content de savoir où tu vas pendant qu'il travaille.

— C'est lui qui m'a appris! Si tu veux, dimanche, on ira en pique-nique à la Vache-Caille.

— Fais pas simple, Georgina, je suis à la veille d'accoucher!

Je ne voulais pas la blesser, mais comment lui dire que le moindre ruisseau, la décharge grondante de la grande rivière, le lac, toute cette eau autour de moi me ravissait? Elle n'aurait pas compris. Je pensais qu'un jour, plus tard, j'aurais une maison avec une fenêtre qui me permettrait de regarder l'eau sans me lasser et le ciel au-dessus. Quelle eau? Ça, je ne le savais pas encore.

En attendant, nous vivions dans la bonne entente. Vital me parlait de ses journées passées à débiter, à ajuster, à clouer les pièces de la glissoire qui transportait les précieux billots. Cette construction réclamait une surveillance constante, car au moindre coup d'eau, l'enchevêtrement des billots risquait, en plus de provoquer des pertes de bois, de faire des dommages à toute la structure. Les écluses demandaient aussi des soins et Vital aimait ce métier qu'il apprenait. Ce qu'il préférait, c'était chercher des solutions aux problèmes qui surgissaient et il m'en parlait tout le temps: on aurait dit que la fièvre de construire s'était emparée de lui. Mais il fallait aussi nous occuper de défricher notre coin à nous. Nous le faisions ensemble, dans les moments qui restaient. Bientôt, je réussis à semer un minuscule potager entre les souches. J'achetai trois poules et le temps passait. Quand la nuit arrivait, nous étions lourds de fatigue.

J'étais passée de mon petit lit étroit du grenier à une paillasse faite pour deux, et là, en plus d'apprendre à me blottir au creux d'une épaule, j'ai appris à explorer des zones inconnues du corps, à prodiguer et à recevoir des caresses. Tout cela sans mal ni heurts car, bien qu'hésitants parfois, nos gestes nous dévoilaient un autre langage, celui de nos corps. Je déchiffrais à mesure ce que disaient la peau, les lèvres, les mains, le creux du coude, la nuque. Je me mis à parcourir des rivières tumultueuses, je crevai des digues et dégringolai des cascades. De bien étonnants voyages sans canot sur des eaux vives dont le flot me semblait inépuisable.

Quelquefois arrivait d'Hébertville un prêtre missionnaire, un vicaire le plus souvent. Comme une traînée de poudre, l'annonce en était colportée d'une maison à l'autre :

— Dimanche, il y aura la messe chez Boulanger !

La messe ! Quel événement ! Aussitôt, les femmes se précipitaient sur les coffres et en sortaient les vêtements de fête rangés soigneusement. Toute la petite colonie se retrouvait dans la maison du grand contremaître et, après la messe, les hommes discutaient du temps qu'il faudrait encore pour que l'on puisse construire une vraie chapelle pour notre petite communauté. Ces discussions enchantaient évidemment Vital.

Plusieurs fois au cours de l'hiver, nous étions allés à la messe chez Boulanger. Et chaque fois, j'avais sorti du coffre, en plus des habits propres, mes mitaines de peau. Avant de les enfiler, je caressais la fourrure et suivais le tracé des fines broderies avec mes doigts. Je restais ainsi de longues minutes à les admirer. Allais-je les porter ? On les remarquerait sûrement. Alors je n'osais pas. Chaque fois, je les replaçais dans le linge et je me forçais à chasser les pensées nostalgiques que leur vue avait fait naître. Oublier. Peut-on jamais oublier ? Vital, qui me voyait faire, ne disait rien.

Un jour, il m'a rapporté une lettre qu'un travailleur d'Hébertville lui avait remise pour moi. Je me méfiais des lettres depuis celle que j'avais reçue un soir d'hiver. Je souris, cette fois, en la voyant. Sur l'enveloppe, une écriture soignée avait écrit : *Madame Georgina Bonenfant, épouse Ouellet !* Le terme «madame» me faisait bien rire. Tout de suite, j'ai su de qui elle venait. De la seule qui savait à quel point je désirais garder mon nom, le nom de mon père. On en avait parlé tant de fois ! La lettre d'Henriette, que sa bru avait sans doute écrite pour elle, contenait une photo, une photo prise à Hébertville, dans le salon des Hébert. Cette photo montrait une jeune fille debout près d'un jeune barbu au regard franc. J'avais presque oublié ce cadeau qu'elle m'avait offert la veille de mes noces. Longtemps je contemplai cette image d'un bonheur un peu empesé, puis je la remis à Vital.

— On est beaux ! dit-il en me regardant.

— Oui, on est bien beaux !

Je pensais à Henriette en l'imaginant toujours dans la cuisine des Hébert ; avec qui travaillait-elle à présent ? Elle m'avait dit :

— Tu vas te faire photographier avec Vital. J'ai pris rendez-vous avec le photographe. Il va passer la semaine prochaine. C'est moi qui paye. C'est mon cadeau, alors, fais-toi belle.

J'avais mis la robe bleue. C'est vrai qu'on était beaux sur la photo. Je l'ai rangée dans le coffre.

▼

Vers la fin de l'été, un soir, Vital est arrivé tout excité avec une question sur les lèvres.

— Aimerais-tu ça faire un petit voyage ?

— Un voyage ? Où ça ?

— Dans un endroit que tu connais.

— Juste à Hébertville ?

— Non. Un endroit que tu n'as pas vu depuis longtemps.

J'essayais de penser à d'autres lieux d'ici et tout à coup, consciente de son excitation, je risquai en y croyant à moitié :

— À Rivière-Ouelle ?

Un immense sourire se dessina sur son visage.

— Me croiras-tu si je te dis que Labrie veut que j'aille chercher du matériel à Kamouraska avant les glaces ? Une

goélette part dans huit jours. J'ai demandé si je pouvais t'emmener.

L'excitation commençait à me gagner moi aussi.

— Et qu'est-ce qu'il a dit ?

— Il a dit... que je pouvais.

J'ai sauté à son cou et à partir de cet instant plus rien n'a été
pareil. Je n'arrivais plus à me concentrer sur le moindre travail,
ni sur la préparation d'un repas ni sur la lecture d'une page de
gazette. Tout en moi frémissait de plaisir à l'idée de parcourir le
fleuve et de retrouver, ne serait-ce que le temps de quelques
jours, les lieux et les gens qui avaient bercé ma petite enfance.
Je réussis malgré tout à aller aux bleuets avec Séverine, qui
avait emmené son bébé blotti dans un châle sur son dos, et à
faire des confitures. Je n'arrêtais pas de préparer des paquets, de
chercher des petits riens à emporter en cadeaux pour ma mère,
pour Ferdinand, pour Louis-Edmond. J'ai mis dans un baluchon
des confitures de bleuets, ma photo de mariage pour maman, un
tire-roches pour Tit-homme, que j'avais très peur de ne pouvoir
reconnaître. Mais il était peut-être trop grand pour ça ? Quel âge
avait-il donc ? Je comptais les années sur mes doigts, j'hésitais
et je recommençais tout. J'ai aussi pensé à l'autre, à ce Joseph
Bérubé, en me promettant d'être gentille et même affectueuse
avec lui. Vital avait chargé un voyageur de porter à ma mère, là-
bas, l'annonce de notre venue. Aussi, je fus bien étonnée de
recevoir une lettre d'elle, quelques jours avant notre départ. Je
l'ai déjà dit, je n'aimais pas les lettres : elles m'ont toujours fait
peur, mais je finis quand même par l'ouvrir et les paroles que
j'y trouvai à la fin, à la suite de quelques nouvelles, me remplirent de surprise et d'émotion.

> Je t'annonce la naissance de ta petite sœur. Elle
> est née le 26 juin et s'appelle Marie-Rose en souvenir
> de grand-mère Bonenfant. J'espère que tu viendras
> faire sa connaissance bientôt.

Je n'en revenais pas ! C'était donc ça les cachotteries que
j'avais devinées lors de mon passage chez Ouellet ! Léonie, ma
belle-mère, devait savoir que ma mère allait acheter, mais elle
ne m'avait rien dit.

Cette annonce me perturba un peu et finalement me fit rire. Chassant les pensées qui, parfois, tourmentaient encore mon esprit, je me dis que ma famille s'était singulièrement agrandie depuis quelque temps : cette nouvelle naissance de l'autre côté du fleuve me conférait une place privilégiée au carrefour de trois familles et je me sentais comblée d'avoir tant d'attaches et de parentés.

▼

Pas plus que le premier voyage que je fis sur le fleuve Saint-Laurent, je n'oublierai le second. Cette fois, nous n'étions plus des familles de colons à bord de la goélette mais des travailleurs de la *slide* à qui on donnait toutes sortes de sobriquets, soit à cause de leur réputation de hardis charpentiers, soit à cause des conditions de vie pénibles qui régnaient dans la nouvelle colonie. Les *slaillons*, qu'on les appelait, et parce qu'ils n'avaient pour se nourrir que du pain fait d'orge ou de blé que les gelées précoces avaient attaqué : «slaillons pain noir». Ah ! il fallait supporter ces méchancetés car, au fond, elles cachaient une grande affection, et un mépris peu méchant peut-être teinté d'admiration. Nous étions pauvres, mais nous étions un peu des héros.

J'étais la seule femme à bord : je ne voulais pas me faire remarquer, alors je me tenais loin des hommes qui discutaient entre eux. À vrai dire, je me fichais pas mal de ce qu'on pouvait penser. J'avais les yeux rivés aux montagnes basses hérissées de forêts en face. Plus on approchait, plus je m'efforçais de distinguer les îles, puis les côtes, et enfin les longs rectangles entourés de touffes sombres qui représentaient les champs et les bois de ces vieilles paroisses du Bas-du-fleuve. Au bout d'un certain temps, j'aperçus les flèches des clochers et les taches claires des maisons. Mon cœur sautait dans ma poitrine.

Un bon vent gonflait les voiles de la goélette. Le fleuve roulait ses eaux. Il me semblait que le ciel, parsemé de nuages qui avaient l'air de glisser en dansant joyeusement, n'avait jamais été aussi grand. Je me suis sentie exaltée, légère, remplie à craquer de bonheur en même temps que des images, des odeurs, des sons, redessinaient en bribes échevelées toute mon enfance. En un éclair, j'ai vu la mort de ma grand-mère, le champ de pierres, l'érable de notre chemin du rang, l'odeur du foin coupé, les cris et le sang de la chasse aux marsouins ; tout pêle-mêle et décousu, à l'image de mon émotion.

Vital vint bientôt me rejoindre. Tous les deux nous regardions devant, où se précisaient les contours du quai, des voitures et des chevaux qui attendaient. Il avait dû y avoir un orage car tout brillait, les toits et les feuilles des arbres ; le soleil se reflétait dans des flaques d'eau. Ou peut-être était-ce un effet de mon imagination ? En tout cas, la vision du village et du quai me paraissait presque magique. Et brusquement je me suis mise à rire.

Vital serra ma main en me regardant d'un drôle d'air. Je pense qu'il a cru que j'allais craquer, que l'émotion allait me faire dérailler. Il s'inquiétait de ce que je donne aux hommes, déjà prompts aux moqueries, l'image d'une femme trop émotive.

— Georgina, qu'est-ce qui te prend ? me demanda-t-il tout bas.

Et je ris de plus belle tandis que des larmes me venaient aux yeux.

— Qu'est-ce qu'il y a de si drôle ? fit-il en me secouant. Regarde le quai ! Tu te souviens quand on est partis, il n'était pas fini.

Espérait-il que je reprenne mes esprits en me ramenant à des observations bien concrètes ? Cette fois, son bras entoura mes épaules. Et mon rire redoubla. Je finis par dire à travers mes larmes :

— C'est à cause de Marie-Rose !

— Marie-Rose ? Mais qu'est-ce qu'elle vient faire là-dedans ?

Sa voix était franchement irritée. Il continua en s'efforçant de paraître calme :

— Georgina, on arrive à Rivière-Ouelle ! Ta mère doit être là, tes petits frères ! Tes *grands* frères ! Réveille-toi ! Regarde sur le quai si tu arrives à les reconnaître...

— Je ris parce que Marie-Rose, la Marie-Rose de maman, tu sais..., dis-je en étouffant mes rires déchaînés.

— Oui, oui. Et alors ?

— Eh bien, je la trouve bien jeune à six mois pour être une « ma tante », balbutiai-je.

Vital avait les yeux fixés sur le quai. Déjà on entendait des appels, des cris. Le sifflet du bateau annonça la manœuvre. Agacé, il se tourna vers moi et dit :

— Tu penses pas qu'on a d'autres choses à faire en ce moment que de penser au bébé de ta mère ?

Je cessai de rire et, prenant mon air sérieux, je lui saisis la main et l'entraînai vers la poupe. De l'autre côté du fleuve, on distinguait la rive nord et les montagnes de Charlevoix. Très loin, au-dessus de ce qui pouvait être l'embouchure du Saguenay, se déployait dans le ciel un magnifique arc-en-ciel. Je le regardai droit dans les yeux et lui dis :

— Bon, d'abord on va parler de construction. Ça, tu connais ça ?

Je pense que mon pauvre mari a cru que j'avais perdu la boule. Son regard sur moi faisait peine à voir. Mais je ne lui ai pas laissé le temps de réagir. Sans perdre mon sérieux, j'ai enchaîné :

— Tu vois, c'est chez nous, là-bas, où il y a l'arc-en-ciel. Et en rentrant chez nous, Vital Ouellet, il faudrait que tu fasses un ber.

L'espace d'un instant, toute l'agitation du bateau, la respiration du fleuve, le voyagement des nuages, tout s'est arrêté. Et il m'a souri. Cette fois, il avait compris.

Tous les deux, collés l'un à l'autre, on a regardé longtemps l'arc-en-ciel qui déversait ses couleurs sur notre coin à nous, là-bas derrière les montagnes. Malgré notre hâte, on est descendus à terre les derniers.

Je ne suis jamais retournée sur la Côte-du-Sud. Plus tard, peut-être qu'on écrira dans les livres que Vital Ouellet et sa femme Georgina ont été de vaillants pionniers ; que leur famille, solidement implantée au Lac-Saint-Jean, a fourni des bras pour développer Alma et sa région. Je sais que le chemin pour arriver jusque-là, je veux dire pour faire d'Alma un village prospère comme il l'est aujourd'hui, a connu bien des détours. C'est une partie de ce chemin, celui de mes premières années vécues là, que j'ai voulu raconter afin que mes enfants sachent comment nous avons forgé ce pays.

Dix années, c'est bien court dans une vie. Très court. Et pourtant...

Remerciements

Si Jean Provencher n'avait écrit son ouvrage : *Les Quatre Saisons dans la vallée du Saint-Laurent* (Boréal), ce roman n'aurait pu exister. De même pour Normand Séguin, auteur, entre autres, de *La Conquête du sol au 19e siècle* et de *Forêt et société en Mauricie* (Boréal). Je les remercie tous les deux pour leurs œuvres où j'ai puisé d'innombrables références et aussi pour leurs conseils donnés de vive voix. Merci aussi à Laura Bergeron, à Pierre et Yolande Perrault, à Kateri Lescop, à Monique Boivin, au regretté Louis Dubuc, à Michel Bergeron et à bien d'autres que j'oublie qui m'ont fourni, souvent sans le savoir, une foule de renseignements utiles.

Des coups de chapeau très reconnaissants vont à Christiane Léaud Lacroix, à Marie Pfalzgraf et à Robert Soulières, qui ont relu et corrigé le manuscrit.

Je remercie aussi le Conseil des Arts du Canada qui m'a permis, grâce à son soutien, d'entreprendre la recherche et la rédaction de cet ouvrage en 1988.